爱情传奇

狄青 著

北京燕山出版社

图书在版编目（CIP）数据

爱情传奇 / 狄青著 . — 北京：北京燕山出版社，
2022.4
ISBN 978-7-5402-6380-5

Ⅰ.①爱… Ⅱ.①狄… Ⅲ.①散文集—中国—当代
Ⅳ.① I267

中国版本图书馆 CIP 数据核字（2021）第 280192 号

爱情传奇

著　　者：狄　青
责任编辑：杨春光
装帧设计：陈　姝
出版发行：北京燕山出版社有限公司
社　　址：北京市丰台区东铁匠营苇子坑 138 号嘉城商务中心 C 座
邮　　编：100079
电话传真：86-10-65240430（总编室）
印　　刷：北京军迪印刷有限责任公司
开　　本：710×1000　　1/16
字　　数：220 千字
印　　张：16.5
版　　次：2022 年 4 月第 1 版
印　　次：2022 年 4 月第 1 次印刷
ISBN 978-7-5402-6380-5
定　　价：78.00 元

目 录

爱情的味道

　　身边常有学历较高的男女相亲失败，长了便怨天尤人，殊不知古人云"学而优则仕"，却未讲"学而优则婚"，恋爱这事儿照本宣科没戏，全凭自己悟。这对一些自小靠死记硬背赢高分的好孩子们来说的确是个难题。网传一来中国访学的德国高富帅被他请的年轻女钟点工搞定，因为她对他讲，你出则有豪车，吃必选大餐，太没劲，不如我带你去挤公交车，吃大排档，了解最基层百姓如何生活，结果呢？草根逆袭成功，令一干品貌兼优的女生大呼"不是我不明白，这世界变化快"！

　　恋爱这事儿自打被搬到电视荧屏，便沦为娱乐话题。看相亲节目，发现女生给男生灭灯的理由五花八门，有的完全莫名其妙，原以为系电视编导策划所为，用无厘头作秀以吸引观众眼球，却不想现实生活里的"灭灯"理由更加令人匪夷所思。听某女生讲其拒绝某男生的理由，竟是因为二人相亲时的那家饭店进门处有一塑料门帘子，男生雄赳赳气昂昂地走在前面，全不顾自己身后女生，于是帘子一角"啪"地打在了女生脸上，女生由此断定男生有家暴倾向；另一对才出蜜月便劳燕分飞的男女，其离婚理由则是因为玩游戏——小丈夫黑白颠倒沉迷网游，小妻子饿了无人做饭，于是一气之下把小丈夫游戏里15页符文全溶了，小丈夫网游点数从1900掉到1100，这可是他近两年点灯熬油的战果啊！于是爱情就像一股烟，来得快也去得急，嗅不出任何味道……

　　我小时候，男女恋爱相对简单。人品好是第一要务，其次看工作性质，"全民"单位最好，"集体"也成。车房嘛，车是自行车，房子多半与老人合住。接新媳妇过门，小卧车自然好，吉普车、双排座也成。婚礼更简单，当年东北相声名家杨振华说的相声里就有"十块八块的不用走，还能握握新娘手；二十块钱的不一样，老婆孩子全上炕……"便知当年结婚铺张的不过如此。说到握手，我年少时流行男孩子邀女孩子一起滑冰，其实无论是滑旱冰还是滑冰刀，不过是男孩子牵女孩子手的一种较隐晦的表达方式。姑娘倘喜欢小伙子，带饭就多带两块肉；小伙子则把一包江米条偷偷塞进姑娘挎包，爱情就像春天的草莓，甜酸适口又物美价廉。

从前男女相亲，公园、河边系首选，天冷就去电影院，基本上没去饭馆吃饭的。不去饭馆，一来不时兴，二来有经济考量。如今相亲，吃饭成了必须，区别只在于吃啥。据说吃饭是男女交流感情的第一步，只有在饭桌上相互咂摸对了滋味，才会转移到影院情侣座 KTV 恋人间那种地方。吃饭不是坏事，可也容易让人混淆了主次。我就认得一个爱吃的女孩子，借相亲之机吃遍各大菜系，在把鱼香肉丝从 8 元一盘吃成 28 元一盘的同时，也把自己吃成了一个有待减肥的剩女。本着"不近人情，机会为零"的原则，吃饭多由男方埋单，单从这点来看，如今的小伙子们就肯定盼着赶紧修成正果。姑娘们也不傻，相亲时怎么吃都不心疼，可一旦心有所属，对方的钱就变成自己的钱，立马精打细算，从此甘愿与小伙子一起在小摊上咬牙切齿地撕扯那些肉质可疑的烤串儿，爱情遂被裹上了一层烟火气。

说起来，这相亲吃饭也有讲究，火锅是第一禁忌，因气味强大，影响饭后亲密交流，连袁枚老先生也说："宴客惯用火锅，对客喧腾，已属可厌……今一例以火逼之，其味尚可问哉？"富含纤维的蔬菜也得注意，避免餐后齿面不雅。相比而言，倒是西餐适合，但除非你熟识英法文字，否则难说就会点几首音乐充饥。

有婚恋兼星座专家荧屏开讲，大谈某某座男人与某某座女人如何不搭，某某座女人又注定会成为某某座男人身体的一部分……我却不以为然。没错，这世上总有女人希望成为男人的一部分，可成了又怎样？未必是心与肝，阑尾与盲肠也说不定！爱情本是相互给予和接纳，谁也不是附庸。由恋爱进入婚姻，就是由神仙恋人化身饮食男女，萝卜白菜也好，饕餮大餐也罢，倘不用调料，味道其实差不多。抽去了物质利益与烟熏火燎的爱情，这世上一定有，但对我们饮食男女来说，遇上了是奇迹，遇不上是人生。

爱情传奇

如今想要把一个故事演得大家都爱看，爱情这味调味猛料怕是必不可少。有时候它甚至不是佐料，而是故事的全部。文艺作品戏说历史之风，据说源于当年郑少秋版的《戏说乾隆》，乾隆确有其人，下江南亦确有其事，但里面的爱情却都是编剧编出来的，倘若没有后者足够传奇的佐料，单凭史籍里记载的乾隆那点事儿，哪个乐意瞧他？

这不奇怪，古代评话起源于宋代，其表演最吸引人之处便是艺人对其所述故事内容传奇性的演绎。哪怕是讲到朝代更迭，其间的血雨腥风、尔虞我诈，所有的政治、权谋和大历史，都会被说书艺人的一张嘴给消解，变成群众喜闻乐见的叙述模式。而这种喜闻乐见的叙述模式，一般都与男女间爱情分不开。中国最早的唱本、最早的民间戏曲，差不多也是此一模式的开端。正因如此，历史上反倒是那些比较八卦传奇、感情生活丰富的人会被拿来反复消遣抑或消费。

西汉最有名的皇帝是刘邦，其次是汉武帝刘彻，但汉成帝刘骜能够成为文艺作品主角，源于他三个女人——赵飞燕、赵合德以及班婕妤。仨女人各有千秋。赵氏姐妹系天生尤物，而班婕妤则是汉代不多见的女诗人。刘骜治国不行，但谈情说爱有一套，有关他的史料多与女人有关，编排他与女人的爱情可发挥的余地似乎更大。

薛涛与元稹的爱情传奇也是如此，就目前所见资料，二人的爱情难说"实锤"，但这并不妨碍人们仍然津津乐道于他们的爱情。于后世创作者而言，对历史上的爱情故事总抱着宁可信其有的态度，即使只是时间缝隙中的寸光片羽，也乐于用自己的妙笔将其转换成千古爱情传奇。

许多国人不习惯接受太严肃兼具考据价值的文艺作品，于是在你死我活的政治斗争外，在刀光剑影的战争硝烟下，调入适度的爱恋与情欲，便是创作者的不二法门。这也就难怪许多人往往会认为安史之乱是因杨贵妃而起，清朝的建立则源于吴三桂和陈圆圆的爱情。《封神演义》里那么多故事，妲己的故事是被改编进文艺作品最多的，其人虽然祸国，却不妨碍她与纣王演绎真真假假的爱情。还有《三国演义》，原本是一出男人戏，里面女性人物屈指可数，但有关貂蝉与董卓、吕布的三角关系，有关孙权的妹妹孙尚香与刘备的爱情，却被编排进了不同种类的文艺作品。刘备与孙尚香之间会有爱情吗？反正我不信，但这显然不妨碍受众对这一对老夫少妻爱情的喜闻乐见。

蔡锷与小凤仙的爱情传奇也广为人知，这当然得益于各种影视作品的推广，也与曾朴的著名小说《孽海花》有关。据说小凤仙曾经是曾朴在杭州时的邻居，后进京失足至八大胡同。相貌根据彼时记载应该是一般般，肯定算不得惊艳。《民初史略》一书中说小凤仙"相貌乏过中姿"；民国初年张冥飞在《新华春梦记》一书的批注中更如此说道："松坡自污使老袁不以为虑而，非真有爱于小凤仙者也。"而陶菊隐先生的《蒋百里先生传》一书中提及蔡锷逃离北京的过程，则完全没有提到小凤仙一句，是"梁任公派老当差曹福代他购了一张三等票，直待他化装上了车"。后世将小凤仙当作蔡锷护国反袁的同党，甚至帮助蔡锷离京返滇，因而间接改变了历史进程，这其实是把一段所谓的爱情传奇向更极致处又推了一把。

相较于文艺作品中各种各样的爱情传奇，真实的事件反倒会被忽略。我刚工作时在企业待过一段时间，曾亲见过一对青年男女因爱情不被双方父母认可而选择殉情。就是从那时起，我开始相信书中所写的有关十二月党人的记述都是真的。这件事儿最近我还与不止一个 90 后讲起，他们都说是我编的，有什么事情值得二人一起去死呢？他们既然死都不怕，难道还怕有人反对吗？以至于连我自己都开始怀疑起这件事情的真实性，虽然我内心对自己的记忆十分笃定。

　　传奇并不一定就要高于生活，只不过当我们谈论一切都变得无比现实的时候，当我们周遭的爱情都习惯了精打细算与待价而沽，那些原本基于最朴素最简单的爱情，反倒比我们已经习以为常的文艺作品里的爱情传奇，更像是一种爱情传奇。

表白

我小时候，男女搞对象，表白的肯定是男方。后来进了企业，情况就有些不同。女工里有大胆的，但亦并非上去就说"我爱你"，而是采取"曲线救国"的方式。比方她们会比照自己喜欢的男青年的身量给他织一件毛衣或者围巾，再不济了是一双毛线手套。我就认识一个女孩子，家里条件蛮不错的，她是车工，喜欢上了同车间的一个钳工，每天中午吃饭时都偷偷把炖肉或者鸡腿拨给那个男青年，如果被周围人看到，还美其名曰是因为自己怕胖，不爱吃肉。

中国封建社会历时悠久，古代中国人的讲究比如今多，但绝非如我们传统所认知，好像女子都是大门不出二门不迈，只有男人挑女人的份，没有女子主动向男人表白的可能。唐代有一首名为《菩萨蛮》的敦煌曲子词就是表现一个女子向她喜欢的男子在表白："枕前发尽千般愿，要休且待青山烂。水面上秤锤浮，直待黄河彻底枯。白日参辰现，北斗回南面。休即未能休，且待三更见日头。"说的是，只要是青山不烂，黄河不枯，秤锤不浮于水面，白天星辰不出现，北斗依然在北面，我就不会与你分开。女子对所爱的人态度之坚定决绝可见一斑。

魏晋时期，思想解放，不仅男人出现了很多像"竹林七贤"那样的人物，女人表现得也很"出位"。刘义庆的《世说新语》记载，彼时皇后贾南风的妹妹贾午喜欢上了老爹大司空贾充的幕僚韩寿，遂派自己的侍女去向韩寿表白。既然是皇后的妹妹、当朝大司空的女儿来跟自己主动表白，韩寿自是没有不应之理啊，于是乎二人很快便好到了一起。贾午还没嫁过去，就视自己为韩家的媳妇了，不仅偷偷把娘家的贵重东西一趟趟往未来的婆家运，就连全国只有两份的西域供香她都偷来送给自己爱上的男人韩寿。皇后贾南风原本是个行事大胆、不怕被街谈巷议的主儿，结果连她都觉得自己这个妹妹简直比自己还要花痴。

即使21世纪的今天，女孩子们貌似开放，也未见有谁像当年在街面上看见潘安那样的帅哥就朝车上扔水果的，所谓"掷果盈车"。还有卫玠，成语"看杀卫玠"说的便是有许多女人喜欢卫玠，他一出门常造成路面瘫痪，于是他就不出门。一次实在有事得出门，结果就被女人们里三层外三层围在马路中间，纷纷向他表白爱意，因为是在夏天，柔弱的公子哥卫玠竟然中暑了，回家后不久就一命呜呼。

丁玲的一生，经历了好几个爱人，就我所知，都是她率先向男方表白的。这没什么，喜欢就是喜欢，说出来是给他人一个机会，更是给自己一个机会。

我年少时曾听人讲过一句话，那就是天鹅往往都是被第一只追她的癞蛤蟆吃掉的。原因很简单，因为癞蛤蟆们最不怵头的就是表白，一次表白不成功，就来二次，最后不成功也无非落个"癞蛤蟆想吃天鹅肉"的说辞。但正所谓好女也怕缠，当癞蛤蟆对天鹅穷追不舍之际，那些所谓的白马们却在一旁装模作样地瞎溜达，不仅令机会白白溜走，也伤了天鹅们的心。

从20世纪始，城市里时兴长辈帮晚辈"搞对象"。大家将各自条件写在纸张或纸板上，关键看双方的眼神儿能否对上。主要说辞当然是儿女们普遍忙于事业，没时间考虑个人终身大事，只能由长辈代劳。而我以为，很重要的因素还是现在很多年轻人都太"自我"，太"端着"，认定谁先表白谁就"输了"，如此精打细算，连表白的勇气都没有，那又搞啥对象？

表白固然需要勇气，但也要掌握拿捏好时机。《红楼梦》里贾宝玉跟林黛玉始终有缘无分，与他们太过矜持关系很大。当宝玉终于鼓足勇气，向黛玉表白自己"睡里梦里也忘不了你"时，林黛玉却已经走远了，完全没听见宝玉对她的这番感人表白，二人失之交臂。

表白不见得长篇大论，甚至也未必就得是"我爱你"的宣示，表白有时候就是一句话，一个亲密又坚定的动作。比如我很小的时候看日本电影《追捕》，许多情节看不太懂，但里面两个表白的桥段至今印象深刻。一个是在北海道的丛林里，杜丘说："我是被警察追捕的人"，真由美喊道："我是你的同谋！"一个是在影片的结尾，当杜丘从检察机关走出，焦急万分的真优美问他："完了？"杜丘回道："哪有个完啊！"音乐随即响起，观众们目送杜丘搂紧他的真由美走向远方。

标准答案

女人自寻烦恼的一件事，是喜欢试探男人。貌似漫不经心的话往往一语双关，比如问你爱她多少年，你答一辈子，她说应是海枯石烂；可你要说"爱你一万年"，她又说太虚、不实在。有对恋人在街上散步，女的问："我们一直走下去是哪里？"男的想了想答："廊坊。"女的当时就不高兴了："难道你就不会说是永远吗？"事实上，类似的考问我们并不陌生，最经典的就是那句：要是我和你妈同时掉进水里，你先救谁？

当然，这种问题也得看你所问对象，你要问刘备，或许他会说："兄弟如手足，老婆如衣服，衣服破尚可补，手足断安可续？只要俺二弟三弟没掉水里就成。"你要问曹操，他可能讲："宁让我负天下人，休让天下人负我。管她老婆还是老妈，只要不是我掉水里就成。"你要问孙悟空，大圣一定会这样告诉你："俺老孙是从石头里蹦出来的，没老妈，所以不存在老妈落水问题；俺是个和尚，没老婆，所以不存在老婆落水问题，所以就更不会存在老妈和老婆同时落水的问题。"

这算笑谈，不过，有关这一问题的"标准答案"其实已经有了——2015年，司法部公布了当年国家司法考试参考答案：女友和妈同困火海（落水），应该先救妈！法律专家认为，子女对父母有赡养扶助义务，救助父母是法律规定的义务，而女友不在其列。但这一答案所对应的问题将老婆置换成女友，仍有点避难择易。

春秋时有个女人叫雍姬，得知老公要伙同他人杀她老爸，她特纠结要不要告诉老爸，于是就问老妈到底是老公亲还是老爸亲？老妈给她的答案是："人尽夫也，父一而已。"这就是"人尽可夫"的来历。不过，在这里，她老妈的意思是说，你可任选个男人做你老公，而老爸却只有一个！于是雍姬就把事情告诉了她老爸，她老爸就把她老公给杀了。后世有人称雍姬深明大义，但这也难说就是标准答案。

瑞典电影《游客》是 2015 年奥斯卡入围影片，说的是父母带着两个孩子去旅游地滑雪。大家在雪山下的餐厅吃饭，突然雪山发生了雪崩。大家纷纷逃离餐厅。男主人公也本能而迅速地逃了出去，扔下了手足无措的女主人公和俩孩子。仅仅一分钟后，大家发现那不过是虚惊一场，纷纷说笑着回到餐桌旁。主人公一家却陷入死一般的沉默。

丈夫这一本能的逃离，引爆了接下来的故事。这难道只是下意识的动作？作为丈夫和父亲，男主人公是否值得托付？这成为接下来妻子解不开的心结，成为一种考问；而这考问又从一个家庭蔓延到另一个家庭，最终成为对观众的集体考问。

但我要说的是，这种考问是否会有终极答案呢？就像电影里妻子不断质问丈夫："假如我和孩子都在雪崩中遇难呢？"这种假设的确有可能发生，但丈夫在一瞬间惊慌失措中的下意识反应同样也无可厚非。

生活里的一些事情其实不好假设。我对成功学并无恶感，但其中某些论调确有问题。我见过失恋的男青年现场咨询一位成功学专家如何讨姑娘喜欢，专家的回答掷地有声："你要让自己变得更强大更有本事起来。记住，你要是有本事，人家姑娘倒贴也会跟你。"对这话，我不抬杠，但事实归事实，现实归现实，他要就碰不上乐意为他倒贴的女人呢？就说明他还没本事还不够努力吗？

《聊斋志异》里的那些个落魄的秀才，多半都是被"傻白甜"的女狐狸精给拯救了；还有董永和七仙女的传说；这种事儿，小说里不少，现实里不多，以为那才是爱情的标准答案，不撞南墙才怪。其实每个问题都会有答案，但有些答案接近于标准，有些呢？只是约等于。

爱情套牢

"生命诚可贵，爱情价更高"，这话是有道理的，不过，既然现在是和平年代，大家都不再哭着喊着为自由而故了，爱情的价值便更加被彰显得耀眼。想来想去，太平盛事里似乎也找不出比爱情更具浪漫色彩更能拨动人心弦的事情啦！所以，这爱情也不再羞羞答答，从流行歌曲里我们便可见一斑，先是《爱你在心口难开》《爱要怎么说出口》，再到《爱你一万年》《爱到海枯石烂》，现在是《死了都要爱》，这爱情有点儿像奥拓改奥迪又换了奔驰，上层次是显而易见的。

问题是，歌曲上层次了，现实里的爱情真的就上层次了吗？我看未必。依我之见，如今的爱情有点儿像股市，原本熊，非说牛；原本乏善可陈，非说与时俱进。如今的爱情不仅类属奢侈品，而且也没有逃脱计划经济时期的窠臼。当年是鸿雁传书，现在是微信传情；当年是介绍人拉线，如今是"爱情中介"帮忙。不同只在于经济能力上，当年搞对象，河边、公园，属于真正的花前月下；现在不同了，出游，美食，属于"花钱"月下……情人节的时候，连狗食馆里都是乌泱乌泱的男女，仿佛情人节不吃上那么一顿，爱情就饿死了。相比而言，倒是计划经济那会儿，虽说没钱也没见识，但你给我带把煮花生，我给你偷偷织副毛手套，俩人有意无意地碰碰指尖，就能脸红心跳个小半天……说白了，爱情其实要的就是这种感觉。

对于爱情这东西，古今中外的论著可谓车载斗量，艺术作品就更是将其视为永恒的主题。一本小说、一部电影，一出戏，里面要是少了爱情这元素，似乎也难以想象。爱情成了味精抑或鸡精之类的东西，是随时要拿来调一调味儿的，至于能不能调出来浪漫抑或幸福，那就另当别论了。

爱情之崇高之神圣，应不容怀疑。但你得承认那多半只是一种理想。一种许多人共同期望共同勾画出来的情景，是那种"宁可信其有"的东西。"门当户对"本身就证明了这一点。在古代，待字闺中的大家闺秀和小家碧玉们多半都想嫁个状元榜眼什么的，退而求其次，也得是个举人秀才之类的能写几笔的读书人。不过，那时候倒是常有富家小姐跟破落书生爱得死去活来的例子，说明那爱情还是挺管用的，可以超越世俗。如今就不行了，破落书生想遇见一个"倒贴"的富家小姐，除非有花两块钱就能中五百万的运气。

按说，我们如今已经进化到了网络信息时代，择偶的方向应该更多元、更直接、更大方才是，却不知怎么搞的，一帮正值青春期的男女却羞于见人，弄得一群老头老太太干起了"二职业"，纷纷到公园里去给各自的孩子相对象，跟当年咱人民群众自发去房市换房似的。我就不明白了，社会到底是进步了呢还是退步了，一个青年要是连选择自己的那一半都得别人代劳的话，这个人就算是金领、"海归"、CEO你也得怀疑他的情商。

爱情正在变得缺少悬念和不痛不痒。你丝毫看不出如今的爱情比计划经济时候的爱情有哪一点变化，只不过那时候是"全民"找"全民"，"集体"找"集体"；现在是博士找硕士，大本找大专，白领找白领，蓝领找蓝领，有点儿鱼找鱼虾找虾的意思。

我一直对每一个没有"道理"的爱情故事而感动、而喟叹。像居齐奥利伯爵夫人与拜伦，像梅森堡与罗曼·罗兰；像梅克夫人与柴科夫斯基；像茨威格《一个陌生女人来信》中的"陌生女人"……一百多年前的俄罗斯，一位美丽的富家小姐可以因为"十二月党人"的一番法庭演说就陪他流放到西伯利亚；一百年前的意大利，一位养尊处优的皇室公主可以因为"烧炭党人"脸上的一道刀疤就和他浪迹天涯，爱情是让人不理智的，而我们都太理智了，在今天，我们谈情说爱也像是在工作开会，一是一，二是二，绝不荒腔走板。

我们的妈妈之所以当初找到我们的爸爸，很大程度上是因为别人的爸爸也是同样的四十块九毛五一个月，大家吃的、穿的甚至住的也大同小异。现在不同了，爱情这东西需要鲜花，需要美酒，需要咖啡，需要汽车，需要情人节，需要出国游等等来衬托。这些，只靠诚实，只靠责任，只靠幽默感，只靠一米八〇的身高是换不来的。大龄男女越来越多，一方面因为沉溺于网络的一代其"实战能力"在减弱，另一方面也是"经济基础尚不完备"，男孩子还在努力，女孩子还在等待。

车子、房子、票子甚至还有地位和权力掺杂其中，一字排开，很招摇的，像竖起的一面面旗帜，在为爱情待价而沽。正是有了这些东西，有了太多爱情以外的东西，把原本苗条的爱情套牢，于是爱情正在变得臃肿并且面容憔悴。

艳遇与旅行

一直搞不清艳遇与旅行间到底是何种关系，但有越来越多的旅行路线被贴上"艳遇"的标签。有关丽江艳遇指南类书籍一直畅销不衰。在丽江，酒吧数不胜数，一家名为胭雨的酒吧甚至斥资千万打造了一尊"艳遇佛"，据说主抓"桃花运"，令游客踏破门槛。有关丽江古城"艳遇之都"的名号让当地一些文化人很不爽，毕竟，拿"艳遇"做卖点总显得不够严肃。记得我二十年前到丽江，夜晚的古城还是比较安静的，印象中好像就没见到过酒吧的踪迹。前一时去湘西凤凰，因其刚经历了"门票风波"，以为会较清静，没想到沱江两岸的酒吧依然火爆异常，酒吧里传出的歌曲从二十年前流行的《梦醒时分》，到才流行开的《董小姐》《南山南》等等，让人不由得有今夕何夕的穿越感。更吊人胃口的是酒吧打出的招牌——确保艳遇！我不知道是怎么个"确保"法，当地人说，怕是有假扮"艳遇女"的酒托，让你搞不清是"艳遇"还是"被艳遇"。在靠近酒吧街的沱江边，有个废弃的小码头，据说当年沈从文每次坐船回凤凰都在这里上岸，不知道倘沈从文见到这些会做何感想。

画家吴冠中、赵无极、朱德群三人曾是杭州艺专同学，且同为林风眠先生弟子。有人曾在他们的合传里将他们三人的爱情与旅行挂上了钩，其实在我看来很牵强。吴冠中到重庆不是去旅行的，而是流落，与同为躲避战火的湘妹子朱碧琴邂逅于大后方，用"艳遇"形容恐为不妥；赵无极去香港倒是旅行，他在香港画家欢迎他的酒会上偶遇她后来的夫人也就是电影演员陈美琴，与"艳遇"一说算擦边；朱德群与夫人董景昭相识于船上，算是"艳遇"，但朱先生后来风趣地说，从基隆到马赛，船在海上漂一个多月，朝夕相处，想不"艳遇"好像都办不到。

就我所知，那些使劲想在旅途中找寻艳遇的人基本都没戏，倒是啥想法都没有的人或许会遭遇"怦然心动"。徐霞客当年出门旅行肯定与艳遇不艳遇没半毛钱关系，古人不像今人，目的性没今人强，像徐霞客，自小立志终生与山水为伴，没银子了就和山民同吃同住同劳动，他写书盖因喜好地理，既不为版税，更不为拿奖。如今的人普遍世故，干啥都瞻前顾后、三思而行，不像古人拿得起放得下。《晋书》中记载一件事，颇有趣，讲诗人张翰在京为官，原本仕途前景不是小好而是大好，某秋日，忽想起家乡鲈鱼正肥、景色好美，留诗云："秋风起兮木叶飞，吴江水兮鲈正肥。三千里兮家未归，恨难禁兮仰天悲。"辞官回乡去也。

如今人们出行，目的地皆是人多的地方，人多的地方一定商业，而商业的地方必不清净。这也让许多人的旅行变得不"单纯"。所谓"艳遇"，只是个卖点兼噱头而已，倒是购物，才是旅行中真金白银的付出。新《旅游法》杜绝了强制购物，可有人出门旅行原本就是冲着买东西去的，你不让他花钱买东西比不让他看景点更让他难受。

我认识的一位女士去过法国巴黎 N 次，可至今竟没登过埃菲尔铁塔，对塞纳河也没什么印象，倒是随大流儿去了趟卢浮宫，还直说没劲。让她感觉有劲的地方当然有，那便是位于巴黎奥斯曼大道上的"老佛爷"和"巴黎春天百货"，还有那里价值不菲的 LV 跟香奈尔包包。正所谓"有一种 GDP 叫作中国游客"。还有一种人，旅行观光本身仿佛不是他的主要目的，他的主要目的是借旅行之机以"充实"自己的微博和微信。这种人通常会在旅行车上一直低头摆弄手机，到了景点，则用相机拍张全景抑或让人在景点前给他拍张加 V 字手势的"到此一游"照片，然后迅速将照片发到自己"空间"抑或"朋友圈"，且不时回答"粉丝"提问，那架势，仿佛用手机就能开一场新闻发布会。

说实话，甭管是出国"扫货"还是所谓"艳遇"，与旅行皆无直接关系。而且最重要的一点是，艳遇这个词本身就被人曲解了，被庸俗化、简单化甚至特指化了。在我的词典里，艳遇不仅是和某一异性的相遇，其实也是和一个村落、一座城市的狭路相逢，是与一条河、一片海的不期而遇，是与一棵树、一座山的相见恨晚……那些让你惊艳、让你不忍离开、让你牵肠挂肚的景致和色彩，就是旅行中的"艳遇"。

精算爱情

国人赴意大利旅行，罗马系必到一站，罗马之外，威尼斯、米兰、佛罗伦萨以及比萨亦属热门城市，相比之下，去维罗纳的就比较少，甚至知道维罗纳这座城市的人也不多。这也难怪，维罗纳不属于购物天堂，也没有古老的斗兽场和诱人的景色，那里拿得出手的据说只有一样——爱情。维罗纳是莎士比亚笔下朱丽叶的老家，也是罗密欧与朱丽叶邂逅并演绎二人生死恋的地方。去维罗纳，无疑是凭吊，也是不少失恋者给自己量身定做的一次疗伤之旅。

有一部很著名的电影叫《给朱丽叶的信》。是说美国姑娘苏菲来到维罗纳，在朱丽叶之家，她发现，从世界各地慕名而来的人常常在庭院的围墙缝隙里塞进给朱丽叶的信，绝大多数都是向朱丽叶倾诉自己失恋的痛苦以及对美好爱情向往的。几位当地志愿者专门收集这些信，并以朱丽叶之名一一回复。苏菲也加入到了回信的志愿者队伍中，在帮助他人的同时也拯救了自己、收获了真正属于她的爱情。这是虚构电影故事。而在现实生活里，的确有一些人专门以回信解答各类恋爱问题为职业，他们的回信通过邮寄或网络回复，但他们多半不是志愿者，而是靠给恋爱中的人们解疑释惑谋生的人。与传统的心理医生不同，这些人更强调解决问题的"精准"，因而名为爱情精算师，也就是精算爱情。这是发轫于欧美的一种新兴职业，几乎从它出现的那天起便被引进到咱们中国。

爱情精算师的恋爱成功率可以为零，甚至可没有恋爱经验，但却必须能熟练运用土的洋的科学的伪科学的综合信息对爱情进行"精准而缜密"的分析。日前，某著名恋爱网站高薪招聘"能解决各种爱情疑难杂症、提供各类爱情咨询"的爱情精算师一名。结果，一位 1993 年出生的应届毕业生走马上任。这位精算师在现实生活中的恋爱经验为零，但却有利用各种数据瞬间得出结论的"最强大脑"。与这位 90 后相比，还有另外一种爱情精算师，他们的恋爱经验很丰富，乃至于被全国各大卫视和网络直播频道争相邀请分身乏术，但他们自己的情感生活却一塌糊涂。在这个圈子里，离过一次婚的据说就算忠贞不渝的标杆，这些人对爱情的所谓"精算"，源于丰富的"实战经验"，而这些轻浮且缺少责任的"实战经验"被拿来传授，貌似有实例支撑，实则展示的是功利与市侩。

读爱情精算师的书，发现里面还有所谓"爱情评估表"。通过通电话时长、见面时女孩是否化妆、笑了几回等用详细数据测算出对方是否对你有意。其中有关微信（短信）是这样测算的——马上回微信 3 分，半小时后回 2 分，一小时后回 1 分，超过 12 小时后回 –1 分，不回 –5 分……除去数据，书中还附恋爱"技巧"，比方说约会时男女间问话，先问对方是否经常旅游，要是连南极都去过，说明小有身家；再问厨艺如何，如果谙熟名菜烹饪，说明吃过见过。而在我来看，对方去过南极，有可能是土豪，也有可能就是导游；而对方会做红烧肉，有可能是王石，也有可能就是某个苍蝇馆子的厨子。

村上春树在《就像恋爱中的人一样》一文中认为，恋爱最佳年龄应在 16 岁到 21 岁，因为，"过了 20 岁，人又现实起来。岁数再往上，有了'多余'知识，人也就不知不觉地成'那样'了。"成"哪样"了？想必大家心知肚明，应该是"复杂"了，爱情精算师于是便派上用场，所谓精算，放大的与其说是爱情，不如说是人性的弱点。

我以为，商品经济社会，商家才是一个个爱情精算师，精准引导花钱与消费。有情人节，有七夕，照说土的洋的都齐活了，可有人觉得还是不够狠，这二年不知咋又整出来个"520"，借谐音"我爱你"继续扎钱，以至于如今好多年轻人逢节就头晕，因为谈钱伤感情，可谈感情伤钱啊！

　　说到精算，从前的爱情之所以比如今牢固，不仅因为拆散一个家庭的成本比如今要高得多，我以为更因为那时候的容错率基本为零。错过了就是错过了，像诗人崔护，"去年今日此门中"；一爱就是永远，像诗人木心，"一生只够爱一个人"。如今的爱情却有多次乃至数不清的容错机会，爱情精算师提供给你的从来都有多重选项，每一个都打着爱情的旗号，遭算计的却永远都是爱情。

交友的境界

"朋友是麻烦出来的"，这话有一定道理。计划经济时，年轻人结婚很难不麻烦朋友，因为买立柜、沙发、自行车、缝纫机甚至双人床都要购物票，更遑论电冰箱电视机了。那时的相声有不少作品是讽刺不正之风的。像高英培、范振钰相声《不正之风》里那个"后门走得勤"的"万能胶"，还有"果头儿换料头儿、料头儿换肉头儿"的徐姐，至今都是相声作品里的"经典人物"。不正之风存在的土壤是资源稀缺和行业垄断，所以曾有人总以自己认识了多少"垄断行业"的人为荣，但那样的交友与其说是交友，不如说是交利益交换对象。所谓"多个朋友多条路"，这话在很长时间里被不少人挂在嘴边，虽说大家都清楚这话所附带的强烈功利性。

功利性交友在如今依然有着某种土壤。有人死乞白赖要进入所谓更高层次的圈层，以为自己加了某些人微信，自然就是其中一员了，就进了人家的圈子了，实则完全不是那回事儿。很多所谓的"朋友圈"是建立在实力相当、势均力敌基础上的，换句话说，你根本没有可以与对方等量齐观的东西，没有与对方所匹配的价值，那么，你所谓的"我的朋友谁谁谁""我和某某某很熟"便只能是一种子虚乌有的演绎，是"自嗨"，并带有极强的攀附属性。

至今，网上还有专门的"如何建立有用的人脉圈""教你一个月构建优质人脉圈"之类的付费课程。别人做何感想我不知道，反正我是不信。在我看来，只有你自身足够强大了，不用刻意去寻找"人脉"，"人脉"便会主动来找你；如果你没能力，不够强大，费心建起的所谓"圈子"也是建在了沙滩上。

都知道苏东坡的朋友遍天下，且分布于五行八作、三教九流。苏东坡朋友的朋友，能成苏东坡朋友；苏东坡朋友的敌人也能成苏东坡的朋友。这就说到了苏东坡交友的境界：求同存异。他永远能够找到与朋友的共同点，同时搁置争议。黄庭坚的性格与苏东坡迥异，但二人却系挚友。苏东坡的字字形偏横，黄庭坚的字则"偏纵"，二人常开玩笑，嘲讽对方的字。苏东坡说黄庭坚的字像树梢挂蛇，黄庭坚说苏东坡的字像石压蛤蟆，说完两个人就一起哈哈大笑，从不往心里去。

交友固需谨慎，但也不要苛求。《世说新语》里记载有"管宁割席"一例：管宁之所以要与他的好友华歆"割席"绝交，不是因有多大的政治矛盾或观念争执，而仅是因了两个细微末节的"分歧"。一是在园中锄地时，二人同时发现了一块金子，管宁看都不看，视为瓦石，而华歆却拾起察看后才扔掉。这被管宁视为见利动心，非君子之举；二是门外有官员的轿舆前呼后拥而过，管宁读书如故，华歆却忍不住放下书跑出去看了会儿热闹。这被管宁视为"心慕官绅"，亦非君子之举。于是，管宁对华歆曰："子非吾友也。"遂割断坐席。

而据《三国志》载，华歆后来成了了不起的栋梁之才，以至于如袁术、孙策、孙权、曹操等都竞相邀其出山。华歆先后在魏文帝和魏明帝两朝任要职，官至相国、司徒。然而，其虽身居高位，却严于律己。史称华歆"素清贫、家无担石之储"，以致魏文帝听说后感动不已，下诏说，现在宫中饮食美味多样，而华歆官为司徒，却以蔬菜下饭，这太说不过去了；特地赐给他御衣，并且给他的妻子儿女全部做了衣服。朝廷每次将罚为奴的青年女子赏赐给大臣，只有华歆不收留，反而张罗将她们嫁人，可见华歆是一个品行高尚之人。《三国志》还记载有一则"华歆拒金"的故事。当初，华歆受天子之召去京城任职前，宾客好友前来相送者逾千人之众，赠送给他几百金钱财。华歆当面不予拒绝，却暗里给各份礼金都写上馈赠者姓名，临别时召集各位宾客，诚恳地说："我本不想拒绝诸位好意，然因单车远行，所载礼物太多，会因财宝惹眼而招来意想不到灾祸，所以只好将所载礼物给各位留下。"于是照单发还。此举不仅清廉，且给朋友们留了面子。这是做人的智慧，也是交友的境界。

富兰克林在他的自传里说，当年他是州议员时，曾日思夜想成为国会议员，但前提是需要某位国会议员支持，而他谁也不认识。这时他了解到某位资深国会议员喜爱藏书，并且收藏了一部"孤本"，便诚恳写信给对方，说自己非常喜欢看书，而且特别想读那部"孤本"，希望能借阅几天，一定完整奉还。富兰克林是抱着试一试态度的，没想到对方竟答应了，并且在一借一还以及对阅读的交流中，与富兰克林成了好朋友。正是读书这一相同的高雅兴趣，令本不属于同一圈层的二人成为了朋友，这的确是一种交友的境界啊！

爱情的成本

这些年有个和搞对象有关的热词在网上曝光率颇高，叫"灭灯之灾"。虽戏仿自"灭顶之灾"，却多了些调侃，更形象且更具针对性。放眼当下荧屏上各类婚恋节目，女生给上场征婚的男嘉宾灭灯，啪啪啪的，刺激的是观众耳膜，疼的是男嘉宾的心。有人采访一位上台还没讲两句话就被女生们"全灭"的男嘉宾心情，言道：还有啥心情，火热的心立马拔凉拔凉的！有句老话叫"肉埋饭里了"，意思想必大家都明白，灭灯的理由五花八门，实际上说到底还是男嘉宾没让她们一眼就能瞧见埋在饭里的"肉"。按说这搞对象不比坐高铁，该是慢火才能煨出好味道，可谁让如今是酒好也怕巷子深呢，既然大伙都忙，就得有金贴在脸上！

当然，姑娘们有灭灯的权力，而这种权力的行使有时会在不知不觉间变成一种习惯，给自己造成一种皇帝女儿不愁嫁的假象。于是灭来灭去，就把自己灭成"齐天大剩"了。原先非白马王子不考虑，到后来不是王子也成，只要是有匹白马就行，管骑在上面的人是唐僧还是八戒呢！想当年，你想谈一场恋爱，基本就是在同事、同学、邻里间考虑，介绍人所能提供的也有限，而互联网的出现，尤其是数码产品的日新月异，使得年轻人的交往很快从"熟人社会"过渡到"陌生人社会"。QQ已过时，新兴的社交媒体层出不穷，如今是"微信"摇一摇，"陌陌"聊一聊，两个原本不相干的男女就认识了。"你在地铁第二节？我在第三节，你穿什么颜色衣服？我过去找你……"机会仿佛无处不在，一切都在变得简单，然而，相识的易却未减少交往的难，越来越多的家长为大龄子女不惜亲自上阵相亲，各大婚恋网站注册人数还在不断增加，这又是为什么呢？

其实，没有灵魂的深层交流，没有时间的足够检验，便捷的科技手段在增加男女双方选择机会的同时，反而也让不少人挑花了眼，在恋爱中变得如某些买卖人一般世故且精打细算。

男女头回见面，常理是男方埋单。据说如今看一个小伙子对一个姑娘有无好感，关键看这小伙子点菜，有一个"水煮鱼定律"，一般饭馆里的水煮鱼要40块钱左右一斤，点一个水煮鱼，再点几个别的菜，就算小有破费。而对一个瞧一眼就没什么心气儿的姑娘，男方一般就会省点儿，水煮鱼嘛，自然可以免掉了。

多年前，看岩井俊二的电影《情书》，曾感动得流泪，十几年后重新再看，我还是感动不已，为主人公对爱情的那份执著。可是，这部经典电影如今却再难觅知音，有人问：为什么要写情书呢？而且还要不停地写，不累吗！多矫情啊！就算没有电邮和短信，可以打电话嘛！当时又不是没有电话！是啊，可以打电话，但问题在于，只有在夜深人静的时候把自己对恋人想说的话写在纸上，才是最掏心掏肺的。打电话，和写情书能一样吗？

写情书，当投进邮筒的那刻起，你就会后悔写了这句话而没写那句话。你会为了只写了一遍"想你"而后悔。你会睡不安稳：她会回信吗？他会怎样答复我呢？那份甜美，那种心焦，那份既期待又忐忑的心情，完全不是如今不懂情书为何物者所能想象的。恋爱中的人，每天听到邮递员的铃声，是一份莫大的喜悦，会怦然心动，会夺门而出。恋爱需要时间，时空里往返的情书就是属于爱情的时间。情书还需要猜谜，他说爱我，可还没见来信！她怎么写的字比上次少了？难道……写情书，其实是恋爱必要的成本，需要男女双方一起付出的成本，当一切都被简化的时候，当恋爱只剩下金钱成本的时候，只能是快速而不持久，私人而不私密。我至今认为，用"微信"对着手机喊"我爱你"和在情书中写下"我爱你"三个字是不一样的。

几年前，我途经阿拉善，在不大的额济纳旗文博馆内，看到了一张翻拍的古代汉简照片。这是一封出土于居延海附近的距今两千多年前的情书，同时也是目前所发现的几万枚居延汉简中唯一的一枚"情书"。情书写道："谨奉以琅玕一，致问春君，幸毋相忘。"只有14个字，"春君"系一女性名字，而琅玕则是秦汉时一种用青玉雕琢而成的腰饰。简上只有称呼，没有落款，系知名不具，男人在送给妻子或恋人礼物的同时，还叮嘱她不要忘了在大漠戍边的自己。

这封没有寄出的情书，不知何故在巴丹吉林戈壁下沉睡了2100多年之久。我想，如果它被寄出了呢？他心爱的女人又在哪里？也许在小桥流水的江南！也许在沃野千里的中原！也许在燕赵齐鲁的海边！这封情书，顺利的话，要在路上颠簸一年甚至两年，这迢迢的邮路就是成本，14个字牵着的是两颗心：女人倚门望穿天边，男人塞上孤枕难眠。爱情的成本，有相思，有惦念，还有考验。而唯一能够考验爱情的，从古至今都不是金钱，而是时间。

假装自己去过

二三十年前，男女搞对象相互交换照片是规定动作。那时的照片没有美颜、修图加持，人们对它的"真实性"还是相当依赖的。虽说那时的照相技术还比较初级和简单，但简单有简单的优势，那便是更接近照相的"初心"：胖就是胖，瘦就是瘦，虽没有广角，做不到高清，不识美图秀秀为何物，但拍出的影像却八九不离十。不像当今，你倘若看惯了某些人在朋友圈晒出的那些自拍，现实生活里多半是要认错人的。那些被晒来晒去的自拍与本主儿虽不致远隔千山万水，但要说隔了至少半条街，总还是没错。

说到修图技术，并非今日才有，往前倒，早在一百多年前，中国人就懂得玩儿这把戏了，而且一上手水平就不低。晚清有一张著名的照片，是光绪皇帝与康有为、梁启超的合影，康有为在国外多次拿这张照片出来炫耀，以显示自己与光绪皇帝关系非同一般。而实际上康有为只见过一次光绪，且没有拍照，而梁启超干脆就没有亲眼见过光绪。

无独有偶。晚清的邮传部尚书岑春煊是袁世凯的死对头，但岑是慈禧老佛爷身边的红人，袁便与好友庆亲王奕劻一起商量，取康有为与岑春煊单人照片，修成一张二人并立照片进呈于慈禧。慈禧见之大怒，遂免去岑的尚书职务并将其赶出京城。据《世载堂杂忆》记载，岑春煊实在咽不下这口气，便找自己的好友李莲英来帮忙，李于是也假造了一张照片，这就是著名的那张李莲英自扮韦陀立于装扮成观世音菩萨的慈禧身后的照片，李莲英借此提醒慈禧，假造一张照片并非多难的技术，岑春煊是被冤枉的。

说到照片造假，手机里的美图秀秀等软件其实并非严格意义上的造假，它们只不过是将照片进行了美化和"修补"，大抵模子还在那里。倒是近来冒出的某些"黑科技"着实"惊"到了我。

每逢黄金周，朋友圈里不是日本的樱花就是加拿大的枫叶，不济的也是马代普吉巴厘岛，要么就是在前进珠峰大本营前留影，不知他人以为如何，我是常有种被世界抛弃的感觉。可前一时遇到位"业内人士"，告知我朋友圈里晒的某些照片其实不必当真，因为都是可以造假的。这种造假比起上述那种简单的修图之类的移花接木，显然科技含量要高得多。淘宝电商里就有许多帮人打理抑或"精装修"朋友圈的商家，收费有高有低，但服务内容里都包含为你"精装修"照片一项。只要二三十元，人家就可以帮助客户做在那些网红餐厅、酒吧、咖啡馆、演唱会现场、艺术展场地、著名旅游景点打卡的照片，还有的可以为你制作与著名美女同框的镜头，当然收费肯定会高一点。这些还算比较简单的。有更"复杂"的，当然收费也会更贵，60元至100元，可以为你提供相关软件，得以实现全球定位功能，再奉送全球最热门景点旅行小视频和图片素材包，便可以让你实现在自己的朋友圈里做"环游世界"真人秀。听起来简直像天方夜谭？有点儿，但这的确并不是天方夜谭。

我年幼时在乡下住过些年，那时的乡下人能去照相馆照一张标准像便属奢侈。记得那时曾十分流行在照相馆的"背景画面"前摆拍。"背景画面"包括长城、天安门、南京长江大桥等，都是人们十分向往的地方。还有汽车轮船摩托车的道具，则是为小朋友们准备的，我就假装握着纸糊的汽车方向盘照过相，当时觉得好不拉风。可想一想，与当下许多人在朋友圈里假装自己去过原本没去过的地方，假装自己读过原本没翻开过的书籍，假装自己爱过原本子虚乌有的人等等，应该属于同一类性质。区别只在于，前者假得直截了当，后者则令人真假难辨。而其实，对于

"假装自己去过",多半是没人与其较真儿的;但假装自己读过,假装自己思考过,还是有风险的,因为一个人是不是读书人,有没有自己的思想,只要从手机朋友圈退出进入现实,一接触便知。

脸红

二战最艰苦的时期，为节约能源，英国人在伦敦、伯明翰等大城市的火车站售票处，都立有一面宣传牌，上面写道："你有必要做这次旅行吗？"很多英国人因此放弃了远足，而把省下的车票钱投入设在车站的募捐箱内，以抗击纳粹。

据说，那些因公务或家有急事而不得不选择乘坐火车的人，都会竖起衣领，行色匆匆，他们不仅怕藏在火车站角落里偷拍的记者，更怕遇到熟人。即使面对验票员，他们也常常不自觉地脸红……

我理解这种脸红，显然并非因为他们做了什么错事，而是出于一种本能，就像他们真的做了亏心事，虽然选择乘坐火车有不得已的理由，也系个人自由，却依然会为此而感到不好意思。

依照弗洛姆的理论，人懂得不好意思，是文明的一种体现。在亚当和夏娃为赤身裸体而脸红的那一刻，文明产生了。达尔文在书中就曾以整整一章的篇幅，探讨"人为什么会脸红"这个看似无足轻重的话题。他以自己深谙的生物学逻辑推理方式，抽丝剥茧，反复论证，最后得出结论——人是这个地球上唯一会脸红的动物。或许正因为懂得脸红，人才是这个地球上唯一配得上"文明"二字的动物。当然，文明并非与生俱来，它需要后天的生长环境与社会教育的养成，并且还需要时间的沉淀。

在古代欧洲，决斗一度被称为"神明的裁决"，受伤或被杀死的一方算是被"上帝之手"予以制裁。在英国，维多利亚女王于 1844 年颁布法令，宣布军人中参与决斗者将被开除军籍，而在决斗中丧命的军人家属则领不到一便士抚恤金；非军人参与决斗者则会被追究刑事责任或者流放。尔后，决斗逐渐被当成一种嗜血、冷酷、没有教养的行为退出历史舞台，参与者不仅不会再被尊为勇猛，反之会在他人面前脸红，会让本家族蒙羞。

从生理学角度讲，脸红其实主要是源于人类的羞耻心所引起的精神兴奋造成的交感神经系统兴奋，进而促进肾上腺素分泌增多，血流量加大。而所谓"羞耻心"则缘于人后天的规范教育、外界束缚与自我道德律。因而在很长一段时间里，对多数人而言，脸皮都是一处薄弱之地，内心的冲突总是第一时间被自己的脸色所暴露。

如今，能够令我们害羞、脸红的事情的确变得越来越少，脸红对一些人而言似乎只残留在童年的影集里、少年的记忆里，变成一种"旧物"。

有的人天生就爱脸红，不要说自己做了亏心事，就是自己认识的人做了亏心事，他的脸也会红，虽不合时宜，却属于正常生理现象；有的人做了不该做的事，不仅脸不变色心不跳，甚至还语带炫耀，貌似内心强大，却不属于正常的生理现象。"脸皮厚吃个够，脸皮薄吃不着"原系本末倒置，怕的是被某些人改奉为真理。

脸红这事儿也与时代息息相关。我们怀念20世纪七八十年代的爱情，其中"脸红"也是一个指标。一对互有好感的青年男女，指尖不经意地触碰，都会脸红心跳好一阵子，甚至足够回味许多个不眠的晚上。现在，一对男女在众目睽睽下激吻，旁观者也未必会脸红。

德国作家、诺贝尔文学奖获得者伯尔在小说《莱尼和他们》中塑造了一位叫施勒默尔太太的人。她的特点是毛细血管浸透力极强，天生敏感。可是她周围的人又粗鄙又恶俗，容不得她如此敏感，千方百计让她经常处于脸红状态，最后，施勒默尔太太竟然死于脸红。伯尔想要告诉读者的是，在这个世界上，总有一些人在逃避脸红、害怕脸红，哪怕脸红的不是他们，也会让他们不自在。

老虎和狮子只要吃饱，就不会再去侵扰任何生命。但人不同，人要的绝不仅是吃饱。所以，肯尼亚新生大象的牙齿才会变得越来越短，爪哇海鲨鱼的翅才会变得坚硬无比，因为无法逃避来自人的侵害，一些生命只能被迫改变自身遗传基因以求自保。

人类是这世界上唯一会脸红的动物，我想也可能是这世界上唯一该脸红的动物。

欢乐

很早以前，看过莫言的一篇小说，名字就叫《欢乐》。纵横恣肆的笔触，天马行空的想象，读罢感觉很震惊，我觉得那是莫言最好的小说之一。那种欢乐的感觉绝非仅仅缘于食色，更缘于语言所带来的表现力和冲击力，犹如面粉和着和着便有了筋道。莫言营造了一片词语的密林，句与句，字与字，词与词，盘缠纠葛，埋进黑色的大地里，枝头结出颜色诡谲散发出奇异风情的果子，形成了一种无比狂欢的阅读现场。我非常怀疑如今的莫言是否能再写出像《欢乐》那样的作品，毕竟，那需要青春力道的加持和无忧无惧的姿态。

曾有不止一个人把马云指挥中央爱乐乐团演奏《拉德茨基进行曲》的视频发给我看，我明白他们的初衷，因为这样一首世界名曲让马云演绎的颇有喜感。很多人都说马云貌似多才多艺，实则是在瞎指挥。但我不这样认为，只要是了解《拉德茨基进行曲》的人就会发现，马云还是很好地抓住了这首曲子的灵魂的，那就是"欢乐"。马云不时转身，不断用肢体语言在鼓动着观众情绪，尽管那看上去多少有一点点滑稽，但这不正是这首曲子想要传递给大家的东西吗？听交响乐难道只有听出高雅来才叫好，才配得上所谓交响乐这一称谓吗？世界上很多著名交响乐乐团，都会邀请观众上台指挥，为的就是营造欢乐的气氛，也是为体现交响乐的大众性。

说到雅和俗，当年莫扎特并没有被作为高雅音乐的标杆，他的作品是有娱乐性的。即使生活最困厄时，他的音乐依然保留着欢乐活泼阳光的基调。他的音乐是带给人欢乐的，而不是叫人正襟危坐的。我年少时，构成欢乐的要件很简单，听几首歌、看一场电影就很高兴。记得刚进工厂的时候，特喜欢听年长工友泡在滚烫的浴池里唱歌，有时是唱戏，那种欢乐，看似简单却又无比纯粹。那时工厂食堂每到周末晚上会增加小炒等下酒菜，那是给单身职工预备的，小伙子们凑到一起，热闹到能把房盖挑开。而有家的人多半不会破费，想喝酒也回家去喝，守着老婆孩子，看黑白电视机里演《上海滩》《霍元甲》，欢乐像夜晚飘散的花香，随风潜入夜，令人沉醉却又不知不觉。

如今，很多人的欢乐来自各种段子和短视频，来自朋友圈被转来转去的搞笑抑或只是想方设法咯吱人笑的链接，但这些欢乐是碎片的、即兴的，甚至是乐一下就忘得一干二净的。不能说全无价值，但很多却是"断章取义"之作。当年惠子讲"子非鱼，安知鱼之乐？"鱼的记忆据说只有七秒，鱼的欢乐难道会大过七秒？网络带给受众最大的变化便是打通了文化接受的次元壁，即使是不同圈层、不同人群；也不管你是住二环里还是住五环外，大家身份消弭了，地位拉平了，可以共听一首歌，共赏一段视频，在某一时刻共享同一种欢乐。

梁实秋先生曾在文章中说起西班牙国王拉曼三世的一桩逸事：拉曼三世在胜利与和平之中统治国家近半个世纪，为臣民所爱戴，为敌人所畏惧，为盟友所尊崇。财富与荣誉，权力与享受，呼之即来；人世间的福祉，从不缺乏。然而，他一生中纯粹的感到幸福欢乐的日子却只有十四天。没错，半个世纪与十四天！这再次证明了一个真理，就是欢乐也好幸福也罢，与金钱和地位有关系但又关系不大。贝多芬26岁时失聪，《欢乐颂》是贝多芬用随后将近30年时间创作而成的，54岁时在维也纳演出获得巨大成功，观众们连续五次为他鼓掌。贝多芬虽然听不到，但是他仍感受到了观众巨大的热情，他多次起身向观众致意，脸上的每一条皱纹都溢满了欢乐表情。《欢乐颂》让我们感受到了热情、饱满、雄壮，它歌颂的是欢乐，表达的是人们向往"和平、自由、平等"的精神，一经问世便常演不衰，在历经近两百年之后，贝多芬的《欢乐颂》又成为了欧盟的盟歌。

有人说，现代医学最大的错误就是把心脏看成了一个简单的机械泵，因为至少有半数冠心病患者不是死于高血压、糖尿病，而是死于敌意情绪。没错，事实上心脏是有智慧的，它无时无刻不在与我们全身的各个脏器进行着交流沟通，治疗心脏病最好的药物不是他汀不是速效甚至硝酸甘油，而是欢乐，没错，是欢乐带给我们的美好，令我们明白了一个道理：人间值得！

慢的乐趣

　　朋友开车从西藏回来，把我吓了一跳，倒不是因为去西藏有什么了不起，而是因为朋友的那辆"老爷车"。车况不好也就罢了，主要是因为慢啊！朋友却说，人家开 160 迈的地方，我开 80 迈；人家有事情要忙，日夜兼程，我没有急事，原本就是看风景去的，只要有好看的风景，我就停车，每次少则一两个钟头，多则半天，连着让车也歇一会儿。这么走走停停的，看了不少美景，而且也不太累，我就一个诀窍，那就是不怕慢。

　　不怕慢，说得好。常常，我喜欢一个人到僻静无人的地方走一走，体会时光和心情一起慢下来的感觉。不过，这样的地方也委实不多，非得找，就是矫情。现代人好热闹，连钓鱼都扎堆；现代人又没耐性，鱼竿便有了"速钓鱼竿"，电动的，包你捞鱼捞到胳膊酸。转念一想，又何止钓鱼，快餐、速食、速递、速效、速成，搞对象有"速配"，结婚有"闪婚"，就连餐馆里的骨头汤都懒得熬了，是用"速成汤料"解的……一切都变得风驰电掣，一个人在城市里生活，就跟穿着双轱辘鞋，想不快起来都难。

　　写作和读书也是如此，原本都是慢活儿，但如今全如同坐上了动车，读得快，写得更快，就是不能脚踏实地。有人问金庸当年一天要给三家报纸写连载小说的时候是什么感觉，金庸说，当时没什么感觉，就是笔下的人热闹自己却没有乐趣，一直到后来，金庸写一篇千字文竟然也要写好几天，金庸却说他找到了写作的乐趣。

米兰·昆德拉在他的《慢》中这样写道："慢的乐趣怎么失传了呢？古时候闲荡的人到哪里去啦？民歌小调中的游手好闲的英雄，这些漫游各地磨坊，在露天过夜的流浪汉，都到哪去啦？他们随着乡间小道、草原、林间空地和大自然一起消失了吗？"

所有拥有崇高文学地位的作家几乎都是慢的。乔伊斯二十多年才写出一本《尤利西斯》，普鲁斯特一辈子写了一部《追忆似水年华》，曹雪芹干脆一辈子没写完一个长篇，但咱们的网上写手不到一个月就能整出一部长篇来，这速度也着实令人瞠目结舌。

喜欢煲汤的人都清楚，想让汤好喝，大火无所谓，关键是后面小火熬的功夫。所谓文火炖肥羊嘛。不用文火，煮什么都是半生不熟；缺少了铁杵磨成针，缺少了慢工出细活，做出来的东西能好使吗？

有一种"智能狂拼"输入法，特征是敲字可以整句输入，据说句子越长，准确率越高。我是用"自然码"的，没有领教过"智能狂拼"的神奇功效，坦率地说，也不想领教。因为这种输入法的准确率是以语言的平庸化为基础的。只有当你使用的语言已在软件编程人员的"算计"之中，才有准确率可言。那些怀揣着"语不惊人死不休"态度的人，在这种输入法面前必将崩溃。假如时光可以倒流，历史可以虚拟，李白、杜甫、苏东坡等人用以上这种输入法的话，中国文学必将面临灭顶之灾。相反，那些除了陈词滥调就啥也不会的人，使唤起来却能尽享"春风得意马蹄轻"的便捷。简单地说，这种输入法对每一个按部就班之徒都竭尽鼓励之能事，对每一种不落俗套的想法都不遗余力地打击。速度正在谋杀质量，但看起来却不动声色。

有一家牛肉面店很火，有人打算投资将其做成连锁店。老板答，我这面做不了连锁，也扩大不了生产，原因很简单，是因为它需要慢，否则煮出来的牛肉就没有如今的味道。有的事情的确应当快，有的事情就是不能快。比如说中国人吃饭。中国人吃饭就得慢，因为中国的美食是需要慢品的，快的只能是大锅菜。西方的红酒喝起来也需要慢，你能想象喝红酒可以跟喝啤酒一样，对着瓶子撒开了吹吗？

　　子弹头列车在我们眼前飞啸而过，飞机起飞后一眨眼就不见了，听摇滚歌曲让我们无比兴奋。反之，过人行道得慢行，写一篇文章必需深思熟虑，这是人人都懂的道理。生活的快与慢其实不是问题，是人们为了追求快而不管三七二十一的做法很有问题，比如网上层出不穷的"皇皇巨著"，再比如这个"智能狂拼"。

怕老婆和交朋友

交友与惧内，两个貌似不搭界的词汇，在我来看却有着千丝万缕的联系。惧内这个词想必大家都懂，说白了就是怕老婆！平时常听有人说起谁谁"怕老婆"之趣闻轶事，说者语带戏谑，听者随声敷衍，因为"怕"与"不怕"纯属内政，无关好坏，不涉人品。而且当年胡适也曾说"怕老婆的人好交"，只是不知与胡适自己比较怕老婆的情况是否有关。

不过，我以为怕老婆这事儿多半是假的。因为许多人根本不是怕，只是不把这事儿当真而已。就如作家聂绀弩在1948年发表的一篇名为《论怕老婆》的文章所言："怕老婆是一回事，怕老婆的故事是另一回事。表面上看，怕老婆的故事多，似乎就是怕老婆的人多，其实刚刚相反。正因为怕老婆人少，怕老婆的故事才被认为稀奇……怕老公的事，真是滔滔者天下皆是也，何以没有一个故事称之曰怕老公，而且连'怕老公'这术语都没有呢？"

日本大作家夏目漱石的老婆夏目镜子曾被评日本"五大恶妻"之一。所谓"恶"，倒不是说对夏目漱石家暴，而是"恶习"过多。比如每天都要睡到上午10点以后起床，搞得夏目漱石一辈子没吃过老婆做的早餐；比如夏目漱石每次收到稿费多半会被镜子抢走，想存私房钱而不得；比如严控夏目漱石与文学女青年交往等等。于是夏目漱石干脆来了个"惹不起躲得起"，创作之余，把自己主要精力都用于结交英才之上，日本明治时代数得着的文化精英差不多都是夏目漱石的朋友，比如俳句大师正冈子规、哲学天才米山保三郎等等。

诗人房玄龄因"怕老婆"而名垂千古，是拜唐太宗李世民所赐。当年李世民赏给老房俩美女，老房战战兢兢，李世民一打听，不是老房不爱美女，而是因家里有个厉害老婆。于是太宗派人去问房玄龄老婆："若宁不妒而生，宁妒而死？"老房的老婆答曰："妾宁妒而死。"太宗一气之下派人送去最难下咽的烈酒（一说是醋），不想老房的夫人"一举便尽"。太宗得报后叹息曰："我尚畏之，何况于玄龄！"既然是连死都不怕，老房也只能怕了她。

虽然因了怕老婆，房玄龄缺了美女相伴，却由此而腾出大把时间交友。太宗一朝，他实际上一直充当"才探"的角色，为李世民搜罗物色人才，而这些人才无不成了老房的铁哥们儿。不仅如此，老房还有化敌为友的本事。话说房玄龄如日中天时，杜如晦还系一籍籍无名小吏。房与杜素有嫌隙，房本可利用权势将杜如晦彻底拍死。但他并没有这么做，而是把杜推荐给了李世民。杜如晦不知情，得势后经常在李世民面前搬弄房的是非。起先，李世民总笑而不语，后来有一次，李世民忍不住了，就把实情告诉了杜如晦。杜如晦听后，羞愧欲死，从此与房玄龄尽释前嫌，成了莫逆之交。

世人皆说苏格拉底怕老婆，有人问苏格拉底为何要娶这么个老婆，他答："擅长马术的人总要挑烈马骑，骑惯了烈马，驾驭其他的马也就不在话下。我如果能忍受得了这样女人的话，恐怕天下就再也没有难于相处的人了。"当时雅典的教师名曰"智者"，教课要在固定的地点并收取很高的学费，而苏格拉底这位智者却把那些想要获取知识的人当作朋友，不仅不收取任何费用，还在广场、庙宇、街头、商店、作坊等随时随地传道授业。我倒以为，苏格拉底很难说就是真的怕他的老婆，但很可能的一种情况是，那些他在外面讲的大道理，在他老婆这里却偏偏得不到欣赏和回应。奇怪吗？在我看来一点儿都不奇怪，因为连清官都难断家务事，有些"理儿"在外可冠冕堂皇地讲，在家怕就是没法说得清。

薛蟠是《红楼梦》里的花花公子，却偏偏娶了夏金桂这个悍妇兼妒妇，把个呆霸王委实折腾得够呛。贾宝玉看不过眼，从一位姓王的道士那里求来剂"疗妒汤"，配方是秋梨一个，冰糖二钱，陈皮一钱，水三碗，梨熟即可，每日清早吃一个熟梨便可疗治夏金桂的妒病。我以为这该是曹雪芹信手编出的一个笑话，管用才怪，却是好玩儿，就像朋友间说起谁谁谁怕老婆，本无人当真，却足以活跃气氛。

穷讲究

说到穷讲究，倘语气和语境不同，所表达出的意思往往也大相径庭。比如"禁脔"一词，实际是当年司马睿初创东晋时留下的。彼时府库空虚，不是一般的穷，但穷归穷，皇帝用膳该讲究还得讲究。手下人好不容易搞到头猪，因当时江南一带百姓认为猪头颈那一圈儿肉最好吃，将其割下献给皇帝司马睿，于是这块猪肉便被称为"禁脔"，后代有人将其视作一种"穷讲究"。可就在十几年后，东晋会稽王司马道子与降晋的秦王苻坚的侄子苻朗一起踏青郊游，二人于"农家院"吃饭，吃鸡必选露天散养不能是笼养，鹅肉要吃黑羽毛鹅肉而不吃白羽毛鹅肉，如此食不厌精又被后人称为是另一种"穷讲究"，此类穷讲究怕是只有在太平盛世里才能见到。

宋代工商业发达，东京汴梁达官显贵云集，十分讲究排场。宋人笔记《江行杂录》记载，某地方土豪因艳羡京师人富贵排场，专门请来一位东京汴梁的厨娘。厨娘带来的厨具竟全部由白金打造，宴会上厨娘做了羊头签还有葱齑，宾客一致称好，可第二天土豪就将这位厨娘好言辞退了。只因其用料太精，两道菜就耗费十只羊头、五斤细葱，这还不算之前说好每次大宴后"绢帛百匹或二三贯钱"的赏金。地方土豪毕竟是地方土豪，想与京师达官巨贾们攀比，怕是难度不小。

对八旗子弟在清末民初的生活，老舍先生在《正红旗下》总结得十分贴切："二百多年积下的历史尘垢，使一般的旗人既忘了自遣，也忘了自励。我们创造了一种独具风格的生活方式：有钱的真讲究，没钱的穷讲究。生命就这么沉浮在有讲究的一汪死水里。"对于八旗子弟的"穷讲究",最极致的体现莫过于民国媒体人梅兔在《北京益世报》上所描述的——"自去冬以来,北京方面,要饭的穷人,较前格外的增多……这事原不足为奇,最可怪的,是东四牌楼逸北,有一个花子,姓王,四十多岁,见人就请安,凑个七八枚铜元,他不买窝头、饼子,他到便宜坊,剁五个子儿烧鸭子,到酒摊儿上,闹两个子儿烧酒一滋润,足乐一气。吃喝完了,再叫人家好听的去。有知底的,说此公是内务府旗人……"

"文革"期间,章诒和曾借住在康有为的女儿康同璧家。同住的还有康同璧的女儿罗仪凤。那时生活条件艰苦,康家早餐就是馒头和腐乳。但章诒和却觉得他们家的早餐好吃。因为腐乳每天的味道都不同,抹在馒头片上,特别好吃。有一回,罗仪凤让章诒和帮她去买豆腐乳,并掏出一张便签递给她,上面列着不同豆腐乳名称:王致和豆腐乳,广东腐乳,绍兴腐乳,玫瑰腐乳,虾子腐乳……罗仪凤叮嘱章诒和说,每种豆腐乳买二十块,一种豆腐乳放进一个铁盒,千万别搞混了,买时一定向售货员多要些腐乳汁。然后她解释道:"用豆腐乳的汤汁抹馒头,最好。"

一块小小的豆腐乳,体现了康家人乐观的人生态度和精致的生活艺术,即使在困难时期,生活也变得轻松愉悦许多。

其实,一个人过得不好,有时是因没钱,像当年落魄的八旗子弟;但多数时候,是不用心。就像有的人家虽家具素朴,但是木器见光,玻璃透亮,让人舒服;有的人家虽居豪宅,但杂乱拥堵,灰尘满屋,让人不想多待。

生活中,我们常会说"某人是个讲究人",这是肯定;而一旦说"谁谁穷讲究",似乎就带贬义。当年我在工厂时,有个老钳工,是刚解放时从印尼归国的。他住厂里一间六七平方米的单身宿舍,却常花费大半天时间打扫宿舍的卫生,整理物品,摆放衣物,擦拭尘埃。他会独自坐在房间的角落,安静的听着曲子读书,常有人说他"一个工人还穷讲究",

可他从不解释，只是宽厚地微笑。

丰子恺先生晚年小酌时，酒杯一定是自己专用的，而下酒菜即使是几个花生豆也要找一个漂亮的碟子或碗盛好。我小时候在上海奶奶家住过段时间，奶奶每半个月要做一回鳝鱼。鳝鱼只买小拇指粗细的，搭配新鲜毛笋，用澥掉的面粉勾芡，最后撒胡椒，而胡椒一定要用黑胡椒粒。摆在饭桌当央，周围虽是酱萝卜、鸡毛菜，看上去却有模有样。

斯文，包括教养，它们不是一个物品，可以拿到人前观赏或称量，也不能当饭吃、抵钱用。在不懂它们的人眼里或就是种穷讲究；但对于理解它们的人来说，却透着对细节的执念和品味。村上春树说："别人自有价值观和与之相配的活法，我也有自己的价值观和与之相配的活法"。现代文明的可贵之处在于，我们坚守自己的活法，也要理解和尊重他人的活法，只要这种活法不影响他人、不遗患社会。

面子问题

刘邦和项羽争霸，我觉得项羽还是输在了好面子上。对待面子问题，项羽远没有刘亭长来得实在，至少在功成前，刘邦是把自己的面子踩在脚底下的。这跟二人出身有一点关系，项羽是贵族，而刘邦是农民出身；项羽放不下的事，搁刘邦这里不在话下。两军交战，项羽要把刘邦老爹刘煓煮了，刘邦说你我二人皆受命于怀王，是兄弟，我爹就是你爹，如果你真要将我爹煮了，那就分一杯羹给我吧！刘邦不在乎面子，他很无赖，他奉行的是"凡事只要我无所谓，你就伤害不到我"。刘邦争霸的过程远不如项羽好看，但他要的是结果。结果便是刘邦率先攻入咸阳。面对咸阳城内秦王宫殿豪奢、美女如云，小吏刘邦没动心显然不对，好在他有张良，好在他不好大喜功，他把部队退到灞上，还"约法三章"，把咸阳留给项羽处理。项羽进入咸阳便点起一把大火将咸阳付之一炬，所谓"楚人一炬，可怜焦土"，随后便带着抢来的财宝与妇女准备回去见他江东父老。项羽手下的谋士韩生建议项羽留在关中，说："关中阻山带河，四塞之地，地肥饶，可都以霸。"项羽说："富贵不归故乡，如衣锦夜行，谁知之者？"在这里，面子于项羽而言大过一切甚至包括天下。我其实能体会项羽彼时心境，倘那时代有网络有抖音有小视频，项羽完全可以将他火烧阿房宫的视频直播回江东；即使是在有电报电话的年代，这喜讯也能跨山越湖发送回楚地。然而在两千多年前的秦末，项羽想要的面子只能是带着金银财宝和满车的妇女浩浩荡荡地返回江东，好证明他有多了不起。韩生献计不成，发牢骚"人言楚人沐猴而冠，果然。"项羽闻之，二话没说就把韩生下油锅炸了。

刘邦也想回故乡。所谓"大风起兮云飞扬，威加海内兮归故乡"。衣锦还乡同样是刘邦理想。但他听了张良的话，把都城建在关中。他让手下弟兄把老家亲朋接来长安，他也把老爹刘煓接了来。但刘煓闷闷不乐，刘邦问缘由，刘煓说：我这辈子最喜欢的就是看杀猪的、卖酒的，斗鸡蹴鞠的，现在这些都没了，我不开心。于是刘邦把老家丰县的故人都迁过来，建了个城叫新丰，刘煓这才高兴起来。

吕雉当年嫁刘邦系下嫁。吕雉不单家庭条件好、比刘邦小 15 岁，刘邦还带个私生子刘肥。要知道当时与刘邦抢吕雉的还有沛县县令，但吕雉她爹会看相，看出刘邦虽说当下穷得叮当响，以后却能给吕家挣足面子，所以执意要闺女嫁刘邦。果然，刘邦成了大业，吕雉成了吕后，不仅是中国有记载以来第一位皇后皇太后，还是秦始皇统一中国后第一位临朝的女性，这面子为吕家挣得不可谓不大啊！

2020 年，伊丽莎白女王的老公菲利普亲王 99 岁。这个多半个世纪站在女王身后两步的人，婚后 10 年才得到"亲王"封号，谁让他入赘的是英国皇室呢！何时得到封号连他老婆也说了不算。当年维多利亚女王的丈夫阿尔伯特一直到他和女王结婚 17 年后，英国议会才正式授予他"女王之夫"这个非正式头衔，解决了困扰阿尔伯特多年的"面子问题"。而为娶到伊丽莎白，拥有德国皇室血统的菲利普则放弃了自己所有原头衔，把德国姓氏"巴登堡"改为外祖父的姓氏"蒙巴顿"，才最终与伊丽莎白成亲。从此，女王的面子也就成了他的面子，他还要兢兢业业为女王挣更多面子。据统计，婚后他陪同妻子共出席活动 22219 次、96 岁才退休，是女王近侍中最勤勉的，尽管他是女王的丈夫。

2019 年年末，捷克政府重新给予米兰·昆德拉国籍。这对于流亡异国 43 年、90 高龄的作家昆德拉而言意味着什么？至少在昆德拉脸上没看出来，他只是对转给他国籍证明的人说了一声"谢谢"。有捷克官员称这是对昆德拉的高调承认。而在昆德拉看来，他早已把布拉格的气息带走了，他走到哪里，布拉格就跟到哪里。2008年，他被授予捷克文学奖，他没领奖。对昆德拉而言，他的面子早已用自己的文字向全世界证明过了，面子不是哪个官员可以抑或能够给他的。

老舍写过喜剧《面子问题》，讽刺有人到死还"死要面子"。剧中国民党官僚佟处长显然只知道项羽临死前还要悲壮的"霸王别姬"，斩杀上百汉军为自己的自杀撑足了面子，却不明白刘邦的忍辱负重、韩信的胯下之辱，貌似都是不要面子，实则却有大格局，赢得的也终是大面子。

炫耀

在古代，无论一个人有再多钱，也未必能买到他想炫耀的东西。就比方说，谁允许乘车，谁只能坐轿子，谁的车有几匹马在前头驾辕等等，在许多皇帝眼里可都是大事儿，概不能违例。明朝朱元璋就规定，老人、妇女和三品以上的文官才可以乘坐小轿，在京四品以下官员和外省官员只能骑马，七品以下的就得骑驴。可是骑驴不好看呀，而且一眼就能让人认出其不过就是个芝麻官罢了，于是便有人打"擦边球"，每日骑骡子进出衙门，骡子从头到脚装配了不少零碎儿，让人猛一瞧误以为是马，心生敬畏与羡慕，而骡子上的人则好不炫耀。

有人靠自身的光环招摇，也有人借他人的光环炫耀。《史记》中记载了齐国宰相晏婴的车夫，每回驾车出门都是招摇过市，颇为高调。这也难怪，都说宰相门前七品官，宰相的车夫自然也就身价不菲。可是晏婴车夫的老婆看到后却死活要和他离婚，理由是她看不惯自己的老公在人前的那种嘚瑟样儿，说人家晏婴当宰相都懂得谦虚谨慎，你一个车夫有啥可炫耀的，如此下去，恐怕离倒霉不远了，我还是躲你远点儿吧！

想当初，陈寅恪与鲁迅是很早就认识的朋友。可是，当鲁迅声名鹊起，陈寅恪与鲁迅却再没有主动联系过，倒是鲁迅在日记里不断地提到陈寅恪。一直到晚年，陈寅恪才言及此事，因为鲁迅的名气越来越大，甚至各界皆以"民族魂"谓之，继而成为先知先觉的一代圣人，他怕讲出自己与鲁迅当年的同窗之谊，会被人误认为自己是像鲁迅所说的那样成为"谬托知己"的"无聊之徒"。然后"是非蜂起，既以自炫，又以卖钱……"

不过，像陈寅恪先生这样的毕竟是少数，更多人还是常把"我的朋友胡适之"挂在嘴边，翻来覆去地回味、咀嚼，且每一回都有不同，每一次都出新意，把冷饭炒来炒去，难说不是一种炫耀。

　　喜欢在微博微信等公众平台上秀来秀去，本质上也是一种炫耀。要不是害怕"拔出萝卜带出泥"，恐怕跑到网上炫富的绝不止一个郭美美。点开朋友圈，晒恩爱、晒自拍、晒美食、晒美景、晒"鸡汤"、晒萌娃等等不一而足，后面的评论你看吧，指定是一水儿的点赞。有一回，一位女士晒出自己的纤纤玉手，下面有一行字：看，我的手刚被炒菜锅烫了。我实在看不到她的手哪里被烫了，却看到她无名指上的一枚钻戒闪闪发亮。显然，她想要让人注意的并不是她的手烫没烫。还有一次，一位常年"潜水"的朋友忽然晒出照片，你看不清他的表情，背景却拍得十分真切，连几岁的娃娃都知道，那是巴黎埃菲尔铁塔。

　　我至今才明白，这个世界上有一些东西被生产出来原本就没有别的目的，只是为了拿来炫耀。就比如一款名为 VERTU 的手机，它的专卖店已经覆盖了中国的一线城市。据说这款手机用起来未必赶得上国内随便一款中档手机好使，但入门价却要 15 万元一台，好一点的要上百万，最高档的 800 万元一台。不要以为这样一款华而不实的手机会滞销，不仅国内商界，一些文化界大腕也开始配备这种手机，他们在某些场合似不经意地将其在手中摆弄，既不是为了接打电话，也不是为了刷屏，唯一的目的似乎只有一个——炫耀。

　　匈牙利作家凯尔泰斯曾经有一部用了多年的诺基亚手机，后来找不见了，他也没再换新的。他曾在布达佩斯一间只有 24 平方米的小屋里生活了 40 年，2002 当他获得诺贝尔文学奖时，72 岁的凯尔泰斯正租住在一家小旅馆里。他把自己获得的奖金全部贡献出来设立了一个文学基金会。在多数人眼里，凯尔泰斯永远是一位穷作家，他从来不会主动和人提到自己是谁，自己曾经得过什么奖。所有在我们看来可以拿来炫耀一番的事情在凯尔泰斯这里都不值一提。他曾经说："我能炫耀的只有我在奥斯威辛劫后余生的经历，但还有多少人愿意听一听呢？"

心理学家认为，炫耀是人性的弱点，一个人炫耀什么，往往就是内心缺少什么。在我看来，有钱固然任性，任性未必炫耀。对有人来说，即使做不到低调，倒不妨试一试自嘲。因为事实证明，今天我们的炫耀，有一天终会让自己觉得可笑。

图像与真相

"有图有真相"这句话据说最早是在贴吧等交流平台上出现的。因为楼主所表述的话题仅通过文字并不能让观者信服，于是楼主便需借助视觉"图片"来使观者得到丰富的表述，从而获得真实感，借此相信这是事实。于是便衍生出了"有图有真相"这句话。而后来，"有图有真相"由网上至网下，成了日常经常能听到的话，我就至少从三四个广告里听到过这句话，意思当然是为了让观众和听众相信广告所说所演绎的都是真实的。

早先修图是个技术活，当年康有为为了合成那张著名的与光绪皇帝的"合影"据说花了不少银子。我小时候，照相馆里的老师傅一般都会合成，只是需要在暗房里鼓捣大半天。数据显示，近年来美颜修图软件的行业市场占有率已接近一半，这大大降低了修图难度，人人修图就像人人都会打电话那样简单且易行。

参加一些饭局，发现如今许多人都喜欢给饭菜拍照。饭桌上有人想先吃，有人劝阻说"先别动筷"。起先我以为是因人还没到齐，后来才明白是因为菜还没上齐。等上齐了他们好第一时间拍照发朋友圈。于是有人螃蟹才啃掉半个，可他（她）朋友圈下的点赞却已蜂拥而至。我甚至还见过有人刚坐下就接电话有急事要走，临走前还用手机争分夺秒给桌上的饭菜"留"影。有研究表明，用手机给食物拍照部分等于人类已吃掉了这些东西，因为照片上的食物对人的胃口有代偿效果。倘此说成立，那么每年全世界手机用户朋友圈晒出的食物照片大约早已超过全世界餐馆的年供应量。那些著名的饭店、网红的餐厅，常常其一道菜品的转发量就有几十万上百万次，而且至少会被数万台手机下载收藏。

心理学上有个词叫"体像扭曲"，表现为一种自我判断失常。而英国威斯敏斯特大学教授科伊·迪布里则将网络上的修图称作"数字化扭曲"，表现为我们对于美化过的自己由不适应到惊喜到坦然接受再到干脆对自己的形象与认知就此发生的根本转变。换句话说，被修图过的自己虽然没有替换现实中的自己，但却已被自己的内心所接受，接受了两个不一样的自己。

我的一个朋友，生活中很老实的一个人，在网上却逮谁骂谁，绝对暴脾气。而有的人，现实生活里几乎没什么朋友，可在网络上却"交友无数"，甚至还担任群主和管理人，拉谁进踢谁走都由他说了算。为确立其网上形象，他们会"有图有真相"地在网上"精修"自己，并认定那也是自己。就像朋友圈天天熬鸡汤的人生活里很可能不是镇关西就是母夜叉；而天天劝人"看破""放下"的人，日常则睚眦必报锱铢必较，但他们却都接受了朋友圈中所呈现的，实际与现实中那个自己互不干涉并且"相安无事"的自己。现代科技的确保证了"有图像"，却依然难以保证"有真相"。

从前，人们习惯写日记，也爱写回忆录爱看传记，但看多了却发现，很多书里的说法，包括日记，与真相实际上存在距离，有的距离还不小。尤其是在人们越来越喜欢打着回忆名号给自己曾经的过往"贴金"或"加戏"的当下，这事实上也是一种"Ps"。人们对一些文字记载产生怀疑，有一个原因就是因为这些文字基本"无图无真相"。而如今，我们"有图有真相"甚至还有了短视频，但照片被"精修"，视频被"掐头去尾"，真相同样无从谈起。即使有些是真实的，但几分钟"图像"呈现的也只是部分的真相。因为总有人希望以最少的时间、最大的效率获取最有价值且性价比最高的信息、娱乐乃至知识，短视频于是应运而生，实际上已经有很多人懒得再去看 10 分钟以上的相声小品。短视频是一上来就能把包袱"炸响"，前几秒钟就能把观众抓住，有滋味有趣味却未必有营养。这些"图像"貌似真相，实则只是目的性极强的取舍和"精编"后的一种产品，不能说它没有呈现事实，但它却远不是全部事实。

　　我多年来有个习惯，就是每到陌生地方，都会买一张当地地图，虽说想买到并不容易，尤其对于一些小城而言。大约 20 年前，去过某城市，买过一张城市地图。不久前，与来自该城的一位作家聊天，我说那座解放前建的老火车站还在用吗，他说没有老火车站只有高铁站；我说有，他说没有。人家是当地人，我不好再抬杠。但后来我找出那张印有老火车站标记的地图，拍照给他发去，他半天才回说，您说得对，我是十几年前调过来的，来之前就拆了，没见过。看来，有图有真相这句话至少在某些时候的确是真理。

情书

看王小波写给李银河的情书，我总会感慨，王小波的语言真好。但王小波肯定不是写情书最好的。叶芝、巴勃罗·聂鲁达、陀思妥耶夫斯基，这些大文人都是写情书的高手，说难分伯仲倒也不差。

鲁迅的情书也写得好，他曾四个月内写给许广平 80 封情书，几乎每 36 个小时一封，而内容的绵密让看过的人无不咂舌。比如这一封——"小刺猬，我寄你的信，总要送往邮局，不喜欢放在街边的绿色邮筒中。我总疑心那里会慢一点。""我先前偶一想到爱，就立刻自己惭愧，怕不配。因而也不敢爱一人。"你会想到这些文字是出自"横眉冷对千夫指"的鲁迅之手吗？

再比如鲁迅在厦门大学教书时写给许广平的信中这样说："听讲的学生倒多起来了，大概有许多是别科的。女生共五人。我决定目不斜视，而且将来永远如此，直到离开厦门，和 HM 相见（HM 是许广平缩写）。"看起来就像个恋爱中调皮的小男生。

郁达夫当年写给王映霞的情书很有个性："为了你，我情愿把家庭、名誉、地位，甚而至于生命，也可以丢弃，我的爱你，总算是切而且挚了。我几次对你说，我从没有这样的爱过人，我的爱是无条件的，是可以牺牲一切的，是如猛火电光，非烧尽社会，烧尽自身不可的。"读罢仿佛看到有一团火在眼前燃烧。

沈从文回老家探望病母，走水路一个星期的时间，主要都在给张兆和写情书。上午写，下午写，晚上也写，多的时候，一天写五六封。一个星期下来，沈从文竟写了三十四封情书。他说："我离开北京时，还计划到，每天用半个日子写信，半个日子写文章，谁知到了这小船上，却只想为你写信，别的事全不能做。"

人们怀念书信时代，怀念字斟句酌写出来的情书，怀念邮差，不仅是简单的怀旧，也蕴含了满满的情怀。书信时代的情书，有文采的恋人间或许还要弄个藏头诗，里面小心翼翼地嵌入"我爱你"之类的字句，即使夜深人静，即使恋人不在身边，写的时候也会脸红心跳。就比如读大翻译家朱生豪先生写给妻子宋清如的情书，那简直就是对我们情感智力的一次淘洗。

是手机短信的出现彻底改变了人类的表达方式，尤其是感情的表达方式。短信的即时抵达功效，令利用短信编就的情书发生了重大变化。原先字斟句酌的词句变得稀少，正因为短信令情书具有了"纠错"功能，写错一句，少写一句，都能随之进行补救。这也决定了利用短信书写的情书少有"精品"。我知道有很多人换手机都会将先前的手机保存，他（她）要保存的其实不是那部"过时"的手机，而是里面的短信记录。当年，我还见过有人把短信记录一笔一划地抄写在本子上，那种用心倒是令人怦然心动。

如今微信等各种新网络交流平台的涌现，让情书也变得越来越"简单粗暴"。微信与短信最大的区别就是有了更多图像和短视频的加持。恋人间上来就是"么么哒"，就是各种"拥抱""亲吻""红唇""爱你"等令人脸红心跳动图的狂轰滥炸。有用心点的，在网上买个恋爱课，学会制作"抖音情书"就能集束向对方发送"么么哒"跟"我爱你"，相较之下，文字（情书）倒成了附庸。人人都想用"多快好省"的套路来搞定爱情，貌似花里胡哨，看到的却全是浮躁。

有人说，如今恋人间最贵重的信物不是金银钻戒，而是交给对方自己手机。恋人相互信任的"最高境界"也是能随时放心大胆地互换手机，因为手机里隐藏了太多"秘密"。同时手机也成为男女间感情的"试金石"。我曾天真地问一位"00后"，如今许多人的微信好友动不动就上千乃至数千人，怎么查啊！"00后"给我科普：如今只要在微信顶端搜索栏输入"么么哒""亲爱的"一类词组，立马就能显示你都曾给谁发过这种挑逗撩拨的暧昧言语，令我一边痛感自己孤陋寡闻，一边感慨科技的不断进步。

如今，每到"情人节""七夕"一类日子，很多网上公司就异常忙碌，他们将情侣间微信情话记录打印出来，然后装订成精美"情书"，可携带，也便于收藏保存。收费高点的，里面还会插入恋人照片，而这些照片虽说拍的时候都用了美颜，但多半还需重新"制作"——按定户要求修成与其偶像"撞脸"的效果，但如此这般情书，到底是情书呢，还是高科技呢？

北欧国家挪威最近立法：在社交媒体上发布的照片，凡经过滤镜以及修图软件加工处理过的，必须用水印标注出来，好让人知道这是"修出来"的照片。这一立法也适用于挪威恋爱中的男女。我赞成这样的立法，虽然有人认为它"用力过猛"，但对爱情来说，颜值最不可控，可控的永远是心灵与真爱。

交出隐私

记得小时候看国外及港台地区的影视剧，里面人物动不动就来一句"你侵犯了我的隐私权"，感觉不但铿锵有力，而且讲这话的角色也给人高端大气上档次的感觉。后来它也一度成为热词，隐私权不仅是改革开放后大众最早认识到的自身权利之一，还有滥用隐私权的新闻频频见诸报端。

有人希望将自己的隐私公开，比如普希金的自传，至今在许多国家依然被列为禁书，因涉及了太多隐私。而这些隐私，尽管诗人自己乐意和盘托出，但后人还是希望要为尊者讳。这一点也可参照一些人对托尔斯泰《忏悔录》的态度。还有诗人拜伦，拜伦有一本回忆录，是他死后英国政府从希腊取回的拜伦众多遗物中的一件，回忆录里有太多拜伦隐私，婚外恋不是主要的，据说是对当时被视为洪水猛兽的同性恋的记述，最终令这本回忆录付之一炬。

与上述普希金等人截然不同，21次入围却未获诺奖的作家格雷厄姆·格林显然不想交出自己隐私。为此，他甚至事先便出版了一本所谓"自传"，尽管所有人都知道那是一本在修补前千疮百孔的"自传"。好在他无法阻止别人阅读其他书籍了解他，于是谢利皇皇三卷本的《格雷厄姆·格林的一生》和迈克尔·谢尔顿的《格雷厄姆·格林：内心敌》成为人们了解这位作家的必读物。

我对当下的明星以及网红关注很少，但因某些新闻网站和公号总在推送他们的消息，偶尔也会关注。2019年8月3号，歌手王一博手机号的贩卖信息在大量黄牛朋友圈里流传，马上就有他的粉丝在微博分享自己打给偶像电话偶像接听后浑身发抖的经历。我这才知道，明星隐私贩卖产业链已经形成，且颇具规模。因隐私被粉丝"购买"，歌手杨坤被人堵家门口三个月，演员肖战的航班被取消，歌手王俊凯的座驾被安装追踪器……总之饭圈好乱，而这些对自己偶像不择手段穷追猛打的粉丝又被称为"私生饭"，他们关注的重点只在偶像的隐私。当然也有不用"购买"得来的"隐私"，据说只要把明星的姓名和证件号，通过各大航空公司的链接查询，就能准确掌握其行踪信息，前提是你得知道明星的证件号。

朋友圈其实是最早消弭隐私之地。我认识的一个人原来很不引人注目，但自从有了微信朋友圈，他开始从早上起床"晒"自己的每天行程，连吃碗兰州拉面里有几片牛肉都交代得一清二楚。到后来，他所发的每条微信朋友圈都能引起关注，乃至于有一天不发，就会有人关心他是不是出了什么事。从他身上，我理解了网红何以成为"网红"，她们吃根冰棍啃个猪蹄都能得到许多人的关注甚至打赏。就像《后真相时代》的作者麦克唐纳所说，个人隐私一旦成为出售的方式和手段，那么被购买是迟早的事，而购买者的理由则包罗万象。百度的李彦宏也说过，中国人对待隐私问题的态度更开放，如果他们可以用隐私换取便利、安全或者效率，在很多情况下，他们就愿意这么做。

今天的流量已有了姓氏名谁，有了性别，有了属于你的各种爱好的精确分析。最了解你的可能不再是你妈或者你媳妇，而是你的手机。那里面不仅有你用微信、支付宝消费的各种记录可供大数据随时采用，还有更多或许连你自己都搞不清的需要实名认证的应用。让你分分钟成为一个透明人。

总有人会说，自己不在乎隐私被人"窃取"，因自己既不是名人，也不是领导或者有钱人，在家里都排行老三，更遑论商业价值。而其实，再默默无闻的个体也是有价值的，他的价值便在于为大数据添砖加瓦。当某些互联网公司被所谓的大数据公司所取代，听起来十分唬人，而实际很多都是靠贩卖各种数据盈利，这其中就包含大量对自己的隐私泄露不以为意的人们所贡献的数据。

当然，有时候想不贡献自己的隐私也不行。我发现，平台貌似尊重客户选择，实际上你根本别无选择。就在写这篇文章时，我还在下一个应用，翻来倒去却还没搞定。不仅我，我相信很少有人会把一页页授权协议耐心看完，对于明知道暗藏其间的信息陷阱也只能忽略不计。没办法，唯其如此，否则你就无法安装。在这种时候，我们的隐私显得不仅不值钱，而且就怕交出太慢。不过，任何事物都有两面性，一些隐私被大数据掌控的好处也显而易见，比如有人在网上炫富炫爹，之前你还真拿他没辙，如今分分钟就被人肉出来，大概率会坑爹，成为反腐的一道另类风景。

两把大火

先说第一把火。

公元 555 年 1 月 10 日晚，梁元帝萧绎命舍人高善宝一把火将十四万卷藏书给烧了，史称"江陵焚书"。这事儿知道的人不少，但说到焚书的原因却莫衷一是。

萧绎自己似乎给了答案。攻陷江陵的西魏将领问萧绎何以焚书，萧答："读书万卷，犹有今日，故焚之！"把亡国责任归为"读书无用"，怕也是没谁了。南宋胡三省言："帝之亡国，故不由读书也"。明末王夫之说梁元帝是咎由自取，与读书无干，所谓"非读书之故，而抑未尝非读书之故也"。王夫之又感慨道："取帝之所撰著而观之，搜索骈丽，攒集影迹，以夸博记者，非破万卷而不能。"意思是萧绎读书的主要目的只是为了向人夸耀自己读书读得多。

十四万卷藏书，如今大约只是间中等图书馆的藏书量，可放在南北朝时，却堪称惊人数字。西魏灭南梁，从萧绎焚书的大火中抢救出来数千卷，西魏恭帝禅位于北周宇文觉时，藏书有八千卷，估计其中多半系抢救出来的萧绎藏书，一直到北周灭亡前夕，藏书才增至一万卷。隋开皇三年，隋文帝杨坚派人到各地搜书，允诺原书可在抄录或使用后归还，且每卷书由国家财政发给一匹绢的奖赏，因此收书不少。后来杨广灭陈，又获得不少书籍，但这些书大多是"江陵焚书"后新抄的，用的纸墨质量差，内容也错误百出。即便如此，隋鼎盛时藏书也只有三万余卷。所以说，如果梁元帝萧绎没有焚书，相信那十四万卷书大多应该会被保留下来，即使保留不全，其所含信息也多半会被间接传承。倘如是，公元555 年前的中国历史一定会比当下我们所了解的更为丰富，许多所谓"定论"难说不会是另外一种答案。

写《颜氏家训》的颜之推系南梁太学生，曾亲耳聆听萧绎给他们讲课。他是西魏灭南梁后数十万被强行迁徙到北方的南梁人之一。其《颜氏家训》中写道："自荒乱以来，诸见俘虏，虽百世小人，知读《论语》《孝经》者，尚为人师。"所谓"百世小人"，即在南方时，世世代代是平民的，仅仅因为读过书、有文化，到了北方，就受人尊敬。据记载，实体书烧了，萧绎想把自己满肚子书也烧了，朝火里跳，被拦住，于是拔剑击柱哭喊道："文武之道，今夜尽矣。"颜之推的记载颇具讽刺意味，在焚书的熊熊大火中，自诩读书和藏书人代表的萧绎大呼"读书无用，文化已死"，但在征服南朝的所谓"北方蛮族"眼中，书籍与文化人却又是最被看重的。

再说第二把火。

保加利亚裔英国作家埃利亚斯·卡内蒂 1981 年获诺贝尔文学奖，他获奖前只出版过一部小说——《迷惘》，且距获奖时已 46 年。他是被诺贝尔文学奖评委会发现并推向世界的最成功案例，是好的作品不会被埋没的有力证明。而《迷惘》的主人公基恩就是一位嗜书如命的藏书家，小说的高潮则是一把大火。

基恩爱书成癖，藏书累万，日常只埋头读书，对外部世界一无所知，因为书籍就是他的世界。他在 40 岁时雇了一个名叫苔莱泽的女管家，她浅薄轻浮、心狠手辣，并费尽心机骗取了基恩信任并与他结婚。他俩的结合并非出于爱情，而是各有目的：基恩排斥异性，他是为自己的藏书免遭苔莱泽用来吓唬他的火灾才娶她为妻的；而苔莱泽嫁给基恩则是为取得他包括书籍在内的财产。她和基恩结婚后就逼他写遗嘱，从心灵到肉体折磨基恩，最后甚至把基恩赶出家门。后来在哥哥帮助下，基恩重新夺回自己的财产包括书籍，但却陷入无比的恐惧和迷惘之中，恐惧是对现实的恐惧，迷惘是对书籍的怀疑。回家当晚他就把全部藏书堆积起来纵火焚烧，而他则仰天大笑着与这些藏书同归于尽。当时的诺奖评委会有人认为，这是书籍在为基恩同时也是为一代知识分子殉葬。

两把大火，看似不搭，却异曲同工。萧绎身为皇帝，把亡国之责推给书籍，好像不是他被打败，而是书被打败；基恩读书破万卷，在现实生活中却屡遭欺侮，其焚书同样基于某种对书籍的"绝望"。

当一个人把读书与成功、升迁、金钱、现实利益这些标的物捆绑，书籍的确无法履职尽责，因为好的书籍只为人精神世界的丰盈与超拔负责。但对有些人而言，大火能烧掉的是书籍，无法烧掉的是其对书籍功利性的虚妄。

歌声与城市

一个城市能够被人们记住乃至于向往，有许多种方式，相比于靠GDP数字以及盖高楼大厦来获取的方式，通过歌曲的传唱无疑有事半功倍的效果。一位江西的导游告诉我，他们那里最热门的旅游线路之一是北京游，而其中有两个景点无论如何不能省略——一个是天安门，一个是北海公园。我奇怪，且不说故宫和颐和园，八达岭和鸟巢也值得一看啊！他说，如果有机会看当然好，但要是只看两个地方，尤其是上点儿年岁的游客都会选择天安门和北海公园，这是因为两首歌的缘故，一首是《我爱北京天安门》，一首是《让我们荡起双桨》。

1979年，38岁的王立平为电视片《哈尔滨的夏天》创作的《浪花里飞出欢乐的歌》和《太阳岛上》，成为那个时代的流行曲，太阳岛一时间成了全国人民的向往；同样是在1979年，王立平又为电视片《大连漫游》创作了《大连好》，优美动听的男生四重唱令大连这座城市一下子被人们所向往。有大连媒体曾对到大连观光的游客做过调查，发现40岁以上的人多半都受到《大连好》这首歌的影响。有意思的是，在创作《大连好》的时候，王立平甚至还没有去过大连。

同样，当歌手郑钧创作并演唱《回到拉萨》的时候，他还没有到过西藏——"回到拉萨，回到了布达拉宫……"《回到拉萨》的旋律传遍大江南北。也正是因为这首歌的大热，在全国掀起了一股畅游拉萨的热潮，拉萨在国内驴友们的心目中地位大大攀升。或许是受到《回到拉萨》的影响，歌手韩红也把她的家乡唱进了她的歌："我的家乡在日喀则，那里有条美丽的河，阿妈拉说牛羊满山坡……"这首《家乡》也使得日喀则被更多人所知。

都知道桂林山水甲天下，但桂林市旅游部门有统计显示，在 20 世纪 90 年代之前，来桂林旅游的人数一直"不温不火"，20 世纪 90 年代初的一首《我想去桂林》风靡后，桂林旅游出现"井喷"现象，这首歌至今是桂林重大文艺演出的保留曲目，其歌词还被刻在漓江边的石头上。

小城浏阳，本不显山露水，但一曲《浏阳河》把浏阳传唱到了海内外。"浏阳河，弯过了几道湾，几十里水路到湘江……"浏阳因歌曲而为天下知可谓实至名归，因为浏阳本身就是一座音乐之城，清代浏阳器乐大师邱之陆的浏阳古乐是我国现存最为完整的祈孔古乐。

《请到天涯海角来》让海南声名大噪。这首歌现在已成为三亚市歌。这首歌创作于 1982 年，那时候海南尚没建省，三亚也还是一座县级市。换句话说，这首歌是给海南创作的，不是给三亚创作的，把这首歌"送"给三亚，据说海南方面还给其他县市做了不少工作。

洪湖市距离武汉 150 公里，走高速的话不到两个小时。而洪湖几乎与洪湖市区接壤。一曲"洪湖水浪打浪"让小城不再养在深闺。说实话，来看洪湖的人多半与这首歌有关，我算了下，洪湖市内能够与"洪湖水浪打浪"歌词联系起来的店铺名称超过半数。

到香港，大家都忙不迭地往中环、旺角一类的地方购物，我一个朋友却打了辆的士让司机拉他去看皇后大道，就为了他从初中就百听不厌的罗大佑的那首《皇后大道东》。"皇后大道西又皇后大道东，皇后大道东转皇后大道中……"想来倒也有趣。其实，对于那些晚间乘船夜游维多利亚湾的游人，我想他们的脑海都会响起邓丽君那首《香港之夜》。

到台北的那天晚上，大家相约去西门町吃宵夜，我却执意要去忠孝东路。实际上是因为一首歌。我一直喜欢"动力火车"，尤其是他们唱的《忠孝东路走九遍》，可以说把一个失恋男人的心境唱绝了。于是就一定要去看看被称为"情侣之路"的忠孝东路。当一位年轻的台北小伙子知道我是因为一首歌来的时候。他笑起个没完，说，他也喜欢"动力火车"，只是这忠孝东路是台北最长的几条路之一，别说走九遍，走一遍就差不多天亮了。小伙子还告诉我，他也想到大陆看看，最想去的地方是康定。我问他为什么，他说，是因为《康定情歌》啊，他正准备与女朋友一起到康定唱情歌呢！

只点赞，不点开

　　牛津大学教授、著名人类学家罗宾·顿巴致力于研究人类互动，提出了一个"150顿巴数"的著名理论。认为一个人的核心朋友圈只有5人，可能家人也可能是朋友；一个人真正的"朋友圈"是15人，在这个圈子里你可以吐露心曲寻求慰藉；一个人能保持的社交关系"朋友圈"人数最多是150人，如超过150人就无法驾驭。而我们如今的朋友圈动不动就上千乃至几千人，比如我之前被拉进的几个"文学群"，虽因上限规定群里只有几百人，但这几百人都添加你，添加后又会把你拉进其他"文学群"，于是乎，如果不是"狠心"不去接受那些添加我的人，我的朋友大约早已"遍天下"了。

　　今人不比古人，中国古代文人不乏仗剑天涯的侠客，不缺南征北讨的将军。岑参、范仲淹，岳飞、辛弃疾皆如是，在当年，他们第一身份显然并非文人。彼时的文人实际上也并非像今天这样独立为一个具有特定指向的群体，许多被我们称作文人的人其所处位置本身就是官僚阶层一部分。他们有人于仕途春风得意，有人于官场频遭打击；有人浪迹江湖、啸隐山林；有人愤世嫉俗、游戏人间。所以，用古代文人（包括李白苏东坡那类文人）来比照我们当下乌泱乌泱的文人群体（尤其是网络上的），不仅无意义，而且很容易落入"关公战秦琼"的窘境。

　　我接触过不少文学作者，都告诉我自己是某某"大奖"获得者，而这些大奖，几乎无一例外都来自网络，至少是依托于线上而转至线下的评奖。好多是需要点赞数量转发数量甚至粉丝"跨栏"助推的，有些则就是文学群群主自己办的奖项，获奖的也多是群友，这种文学奖说是自嗨倒也不差。

　　网上写散文的人貌似最多，其次是写诗的。散文嘛，行文拘束少，叙事、抒情、议论都可以，是一种入手快的文体。而诗歌尤其是现代诗，缺乏统一标准，与古诗词相比又无韵律局限，所以，散文和诗歌这两种看似容易下手的文体成为网上首选，也成为网络劣质文字重灾区。关键还不在于写作水平差，而在于写作水平差而不自知，甚至得意。如今纸媒也缺少批评的声音，网络文字就更因缺乏批评的缘故而听不到、听不得不同意见。在当下"三审制"缺位的网络写作背景下，他们没有被匡正和自我审视的机会，轻易就能把文章发到自媒体，不断完成发表、转发并赢取大量点赞的过程，形成自己作品无比优秀又无比"热销"的假象。

　　而当一些人把自媒体平台的文章转发到朋友圈后，亲朋好友的点赞更使他们失去应有的判断力，就真把自己的文章当成好文章了。起初，或许他们知道这些点赞大多是出于礼貌，实在不能作为文章好坏的标尺。其中大部分人是只点赞、不点开。然而，实际情况却是，在这个圈子里，大多是水平相近的人，别人也希望用给你点赞来换取你的赞赏，以求得内心满足。于是点赞成为"交易"，批评踪迹全无。互相吹捧遂成为网络文学圈子里的基本生态。

　　这些年还总听到有人说，他们工作太忙，等退休闲下了也写点诗歌散文啥的。我就奇怪，为何会觉得写作门槛不高呢？事实上中国当代诗歌在写作深度、技艺和思想探索上，都达到了相当高度；当代散文随笔在思想性与艺术性上的水平更不是随便谁就能企及的，但这是以最好的那些散文家诗人来衡量，实际上，当代散文诗歌水平之低、鱼龙混杂之乱也达到前所未有的高度。一些人只是混圈子，混圈子是出人头地、扬名立万的不二法门。如有人所言，混圈子不一定能冒出来，但不混却不可能冒出来，网络文学中的散文诗歌群体尤其如此。大众对当代文学的很多负面印象，除了最为重要的历史因素及当代文学与大众的审美分途外，也与某些人像生意人那样整天混圈子有关。于是，"文学活动家"这一词汇应运而生，他们善于经营和推销，通过在各种文学群和线下组织、参与文学活动等，来构建小圈子，抢占和分食有限的文学资源。

我认识的某省一位退休多年文人，系某文学群群主，在群里说一不二。常邀请我去他那里采风，说届时找群里几个美女陪我一起吃饭，虽然我知道他说的美女不过就是他群里几个文艺女中年，但我每回都客气回复"感谢感谢"。我最受不了的是他天天给我推送自己"大作"，有时还会把文章下面上百人的点赞、送"抱抱"送"么么"截图发给我，令我逃无可逃，对此，我也只能是只点赞，不点开了。

说话的学问

读一本有关说话的书，发现里面所举实例不是萧伯纳就是丘吉尔的，便不解，难道英国人说话比咱中国人还"牛"？论起说话这门学问，战国时的苏秦、张仪都是说死人不偿命的角色，两千年来粉丝无数。能说会道在很长的时间里都是一个人能否安身立命乃至成为名士的要件。有邻家女子数落老公道："当初还不是被他一张巧嘴骗了，现在后悔来不及。"话虽怨怪，却能听出其中的撒娇卖乖来。说话的确重要，就是有满肚子道理，说不出来也白搭。因为话跟不上，有理变没理的事多了去了。不过，"会说话"也并非那么简单，关键是会说什么话，是否能把话说到点上。而听人说话也不简单，所谓听话听声，锣鼓听音，人家本是拿话"点"你，你却浑然不觉，知道的是你脑系不够，不知道的还以为你装傻充愣呢！看媒体说话也有学问，尤其是如今的娱乐新闻，其八卦程度与时俱进，前行的方向却是一条不归路——重口味，把人们的胃口败掉、再败掉。比如某当红影星，突然爆出离婚打官司等消息，此时你要淡定，因为这估计是为了某一部电影造势呢！正所谓螳螂捕蝉，黄雀在后。还有更无聊的，某名人去了趟婴儿用品店，便爆出其"疑'造人'成功"！更有断章取义者，把别人的话、别人的文章掐头去尾，意味就完全不同，甚至有可能南辕北辙。所以，光会说话不行，会不会听也是门学问。

去看绝症病人，说真话，对不起病人；说假话，对不起自己，于是就只能说一大堆听上去从哪头理解都行，实则说与不说两可的话。我小时候听一些大人说话，就常听到云里雾里——"你听说那事了吧！""哪事儿呀？""不就是那事儿吗！""是那事啊，快说快说那事怎么样了！""嗨，别提了，那事听说闹大了"……中国人的语言含蓄，说起来就是一个再普通不过的指代词，可一用到特定的语境里，便有一些特别的意思，之所以不直接说出"那事"到底是"哪事"，通常是因为不便大大方方说出口。不过，如此一来，信息量便大了，想象的空间也大了。比如一群人议论老板和女秘书"那事儿"，8个人可能有10个版本，这些版本中很可能就有因为对某些词汇的歧义而造成的误解。

中国人说话讲究话外音，求言外之意。比方说我们以前见面爱问"吃了吗？"现在改问："忙什么呢？"有媒体以此为例证明国人的进步，不仅不再为吃饱喝足犯愁，而且普遍"忙"起来了。你可别小看这个"忙"字，也是种身份和能力体现，多少得有点事业才能"忙"吧！而且最主要的是，"忙"比"吃"的言外之意要广。一句"吃了吗"，至多也就问出对方刚吃的是捞面还是馒头，而"忙什么了"则很可能问出个机会来，要是忙不过来，到时候大家一起忙不是更好吗？

如今都明白女人的年龄不能随便问了，但有的人还是很想知道，一颗好奇心都快被烧着了。于是就迂回一下，旁敲侧击，问的婉转且貌似不留痕迹——"你什么属相的？""你哪年大学毕业的？"抑或"你赶上唐山大地震了吗？"几句话就把人家给绕进去了。

有外国人初来乍到，不明白中国人说美女是祸水，却为啥都想要；说天堂最美好，却又都不想去；说金钱是万恶之源，却死乞白赖自己留着，不想嫁祸于人……其实，他不明白的还是中国话的多重语义。网络时代的语言追求的是表达的机趣，更讲求"话外音"，奉行的是"有话就不直说"。其实，这种说话方式，在生活中比比皆是。比如听某些领导讲话，貌似波澜不惊，实则在利用字词的抑扬顿挫、闪转腾挪制造错觉，让原本不好说、不好明说的意思富有创造性地表达出来，你要是不会听，那可就是你的问题了。

除了说话，一些行为也似乎代表了某些人的话外音、潜台词。比方说如今干部中习练毛笔字者越来越多，本是雅好，却不想被人当成判断"言外之意"的途径。有人说看一个干部是否要被提拔，往往看他平时写字，要是常临一些"淡泊明志""难得糊涂"抑或"归去来兮"之类的字幅，多半是戏不大了；而要是常临一些"鹏程万里""大展宏图"抑或"出师表"之类的条幅，就估摸着有门。我一个朋友在基层做部门领导，有一阶段常利用中午时间临写英文，有时是单词，有时是整段文章，一遍一遍的工工整整，于是就有消息传出，说他要出国深造，也有人说他要去外事部门任职。我听后问他，他说这事儿别提了，原来他儿子上的是双语学校，下学晚，作业又太多，只能是他帮儿子偷偷完成一部分，因怕说出去让人笑话，就一直没说，他说："这不，没人通知我就被他们给调动了！"

简单与复杂

忘了从何时起，我发现自己活得越来越复杂。而曾经我是希望自己变得越来越简单的。年龄渐长，选择简单生活似乎愈发必要。然而现实却是，技术的进步带来各种"便捷"，却并未带来想象中的简单生活与人际交往。从前可下碗面条便填饱的肚子，却禁不住诱惑刷了一堆外卖；而原先电联几句敲定的事儿，如今又打字又语音，搞不好还要视一会频，把原本简单的事儿楞给说"复杂"了。

再比如电脑，我从286电脑开始用，最初的理想就是它能成为我的一台忠实打字机。然而，随着科技的进步，我需要在电脑上更新下载的应用和软件越来越多，许多都是被动升级的那种模式，哪怕我对原有程序万般留恋，程序升级总是不由分说。当然，最无法摆脱的还是手机。当下已经进入了人手一部智能手机的时代，于是我们的生活乃至一切都开始与手机发生关联。那些五花八门的应用程序（APP），不仅层出不穷，并且仿佛永远让人看不到尽头。我从最早的抗拒，到意识到自己螳臂当车之可笑；从被动下载，到不得不下载，再到主动下载，而下载的过程就很"复杂"：我害怕记不住密码，害怕点错某个按键，尤其是被系统一次次无法审核通过后，我早已不在乎自己隐私，恨不得将所有卡号和盘托出，只要系统让我通过。

而这些变化不仅源于各种出行和身份甄别及疫情防范的需要，当我终于学会了网上购物后，我也会为了领取那一点点所谓优惠而近乎卑微地屈从于各种APP的诱惑。而当我发现手机运行越来越慢，不得不清理内存时，又惊讶地发现，系统里竟然还有不少自带的"僵尸"APP，不要说如我这般菜鸟，即使请"高手"亦无法对其进行卸载。

记得小时候，总怕停电，当年虽说没电视没冰箱没洗衣机，但停电的夜晚总会令年幼的我感到紧张，收音机成了"哑巴"，街上一片黢黑。我六七岁时还有电影院因停电而临时取消所放映的电影，已经入场的观众则不得不无奈接受，只是不断发出惋惜的声音。是啊，那个年代，看场电影于人们精神世界亦不啻为一种享受，而没电一切皆为枉然。但彼时我却没有料到，有一天，还有比没电更悲催的事儿，那就是"断网"。

总有人呼吁"丢下手机"，却没考虑手机实则已成为我们生命的一部分。比如我，就极度恐慌于自己的"不在线"，惧怕"失联"。而"在线"就说明自己没有与这个世界分离，我在工作，我在生活，我可以在领导发布通知后第一时间回复……

疫情亦使全世界对网络的依赖变得空前强大。许多曾刻意排斥网络的人，因各种封锁和居家措施，亦成为新网民和智能手机用户。苏格兰是智能手机使用最少同时亦是纸媒最受欢迎的地方，但疫情暴发后，网民与智能手机用户成倍增长，可他们发现，互联网的便利毋庸讳言，但比起纸媒，由铺天盖地的自媒体和自我标榜的所谓"头条作者"们"加工"而成的新闻往往离事实更远，而且情绪化、个人化、泛娱乐化，文字不通顺且佶屈聱牙。这显然不止是苏格兰人的感受，对于我们来说，难道不是如此吗？

我身边有许多文学爱好者，虽在纸媒没发表过一个字，却都是"大奖获得者"。原来，一个微信个人公众号就可成立所谓"某省散文研究会""某市诗歌联盟"，不仅自行评奖甚至还选出"某省第一""国内十佳"，且动不动就来个"全国征文""权威发布"，唬人得很，而实则其编辑乃至评奖却往往出自同一抠脚老汉。貌似越来越简单就可以获得的平台和荣誉，实则令我们的价值判断变得愈发复杂并缺乏门槛。

我一直喜欢不囿于世的蔡志忠，他至今不戴手表不用手机，每天只吃一顿饭，从凌晨一点开始每天工作十六个小时，孤身一人勇敢追求自己想要的生活。蔡志忠说要"过最简单的物质生活，享受最大的精神自由"。他初二辍学，连初中学历都没有，却涉足不同领域，拍电影，《老夫子》拿了金马奖最佳卡通电影长片奖；画漫画，《庄子说》《老子说》《论语》被译成二十多种语言，向全世界宣扬中华传统文化；打桥牌，九次入围亚洲杯、一次世界杯，在各类比赛中拿过200多次冠亚军。而当他声誉达到最高点时，却闭关十年研究物理学"时间"问题。2020年11月17日，已经72岁的蔡志忠正式"落发"少林寺，取法名"延一"……蔡志忠一生都在远离时代的复杂与喧嚣，追求最简单的生活，然而，谁能说他的"最简单"不是这世上的一种"不简单"呢？

天才的门槛

有天赋的人很多，但可以被称作天才的人却很少。叔本华认为这个世界上一亿人当中只会有一个天才。叔本华说："有天赋的神枪手能打中别人打不中的目标，而天才神枪手是可以打中别人看不到的目标。"他还说："天才是我们从他那儿学习而他未曾向别人学习过的人。"这门槛未免太高，如果照叔本华的意思，我们这世上能够被称作天才者恐怕凤毛麟角，因为门槛横在那儿了，绝大多数人怕是迈不过去，能迈过去的，亚里士多德算一个，他在逻辑学、自然科学、修辞学方面都是开先河者；苏格拉底、荷马、萨福等人也沾边，但多是两千年前的人物，而近现代嘛，"自称"抑或"被称作"天才的人可谓汗牛充栋，公认的却极少，爱因斯坦或许算一个。

1882 年，奥斯卡·王尔德到达美国，过海关的时候，他对美国海关人员说："除了我的天才，我没有什么需要申报的。"近代美国著名作家格特鲁德·斯坦因说："历史上犹太人只出过三位天才：怀特海，毕加索，再有就是我自己。"而另一位美国作家约瑟夫·爱泼斯坦针对此则说："王尔德和斯坦因都算不上天才，他们所拥有的只不过是宣传自己的天才罢了。"这话未免不留情面，但也不算错，虽然我喜欢王尔德，但倘使用叔本华的标准，他难说就是真正的天才。

那么，除了爱因斯坦，谁才算真正的天才呢？比较近的例子，肯定有人会想到霍金。因为不止一个人说他是"第二个爱因斯坦"。但霍金生前却对《洛杉矶时报》的记者讲："或许我符合一个残疾天才的形象。至少，我是个残疾人，但是我不像爱因斯坦那么天才。因为公众需要英雄，当年他们让爱因斯坦成为了英雄，现在他们又把我造成了英雄，尽管我远远不够格。"

记得很早前曾读过福楼拜的一篇名为《布瓦与白居谢》的小说。描写的是两个想要获得全部知识的人布瓦与白居谢，二人一起学画、种菜、培花，又一起研究化学、解剖学、生理学，还攻读历史、哲学、宗教等，并钻研催眠术，而结果却是一事无成。加拿大学者曼努埃尔说："福楼拜笔下的这两个人发现的是我们一直知道但很少相信的，那就是对知识的累积并不是知识。"这话想来倒是颇值得玩味。

的确，任何一个人都不可能保存其想知道的所有知识，人脑虽然拥有1000亿个神经元，却没有哪个人的大脑曾被填满过。原因很简单，因为在一个人达到处理能力的极限之前，这个人就已经达到了生命的极限。有人计算过，假使让一个人在70年寿命中所学的知识速度基本恒定，那么，即使把这一数字乘以10倍，那么这个人的知识内存最多也只有1G，与小小的的移动硬盘内存比起来只是九牛一毛。所以，寄望靠"填鸭式制造"产生天才是不现实的。

1978年3月9日，来自全中国的21名少年被选拔进入中科大，成为中国首个少年班大学生。他们当中最大的16岁，最小的11岁。被媒体称为"少年天才"。而今40年过去，有媒体探访这些"小天才"们后续成长发展之路，其中曾被誉为"中国第一天才少年"的宁铂，19岁成为内地大学中最年轻的助教，在21世纪初辞职遁入空门。还有的"天才"上大学后被劝退，有的则销声匿迹。少年天才们进入社会后的发展，无疑是面镜子，有助于我们从一个侧面审视这种所谓"天才"教育的内在问题。

霍金几乎拥有一个天才所需要的全部传奇因素，比如他生于伽利略的忌日，死于爱因斯坦的生辰，拥有聪明的大脑与多舛的命运等等，但他同样认为天才不是靠"训练"获得的，比如通过一些匪夷所思的技巧和重复性的训练，教会人们快速记忆、撰写文章以及计算数字的套路。在霍金看来，天才的出现更像是某种化学反应，比如一种元素与另一种元素相互作用所产生的"突变"，这可以从对高斯与爱因斯坦大脑研究中得到旁证，因为至今都没有科学结论——他们的脑结构与常人存在明显差异。

许多人最多只是有点天赋，却被奉作天才。比如踢一百场球，终于踢进一粒进球的运动员也会被业内称为天才，还有那刚出版册诗集的少年也会被文学圈称为天才，还有那才演了一出戏的鲜肉也会被媒体捧成表演天才……于是理解了我们如今为何能那么轻易便称谁谁谁是大师，降低的看似是门槛，实则是我们对许多事物的尊崇与敬畏。

通才与偏才

如果选一个人作为通才的范例，我以为非明末清初之李渔莫属。李渔自称自己生平有两大绝技：一则辩审音乐，一则置造园亭。李渔的戏剧和小说在清初大放异彩，借助江南市民社会阶层的壮大，昆曲兴盛的东风，李渔遂有了"剧界之巨子，词场之功臣"的美名。他是一个文化商人，自己在南京开店铺名曰"翼圣堂"，自产自销自己写的书籍，除刊售《笠翁传奇十种》《闲情偶寄》之外，他还刊印销售《三国演义》《水浒传》《西游记》《金瓶梅》等"叫座"的书籍。为扩大销售，李渔选用高级枣木为制版材料，购进安徽宣城的上等纸张印制，同时设计了多种书笺等文创产品以"芥子园"等品牌销售。李渔还能设计和打造家具，为他人弄林造景。他研究历史，有史论《古今史略》留存；研究法律和诉讼，有《资治新书》传世；研究幼儿教育，创作了幼儿启蒙读物《笠翁对韵》，李渔还被认为是禁书《肉蒲团》的作者，他还组建了"芥子园家庭剧社"，自任导演，排戏演戏……论热爱生活，兴趣广泛，大概无出李渔其右者，虽未必样样顶尖，但哪一样都足够上乘。

闻一多怕是当年那一代教授学人中学历最高的之一了，他上课时总爱叼着个烟斗，第一堂课上来对学生们讲的就是《世说新语》里面的话："痛饮酒，熟读《离骚》，乃可以为名士。"在闻一多看来，读大学的目的当然是要力争去做个名士，至少要成就一番事业，而不是为了日后找工作的一纸文凭。闻一多在大学里讲的是唐诗，可他对东西方艺术皆了如指掌，要知道当年闻一多在美国芝加哥美术学院和科罗拉多大学里学习的可是美术史、艺术史啊。

唐兰年轻时学的是商科，那时候他就爱写一些文学作品投给报社。后来又改道学医，再后则宅在家里博览群书。正因了他的博览群书，在东北大学时，唐兰才能代顾颉刚讲《尚书》；在北京大学时，唐兰才能代董作宾讲甲骨文。汪曾祺在《唐立厂先生》一文中回忆唐兰在西南联大的时候，有一回教词选课的教授休假，唐兰先生便自告奋勇，代那位教授授课，上来就讲的是《花间集》，连汪曾祺都感觉听着过瘾。如闻一多、唐兰者，既是文人，也是教授，而做教授，他们又可游刃于多个学系，皆为通才。

说到通才，当年的老师与如今的老师的确有很多不同。1941年的时候，重庆南开中学有一个叫谢邦敏的学生参加毕业考试，物理交了白卷，也不能说是"白卷"，人家谢同学在交卷前在考卷上填写了一首词——《鹧鸪天》："晓号悠扬枕上闻，余魂迷入考场门。平时放荡几折齿，几度迷茫欲断魂。题未算，意已昏，下周再把电磁温。今朝纵是交白卷，柳耆原非理组人。"给他阅卷的是南开中学的物理老师魏荣爵，魏老师阅后不仅没恼，而是随之在卷面上写道："卷虽白卷，词却好词。人各有志，给分六十。"由此我也明白了，为何"不拘一格降人才"这句话并不是什么时候都适用，这句话有时候是被认真践行的真理，而这句话在更多的时候却只不过是个掩人耳目的幌子罢了。罗家伦考北京大学，数学零分，作文满分，胡适将他破格录取。后来罗家伦当了北大校长，又录取了英文满分、数学15分的钱锺书；文史和英文满分，数学6分的吴晗；国文和历史满分、英文0分的钱伟长，以及连高考都未参加只报送了一篇论文来的华罗庚等等这些著名的"偏才"。这与彼时罗家伦们的朝气有关，而朝气当然与年龄有关，比如梁漱溟24岁当教授，徐宝璜25岁，朱家骅26岁，胡适28岁……但我以为，应该更与彼时某些人的学养胸襟、丰沛情怀、责任担当有关，否则别说小学文化的沈从文，中专文凭的鲁迅、周作人、郭沫若，怕是连大学者陈寅恪也当不上教授，要知道陈寅恪虽曾到过欧美多国游学，却最终也没拿个正式的文凭回来。

有人想当然以为通才注定"杂而不精"，但通过对人类历史上15位最著名的科学家的全面研究，却发现他们竟然全部都是兴趣广泛的通才！牛顿、伽利略、亚里士多德、达尔文、开普勒、笛卡尔、惠更斯、拉普拉斯、法拉第、巴斯德、托勒密、胡克、莱布尼兹、欧拉、麦斯威尔，这些人全都是"通才型选手"。同样，有人对"偏才型选手"多有诟病，实则偏才中出大师的概率才是最高的。

还是达·芬奇说得好，要"研究艺术的科学性，研究科学的艺术性。""要意识到万事都是有关联的。"没错，只有打通方能宽阔，只有包容方能繁荣。

隐私这点事儿

照基因学理论，这世上的人多半都能扯上关系。美洲人来自亚洲，欧洲的白人与非洲的黑人竟是近亲，而太平洋小岛上的土著人与南美的印第安人的基因序列高度一致……有人研究莎士比亚，单是其与伊丽莎白女王是否有血缘关系这事儿就吵吵了几百年，其实这与我们说曹雪芹与雍正乃情敌，曹雪芹蓄谋毒杀了雍正一样，都是先大胆揣测，再小心求证。而在这"小心求证"过程中，往往是头绪越证越多，隐私越挖越深，所谓剪不断，理还乱。

小时候在乡下，前后上过三年学，发现班里的同学除我之外，竟然都沾亲带故。进一步发现，这些沾亲带故的同学感觉其实并不像亲人，反之，拌嘴打架乃家常便饭，常出现外甥把阿姨骂了，侄子将叔叔打了，起因则小到一只橡皮抑或几块糖果的归属。班里有个鼻孔外总是挂了两条大鼻涕的秃小子据说辈分颇高，可家里只有个寡妇娘，特穷，没人乐意与他扯上关系；没承想多年后，秃小子一不留神成了富甲一方的土豪，到他家认亲的络绎不绝，一个个进门亮开嗓子不是喊他老叔就是唤他表大爷，至于之前都干啥去了，倒像是某个大家心照不宣的隐私。于是便想起林语堂说的话，"有些隐私如同银行存单，取出它得看需要和时间"。

世人皆有隐私，只是或大或小。有人即使高温酷暑，也不愿在他人面前暴露身体，可能是因了某个未必严重的隐疾；有人甘做"隐婚一族"，并非对爱人不忠，而是因了某种工作现实情非得已。帕瓦罗蒂唱歌时手里得攥条手绢，据说源于其儿时一定得攥着母亲衣角才能熟睡的隐私；诺贝尔创立了一个至今影响世界的奖，在众多理科奖项中却没有数学奖，据说是因为他的情敌是位数学家。

电影《朗读者》取材于德国作家施林克的同名小说，有段情节给我印象很深：女纳粹汉娜是奥斯威辛的看管，二战后，汉娜因这一罪行受审。她原本只是纳粹法西斯体制内最底层的一个雇员，在集中营内，她的罪行比起他人来也较低，但是，当其他几名受审者把责任推到她身上，法官要求她写字以确定到底是谁在囚犯死刑报告上签字的时候，汉娜拒绝了，她直接认罪，被判重刑。而她之所以这样做，不是要给谁去背黑锅，而是因为她要守住她的隐私——她不会写字的隐私。她宁可让他人看到她的裸体，也不愿让他人知道她是个文盲。

正因为有了隐私，才有了某些人的挖掘乐趣。如今有不少年轻人害怕参加家庭聚会，七大姑八大姨凑一块儿，家庭貌似温馨，自己却是糟心。因为这些大姑大姨们往往都兼具小报记者之潜质——怎么还不结婚？是不是太挑了；怎么还不要孩子？是不想要，还是没怀上？我这可有偏方。这些还都算一般性采访，还有那"深度调查"，完全堪比"焦点访谈"——一个月赚多少钱？基本工资多少，额外补贴高低，公积金之外单位是否还给缴补充公积金，年假多少天，领导是男的女的多大岁数，他（她）对你赏识吗？凡此种种她们一概想知道。你要是不小心凑巧在机关里高就，更有那深谙干部晋升之规律者对你表示"关心"：正科几年了，怎么还没弄个处级？这事儿可得抓紧，要不你就迈不到上面的台阶了……那劲头整个一组织部管干部的。

有人热情饱满地挖隐私，有人却千方百计地晒隐私。面对一个个信息发布平台，有些人却对自己不断暴露的隐私浑然不觉，甚至还会有意放大。晒恩爱，晒厨艺，晒旅游，晒心情，当然，最流行的还是晒孩子，晒自己的孩子多聪明多可爱，以至于"微博晒娃"竟成了一句网络流行语。

有女人为防老公出轨，誓要掌控老公一切隐私。可科技进步得一塌糊涂，你控制得了对方 QQ、飞信、MSN，人家却还有私人邮箱、博客小纸条和微博私信，更有那微信摇一摇，陌陌聊一聊，你围追堵截却注定敌不过人家路径千条，所以感情这事儿靠围追堵截没戏。同样，你处心积虑打探名人隐私，娱乐版昨天还说人家系明星里的模范夫妻，今天就告你二人已缘尽分手，脑子转不过弯儿来的得神经了。

排名先后

我小时候拍过"毛号",也叫"麻号",当年天津孩子差不多都玩过这种游戏。而拍"毛号"的目的是赢取他人手中的"毛号"。太上老君降孙悟空,元始天尊管太上老君;雷震子不敌闻太师,哪吒三兄弟都服广成子。正所谓一物降一物,卤水点豆腐。比较混乱的是"三国"毛号,关张赵马黄,自然排在蜀汉大将"战力"的前五位,怕的是与魏、吴的大将"混搭"。许褚和赵云谁厉害?姜维是太史慈对手吗?马超打得过吕布吗?这问题都曾难倒过我们。还有关公战秦琼的事儿。拿"三国"的吕布对阵"隋唐"的李元霸,谁赢谁、如何排位就会颇费一番思量,往往以少数服从多数为准。比方如果多数人都认为李元霸更厉害,那就让李元霸"管"吕布。相较而言,《水浒传》里人物的排名先后则一目了然,因为有"水泊梁山"聚义厅座次表在那里搁着呢。

不过说实话,我始终都认为水泊梁山的这份排位表比较可疑,实际上并非能够真正对应每名英雄的真实本领与江湖地位。比如说鼓上蚤时迁,无论其在《水浒传》中的出场次数,还是他对梁山的贡献,都不该排名倒数第二,竟然比郁保四、王定六还靠后。而对位居前列的一些人,比如金枪手徐宁、扑天雕李应,我却印象不深。你会发现,梁山好汉的排名先后,基本上是以英雄的出身地位做主要依据的。原朝廷命官、在野名流、土豪财主等无一例外地居于C位。年少时觉得这些理所当然,年长后明白这其实是一份依照"既定社会规则"拟就的排名,与真实的武功水平和贡献大小并不完全匹配。宋江喜好结交天下豪强,但他无疑对人情世故、规则与潜规则的领悟与把玩更为谙熟和精到。

前一时参加个活动，原本我以为所谓"排名先后"只在官场被看重，却未料到如今在所谓专家教授学者群中同样盛行，且比之某些领域有过之而无不及。谁是某某学者，谁是特聘教授，谁是博导，谁是硕导，教授是正的副的，正的话是几级教授，手里攥着多少课题费，掌控了多少科研经费，排名先后都不一样。甚至谁是 211 大学的博导，谁是 985 院校的教授，排名先后也不相同。

我小时候没见过如今这么多的教授，那时听说谁是教授觉着特了不起。如今的教授已多如过江之鲫。一座城市多了有几十上百所高校，少的也有几所高校，而且这还不算那些比照大学教授职称评定的许多科研院所。我知道北京大学有四五千名教授，好吧，就以一所大学有一两千个教授（包括有教授职称的管理人员）计算，倘若某个城市有 50 所大学，数学好的朋友可自己乘下有多少教授。

黄永玉先生在他的《沿着塞纳河到翡冷翠》一书中说民国时的南京"'少将多如狗，中将满街走'，都是值不得几个钱的。而这几年却又是'教授满街走，大师多如狗'了"。黄永玉又说："大师、教授这种称呼，原不是刻意随便安在头上的；就好像不可以随便取下一样，既要有内涵，还要具备相当长的、够格的资历。""直到今天，我那些学生、学生的学生都被人称为'大师'，他们安之若素的时候我才彻底明白，我们的文化艺术已经达到一种极有趣的程度了。"

黄永玉笔下的所谓"有趣"当然是一种反讽。黄永玉或许的确不在乎是否有人称他为教授抑或大师，或许连是否将他的名字排在前列，是否写在显眼处也不在乎，这是因为他的名字早已无需通过介绍和排名先后来引起他人重视。但就如黄永玉所言，他的学生多半还是会在乎的，而他学生的学生却是一定会在乎的。

排名这事儿，你要在意，就没完没了。如今凡事都要搞个"排行榜"，原先流行歌曲排行榜主要是靠出品方出钱打榜；而文学搞"排行榜"倒简单，一般就靠三五个人的"金口玉言"，你要在意了接下来就没法写了。

　　不能说名分一点都不重要，但它显然没有我们认为的那样重要。诌几句顺口溜够不够诗人名分？练几笔大字算不算艺术大师？大家心里都有数，强调"排名先后"，外行人那里或许能忽悠下；内行人眼里，就那么回事儿吧！

每一变都认真

丰子恺曾与人谈到自己的老师李叔同："弘一法师一生由翩翩公子一变为留学生，再变为教师，三变为道人，四变为和尚，每一变都认真。他的遗训'认真'两字永远使我铭记心头。"没错，弘一法师一生功绩得益于其秉承的"认真"二字，丰子恺又何曾例外？"文革"中，丰子恺每天坐公交车准时到单位接受批判，之后还要进行劳动改造，周而复始，可他却不以为意，在写给儿子的信中说准时上下班的生活令自己的胃口和身体都好了，每天可以喝下半斤黄酒。并劝儿子"每天烧点菜吃吃，集集诗句，自得其乐"。不腻烦，不抱怨，随时随地皆认真对待自己和生活，无怪乎日本大作家谷崎润一郎在谈到丰子恺时讲："我所喜欢的，乃是他的像艺术家的气质，对于万物的认真地爱，和他的气品、气骨。如果在现代要找寻陶渊明、王维，就是他了罢！"

1949年前，沈从文是作家，写了40多本小说和散文；1949年后，他改行做了文物研究专家，和坛子、罐子、绸子、缎子打交道近40年，其间的专注和认真并不比早年从事文学创作时差，对文物的鉴赏和独有的艺术观绝对是大师级的。读他的《花花朵朵 坛坛罐罐》，其鉴赏文物的心得和对艺术的感悟令人称道。字里行间不仅可饱览丰富多彩的文物知识，也可寻觅沈从文离开文学圈后的生命轨迹。他说"中国海岸线长，江河湖泊多，鱼类品种格外丰富。因此人民采用鱼形作艺术装饰图案，历史也相当悠久。"他提出文史必须结合文物，以文物证实文史，而不能光埋在文献堆中寻章摘句。他在文中谈论文物由古及今，引经据典，大雅之言，乡俗之音，根根卯卯，枝枝权权，有时一篇文章里竟引用几十部典籍，令人在感佩之余不由得动容——沈从文由作家到专家的这"一变"何其专注又认真！

都知道海明威是大作家，却未必知道他一生都在"变"，每一回都变得认真，变得漂亮。

还不到 19 岁，海明威就志愿参加了国际红十字会赴一战前线的义工团，来到意大利，在意大利与奥地利军队对峙的前线，他在给意大利士兵分发药品的时候中了奥地利军队的炮弹，在米兰的医院住了三个月，动了十几次手术，取出 200 多片碎弹片。他被称为前线最勇敢的医护人员，为表彰他的精神，意大利政府战后颁发给他荣誉勋章。

回国后，年轻的海明威开始文学创作，他的认真与专注很快令他跻身美国著名作家行列。然而 1942 年，德国潜艇开始袭扰美国海岸，海明威毅然放下写作，将自己用稿费购买的游艇"皮拉尔"号加以改装，配备了通讯和爆破设施，然后亲自驾着它在加勒比海搜寻德国潜艇踪迹。海明威就这样驾驶着"皮拉尔"号在海岸义务巡逻达两年之久，期间他放弃了所有写作计划，尽职尽责，他的侦察成效显著，帮助美国海军击沉了数艘德国潜艇，因为表现神勇，他被美国军方授予荣誉勋章。

1944 年，海明威以战地记者身份随反攻大军在诺曼底登陆。然而，当他踏上法国土地那一刻起，他便与所有"组织"失去联系。原来，他自己跑到敌后加入了法国游击队，多次与德军进行面对面的激烈战斗，并在戴高乐将军的率领下，参加了解放巴黎的战役，最终获得了法国政府颁发给他的金质奖章。

1945 年 3 月，当二战行将结束，海明威又回到他的家中，重新开始写作，他又成为了一名严格意义上的作家。他写出了《老人与海》。从小说中读者嗅不到二战的硝烟，海明威用小说告诉世人，"痛苦于一个男子汉不算一回事"，"一个人并不是生来要给打败的，你可以把他消灭掉，可就是打不败他。"1954 年，海明威获得诺贝尔文学奖，他没有去斯德哥尔摩领奖，而是委托他人代领，他自己则匆匆驾船出海打鱼去了，因为海明威除了是作家之外，还是一名渔夫。

这世上有许多人，一生认真于一门事业、一种追求，固然不错；有的人总在变来变去，但他的"变"却是各种利益下的权宜，敷衍应对，毋须认真；而有人的"变"则或因自我突围、精神超拔的主动求变，或因现实弄人、生活所迫的被动应变，总之不回避、不怨艾，因而每一变都认真，因而每一变都传奇。

说哭

　　哭在历史上的重要性，可能超出许多人的想象。就不说孟姜女啦，哭得惊天动地，长城都让她哭塌了。就说四大名著吧。一部《三国演义》，刘备大大小小哭过总有几十回，真假虚实，花样翻新，成效显著。与徐庶惜别时他哭，哭得情真意切难分难舍；请诸葛亮出山时他哭："先生不出，如苍生何"，哭出了家国情怀；带老百姓逃难时他哭，我不能丢下你们啊！哭的八方来投天下归心；赵云拼死救阿斗时他不仅摔了孩子，还哭着说：为了你这个熊孩子，险些失了我一员大将！哭得众弟兄感激涕零死心踏地；鲁肃来讨荆州时他哭，哭得鲁肃意乱神迷束手无策；听说皇帝遇害他哭，哭得伤心欲绝，彰显了其汉朝继承者的正统地位；被孙权软禁时他哭，哭得孙尚香义无反顾不辞而别与他私奔回荆州；白帝城托孤时他哭，哭得诸葛亮只能鞠躬尽瘁以死辅佐阿斗以报先帝之恩。刘备还哭过很多人，刘表、庞统、法正……一张 A4 纸如果用四号字打印肯定不够装的。

　　贾宝玉也爱哭，仅在《红楼梦》前 80 回里，有人统计明确写到宝玉哭的地方，就有 19 次之多。我倒觉得林妹妹多愁善感的性格是被宝玉的哭给"激发"出来的。唐僧也爱哭，动不动就哭得像个孩子似的，《西游记》第 74 回，取经团队路过狮驼岭，唐僧一连哭了六场。就更甭提宋江了，晁盖死时他哭，征方腊死一个兄弟时他要擦一次眼角，但都难说他动了真情，或许只有在逃难路上闻听老父亲死讯，宋江的哭才是真哭，因为宋江的确是个孝子。

大文人白居易活着时，是小文人唐衢的粉丝。《国史补》载："进士唐衢有文学，老而无成。善哭，每发一声，音调哀切。遇人事有可伤者，衢辄哭之，闻者涕泣。"哭，本非男人特长，但唐衢能哭得伤心，哭得动容，哭得周围的人六神无主，这的确不是一般人能做到的。

亲人去世，后人悲痛伤怀，哭丧是自然而然的。但花钱请人来协助哭丧，古人称之为"助哭"，怎么说也是有点儿过分。钱锺书在《管锥编》中引王秀之《遗令》说："世人以仆妾直灵助哭，当由丧主不能淳至，欲以多声相乱。""助哭"最初动机是为掩饰丧主哭得不够彻底。据记载，六朝时即有"丧次助哭"的所谓习俗。据钱锺书考证，西方旧日亦有"哀丧婆"一说，古罗马哀丧婆为人代哭，自扯其发，放声大哭，能悲戚欲绝。

某些所谓"礼仪文化"实际上是为从道德上压抑人性的独立与自由，让忠孝心理作为统治人心性的唯一影响力。以极端仪式感制约后人对先人的崇拜，"助哭"亦可谓应运而生。宋代王得臣《尘史》中写道："家人之寡者，当其送终，即假倩媪妇，使服其服，同哭诸途，声甚凄婉，仍时时自言曰：'非预我事！'辩白之言，洵可笑也。"意思是说有助哭者一面哭得死去活来，一面自言自语、对天祷告：跟我没半点关系啊！这种辩白是一种忌讳心理的表现：丧事为凶，助哭难免沾晦气，辩白就像有人因说了句不吉利的话，马上吐一下口水。

大家都听说过一句话：会哭的孩子有奶吃。其实不光有奶吃，甚至还有江山坐。曹操有恙，曹植为父王称述功德，文采斐然；而曹丕受人指点，只"泣而拜"，于是众人皆以曹植辞多华而诚心不足，曹丕获得深情仁厚的名声而胜出，继承王位。道光皇帝有九个儿子，前三个都早夭，剩下的道光最喜欢老四奕詝和老六奕訢，奕詝成熟稳重，但缺乏才气；奕訢才气非凡，却稳重不足。最终，历史的天平倾向了奕詝。一方面是因为奕詝与道光脾气相近，另一方面则源于奕詝老师的计谋。衰病的道光召两位皇子入对。临行前，两位皇子请教各自老师，奕訢老师卓秉恬说："当知无不尽，言无不尽。"杜受田则说："阿哥如条陈时政，智识万不敌六爷。惟有一策，皇上若自言老病，将不久于此位，阿哥惟伏地流涕，以表孺慕之诚而已。"这场发自内心的假哭，令"纠结帝"道光心中的砝码最终投向了奕詝。

　　孟子曰："动容周旋中礼者，盛德之至也。哭死而哀，非为生者也。"意思是说动作容貌应对自然而然合乎礼的，这是美德登峰造极的表现。为死者之逝而痛哭伤心，纯系出于至情，不是为了做给生者看的。这话说得非常好。而事实呢？某些哭，是哭给他人看的不假；有些笑，又有几分不是笑给他人看的呢！

刚刚好

曾不止一次听人慨叹，要是那姓汪的人死于1910年刺杀摄政王途中该多好，或者审他的肃清王判他"斩立决"而不是终身监禁，无疑便成全了其"引刀成一快，不负少年头"初衷。其实，类似慨叹何止对汪兆铭，多年来我于读书时常想，倘某某人死于、消失于、归隐于历史的某个特定时刻，不再有他后来的种种不堪，岂不刚刚好？

兰州有山曰五泉，山上有霍去病雕像，而雕像早已被人摸得油光锃亮。就因名字里含"去病"二字，每天都有人跑去摸它，借其名字祛病消灾。而实际呢，历史上的霍去病何其短寿，23岁便死了。关键还不是战死的，是病死的，急病，连御医都没辙。

当年，霍去病是个令匈奴人胆寒的名字，他率军突入匈奴腹地两千里，斩首十万众，而后乘胜北进，一直追到大漠深处之狼居胥山。至此山下，强敌远遁，他命人堆土增山，再登临山顶，面向中原设坛祭拜天地，并立碑纪念，以示此地已纳入汉家疆土。从此，中国便多个成语叫"封狼居胥"，以表示对武将最大战功的表彰。

汉武帝要为霍去病建府邸，霍说"匈奴未灭，何以家为"，这话至今听来仍令人血脉喷张。检索霍去病履历，从十几岁领兵就没打过败仗，其人生巅峰期，绝大多数人才刚起步。霍去病的不同，就在于其生命在人生巅峰期戛然而止，将他永远定格于最辉煌岁月。然而，倘霍去病接着活，真的能一辈子不打败仗吗？是否会像李广那样失败？是否会像李陵那样被俘？甚至于日后波诡云谲之权力争斗中演变成一个世故狡诈的角色而滑向"反面人物"？从这一角度来说，霍去病的早逝或许是某种"刚刚好"。

多年前，我过黑龙江海林，专程去访宁古塔旧址。在从海林往东京城遗址半途，见到一块刻有"宁古塔"三个大字的石碑，据说那周边就是最早流放宁古塔的人居所。我以石碑为原点走出很远，思绪仿佛随着历史云烟在那片土地上徘徊。我想到了一个人——张缙彦，明末清初文人，曾官至明兵部尚书。他的《宁古塔山水记》是中国第一部介绍宁古塔专著，也是黑龙江山水志和地名学发轫之作，具有极高学术和文化价值。他的《域外集》是黑龙江第一部散文集，所收篇什真实记录了流人生活状况，对宁古塔自然风光也有详尽描述，具重要史料价值。他的《苍头街移镇记》，是中国关于中俄关系最早著述，文中所述黑龙江口石碣，是对永宁寺碑最早记录。而宁古塔之山岭河川，早期多由张缙彦命名。流放宁古塔，张缙彦从家乡带来粮食和蔬菜种子，教人耕种五谷稼穑，改变了当地人过去以渔猎为生的单一手段，被人们亲切地称呼为宁古塔"五谷神"。张缙彦还是宁古塔文人领袖，1661年重阳节，他组织18位流放文人相约登高，成立"七子诗会"，该诗会系黑龙江、吉林两省最早诗歌社团。

由一个人的经历来解读其是非功过是常识。因此，对张缙彦的认识，其之前大半生是逃不掉的。张缙彦不无政治才能，十岁即能作文，在文学上有造诣。他生活于明末，于政治漩涡里摸爬滚打，极尽各种表演之能事，妄想永立不败之地，但实话说，他把自己的戏给演砸了。

明崇祯四年，张缙彦中进士；1643年，李自成兵临北京，兵部尚书冯元飙称病辞职，推荐史可法代替自己，崇祯不听，擢升张缙彦为兵部尚书。李自成入京，他便投降，后又趁乱逃走，到家乡招兵，和南京福王搭上关系，仍得授原职。清顺治三年，福王政权亡，张缙彦又向洪承畴投降，从此改做大清的官。后因为赞助李渔刊刻《无声戏》，被人以

"文字狱"弹劾流放宁古塔。

清朝对待如张缙彦等，统统是先加以利用，等政权稳固后，再秋后算账。因为在清统治者看来，张缙彦之流是不可信赖的，固编印《贰臣传》以儆效尤，同时对明死难遗臣大举封赠。换句话说，即使无人弹劾张缙彦，其命运也可想而知；而流放宁古塔，倒无意中成为了对他的某种"拯救"。

可以说，到宁古塔前，张缙彦完全是让人鄙视的。然而，命运对他却网开一面，将他抛到宁古塔，正是这一苦寒之地使张缙彦的思想感情在山水熏陶和冰冻洗礼中得到升华。他把他余年的全部智慧和才华贡献给了宁古塔，不知是否有人知道，他是在为自己赎罪。

张缙彦在流放 13 年后死于宁古塔。送葬日，宁古塔民众争相送别，泪洒长街，悲哭不绝……从这一角度讲，张缙彦活得久是一种幸运，尽管他对历史的贡献无以洗刷其气节之大亏，但对于一个戴罪之人来说，也算是别一种的"刚刚好"吧。

经师与人师

　　三年前，北京大学出版社出版了一套顾随先生讲学实录，全套书由叶嘉莹先生保存下来的当年的听课笔记整理而成。顾随是中国现代历史上著名学者、作家、美学家、教育家，同时他也是周汝昌、叶嘉莹二位先生的恩师。周汝昌先生称顾随是"一位正直的诗人，而同时又是一位深邃的学者，一位极出色的大师级的哲人巨匠"。

　　顾随先生与彼时诸多前辈大师一样，给学生上课时即使预备了教案也只是偶尔翻动，多数时间都是"临场发挥"。当然那时也没有 PPT、投影仪一说，即使有，我料顾随先生也不会选择使用，他要的就是激情四溢，就是全情投入，每一次给学生授课的过程实际上也是他自身的磨炼与提升过程。这令我想起当年吴宓先生主持西南联大外国文学系的时候，主授的是外国文学，讲课时却时常与学生分享对中国古代文学尤其是对中国古代诗歌的心得。有一回外面下雨，吴宓干脆不再讲课，而是给学生们背起了古诗，都是和雨相关的古诗，要知道他教授的可是外国文学啊！吴宓先生曾多次提出大学应造就"博雅之士"，实际上就是要造就有思想、有学养的"通才"。

　　叶嘉莹先生在提到顾随先生这套讲学实录时也说："一般学术著作大多是知识性的、理论性的、纯客观的记叙。而先生的作品大多是源于知识却超越于知识以上的一种心灵与智慧和修养的升华……就因为我深知先生所传述的精华妙义，是我在其他书本中所绝然无法获得的一种无价之宝。古人有言'经师易得，人师难求'，先生所予人的乃是心灵的启迪与人格的提升。"

"经师易得，人师难求"，此话源出《礼记》，意思是说做传播知识的经师容易，而人师则是要用自己的行为、品行、言语影响学生，有道德、有品性，一辈子给学生效法的，这才配叫人师。对此，南怀瑾先生也曾说过："我做过大学教授多年，从我手里毕业的硕士、博士很多。我说小兄弟啊，告诉你吧，学位一定让你通过，恭喜你，不过你尽管拿到博士学位，这个学位是骗人的，是让你拿这张文凭骗饭吃的，学问还谈不上。学问连我都还没有。"南怀瑾先生在这里所说的"学问"其实就是"人师"所能给予受教者超越书本之上的知识，也包括授业者自身的智慧与人格，倘作为照本宣科的"经师"，南先生怕是早已绰绰有余。

顾随先生说："一种学问，总要和人之生命、生活发生关系。"这话讲得好。学问是活的，不是死的；是带着授业者生命体温与人格魅力的，不是套用模板照本宣科的。我们如今的教授多如过江之鲫，大家都是考场上的常胜将军，过五关斩六将才坐到教授的位置，但授课却不同于自己参加考试，能做到一个合格的经师实则便已不易。信息网络时代，在掌握知识的道路上正在变得人人平等，每个人获取知识的来源是相同的，仿佛每个人都有发言权。比如我们如今在网上，你可以付费甚至免费即可找到这个世界上据称是最好的"专家"，但往好了说，他们也只不过是经师罢了，因为网络教育更需要标准化、制式化、模板化，尤其还需要适应"碎片化"。

一个朋友供职于京城某线上教育机构。他告诉我，线上教育最重要的就是"抓人"，否则就不会吸引更多用户来"买课"。而"抓人"的首要环节是要在很短的时间内刷新用户被传统教育固化的"三观"，要夺人眼球，尽可能在第一时间内启动用户大脑内的多巴胺反馈机制。所以他们需要的教师往往不是学问最大、授课水平最高的，而是最能归纳、最有口才的。具体来说就是把整块时间转向碎片化时间，简化学习难度，提炼知识点，适时加入笑点，以增加用户学习兴趣度。我想，这样的教育方式或许会为一些人拓宽视野，节省时间，但我们真的能指望依靠它"生产"出的知识来应付一个如此庞大、复杂的世界吗？这种显而易见的扁平化、娱乐化、趣味化、流行化倾向，又会对它所传递的知识造成何种影响？这样的授课方式不要说比人师，离经师都还差得远啊！

顾随先生曾在给叶嘉莹先生的一封信中写道："假使苦水（顾先生别号）有法可传，则截至今日，凡所有法，足下已尽得之。"这无疑是对叶先生最高的嘉许。而叶嘉莹一直铭记着恩师顾随先生的那句话："一个人要以无生之觉悟为有生之事业；以悲观之心态过乐观之生活。"这话里不仅有智慧，更有人师的博大胸怀与高尚人格。

慢慢来就来不及了

许多事情，慢慢来就来不及了。

我一个年长的朋友，自从青藏铁路通车后就计划和妻子坐火车去一趟西藏。59 岁那年，他对妻子说，再等一年我们就去西藏，就凭我这身板，珠穆朗玛峰不到顶也能爬到半山腰。可就是这年查体，他被查出肺癌，且是晚期。他对妻子说，对不起，没法陪你去了，我的身体看来等不及了。

我一个年仿的朋友，因为忙事业竟然三次推迟了婚期。2008 年，他终于敲死了良辰吉日，他娇美的未婚妻回川西老家通知亲友，却被永远埋在了汶川地震的废墟瓦砾下。朋友一辈子无法原谅自己的是，他没能让自己心爱的女人穿上那件美丽的婚纱。

对有人而言，钱永远赚不够，总说等赚到多少位数以后，就去享受生活。可实际嘴上说"钱多了就是数字"，没日没夜干的却还是为这数字添砖加瓦，至于赚钱之外的，则一概推到"以后"。对更多的人来说，他们把最想看的书，最想做的事，最想去的地方，也都留到了"以后"，好像真的有无数个"以后"在静候他们，却不曾想到，"以后"是不是真的属于自己？"以后"是不是也会不辞而别？

有个作家说，他要等到他各方面都成熟了再去创作他最想创作的那一部作品，请相信，那一定是一部大作品。听到这话我笑了，因为我不相信！成熟是什么？肖洛霍夫在写作《静静的顿河》时甚至还不知道顿河的具体长度和顿河的发源地在哪里，但这并不妨碍他去写顿河的两岸和两岸上劳作的人民。因为他只有 25 岁，他可以连续几个月披星戴月埋在打字机旁写作，试问，一个所谓已经成熟了的 60 岁的作家做得到吗？

我们总是在为自己的拖延和懒怠寻找理由，我们总是有本事把自己的行为无原则的给合理化，却不曾想到，光阴就是这么溜走的，机会就是这么跑掉的，而青春经常是没等我们为它写好一篇悼词就已经绝尘而去。

有些事情当然要慢，比如品尝美食，比如老友谈天，比如与恋人缠绵缱绻，甚至，我们会希望让某一段时间就此凝固。可是，有些事情，却容不得慢条斯理——一次需要体力做保证的探险旅行，一场需要全身心投入的浪漫爱情，一个虽然有些疯狂但却绝对是灵光乍现的奇思妙想……人的想法有时候很像是口袋里的钱，留着的话 100 元永远是 100 元，不能对抗通胀，而贬值却是一定的。所以，如果你有可能让它变成 200 元或者用这 100 元实现你当下哪怕微不足道的一个想法，那么就马上行动吧，还等什么呢？

真的，不要迷信自己有多么与众不同，我们既不是红孩儿，也不是孙悟空，以为 20 岁的容颜，40 岁还会重现；40 岁的豪情，60 岁的时候一样还有。不要相信永远埋在心底的爱就注定崇高，爱不在有力气爱的时候说出口，多半的可能是永远不会再有勇气说出口。不要相信自己的魅力可以和山河与共，你爱的人就活该永远爱你，且无论何时何地都能召之即来，要知道一切都会变的，就像保罗·萨特对波伏娃说的那样："请相信，只有一样事情是不会变的，那就是一切都会变的。"

是的，我们无法为自己保值，也无法为自己保险，我们更无法为自己保鲜，就像我们从小到大，在路上到底丢弃了多少美好的却是夭折了的理想，我们都还记得吗？所以，要做的事情马上就去做，要爱的人现在就去爱吧！要实现的理想，哪怕它现在看上去有多么荒诞，也要想方设法向那方面靠拢；而要想幸福的话，请现在就选择能让你幸福的人和能让你幸福的生活方式吧，这世界不是出租车，不会招手即停，这世界一秒钟也不会为我们而停留，更容不得我们去"两句三年得，一吟双泪流"……真的，许多事情，慢慢来就来不及了。

丁真与纯真

有一个阶段，我常被各种各样的表情包所困扰，因不知其义，抑或说大致明白又怕"误读"，想询问对方这"表情"是啥意思，又怕人家笑话，甚至被当成明知故问，于是乎只得不去接茬儿，干脆也就随它去了。但私下里还是想搞明白，上网恶补，发现一些"表情"竟查不到对应解读，到"百度提问"里提问，有人答曰：因网上"科普"早已赶不上表情包的日新月异了。

表情包的出现据说是网络社交平台的一次革命，也预示着"图像社交时代"的来临。这有点儿像幼儿园里的"看图说话"，简单粗暴，却也活灵活现。我认识的一个人在上海做高端图像设计，也包括给特定客户"精装"他们的微信朋友圈。他对我讲，标准的朋友圈画面设计往往是在豪华酒店里，客户穿着印有该酒店标识的睡袍，画好精致的网红装，靠着落地窗坐在地板上，一边喝着咖啡一边在阅读英文报纸或杂志。他参与策划过长沙一家著名网红餐厅的室内设计，因在餐厅内布置了一系列老长沙街头旧景，并且将这些人造街景用缆车相连，经视频推介后顾客盈门，不断翻台，一晚上少则数百桌，多的时候竟然会有一两千桌。

在当今社会里，要想被他人承认难度很大，但倘若你精心设计自己的朋友圈、用心打造拍摄的小视频，却有可能获得点赞，往往有事半功倍之效。比方前一时丁真的走红虽充满了"偶然""巧合"等因素，但究其实还是与视觉图像社交对人们观看世界方式的改变有关——哪怕是即兴的，只要能瞬间"击中"我就是爆款的。丁真全名叫丁真珍珠，系四川甘孜州理塘县格聂镇下则通村的一名普通村民，因一段不到 10 秒的短视频而在网络上爆红：黝黑的皮肤，略显蓬乱的头发，纯真无邪的笑脸迷倒了万千网友，遂成网红界顶流。网友因他"野性与纯真并存"，称他为"甜野男孩"。

而事实证明，这段视频也是经认真设计剪辑后才推送出来的，而在丁真爆红后，其"纯真""质朴"形象也被最大限度地"保留"，丁真成为了理塘县旅游形象大使。甘孜州政府也趁热打铁，短时间内推出了以丁真为视角的甘孜宣传片，将甘孜美景推送到全国人民面前。而今，只要你走进甘孜，尤其是走进理塘，丁真那纯真无邪的笑脸便随处可见。

丁真是不是纯真其实并不重要，重要的是我们需要丁真的纯真，因为这是我们共同的幻象。我们要的是这样一种符号，恰是因为我们在现实生活中太缺少纯真无邪的感觉了。没错，在当下，人变得空前矛盾，既向往"诗和远方"，又贪恋现世安稳；既要"活成自己"，又千方百计害怕与大众审美须臾分离。就像我多年来总会遇到一些人，他们既圆滑又油腻，却总在说自己渴望淳朴生活，崇尚纯真心灵。

前些年流行"韩剧"，宋承宪，裴勇俊，李敏镐，可以说出一长串中年妇女的偶像来。那些生生死死的影视作品，那些缠绵悱恻的爱情故事，明知与现实相距千山万水，然而，正所谓"缺啥补啥"，现实中无比稀缺的，才更令人无比向往之。受众甚至还会不自觉地将自己"代入"到作品的情节中去，好像剧中高大英俊的男主用一双迷蒙眼神看着的人不是剧中的女主，而是自己。

我去过藏东，也到过甘孜草原，所以当初第一眼看到丁真，我并未感到如何特别。因为在康巴藏区，像丁真这样的大男孩还有很多。我承认丁真纯真无邪的笑容能够治愈一些人浮躁的心灵，但也只是那一瞬，过后，又会有新的爆点在等着他们。

现在很多人有了人设，都变成了演员，但无论是朋友圈还是短视频号，晒出来的那个自己和真实的自己差的不是一星半点。大家渴望被别人关注的都是那个被美化被"精装"的自己，同时也乐于接受同样被"精装"过的他人。我也希望丁真一直都生活在远离尘嚣的甘孜草原，静静地放牧牛羊，骑着马和心爱的姑娘过着最简单平凡的生活，但我知道这对丁真未必公平。随着人气的暴涨，丁真即使自己不想，商业的介入，流量的考量，将他绑架也属正常。然后，人们再去期待下一个纯真的丁真出现。

契诃夫说："人的一切都应是美的：容貌、衣裳、心灵、思想。"如今许多人在前两者上用力过猛，而对于后两者，多半选择逃避，至少不愿真实面对，所以当丁真出现的时候，便仿佛看到了那个似乎曾经拥有却又被弄丢了的纯真的自己。

回忆也任性

从小看书喜欢看"人物传记"与"回忆录",起初囫囵吞枣不求甚解,后来大了,却发现,书与书之间常常会"打架"。哪怕它们都是很好的版本。即使没有历史与政治的局限,同样一件事情,同样一个人,版本不同,说法也常不同,有的甚至大相径庭。所以当年林语堂先生才会说,一个人回忆过去,30岁与80岁是不一样的。没错,30岁有30岁的毛躁,80岁有80岁的城府,毛躁浅,城府深,浅与深不代表对与错,有时候都是真相;有时候呢,可能都不是。

我比较喜欢读唐德刚先生的书,他为"口述历史"与"口述人物传记"的写作无疑树立了一种榜样。唐先生最大的贡献就是对口述者绝不"偏听偏信",而是旁征博引,最终觅得事件的真相。顾维钧在接受唐德刚采访时曾将自己所经历的"金佛郎案"张冠李戴,唐德刚据理给予纠正。顾维钧不服,称"事如昨日,焉能记错?"唐德刚遂找出当年顾维钧亲笔签署的文件来做反证,顾维钧这才不得不服输。无独有偶,李宗仁对唐德刚所指出的他"口述"中的谬误很不服气,常说"有书为证有书为证",而李宗仁所说的书实际上都是一些不足信的野史。

不仅是唐德刚,李敖当年写《播种者胡适》,胡适看过后曾给李敖写了一封信,指出其文中的几处错误。再版时李敖却只字未改,而是对旁人讲:"书里的内容我有根有据,胡适老了,有的事他记错了,有的话他说过后忘了。"当事人记错了,有可能吗?这当然是有可能的;而当事人把自己说过的话忘得一干二净,我以为多半的情况是真忘了,也有另外一种可能，那便是当事人出于某种顾虑与考量，故意要忘的。

按照人类行为学中的某些理论去解释，回忆与记忆是不同的两种概念。存在主义哲学创始人、丹麦大哲学家基尔凯郭尔说："回忆绝不与记忆发生一点关系。你可以囫囵地记住某件事情，却不一定回忆起它来。记忆仅仅是最低条件。通过记忆，经验呈现自己，来接受回忆的供奉。其中的区别最易从年轻人与年长者的区别中看出。年长者失去记忆，通常是先失去了记这一功能，可年长者却具备某种诗性。"基尔凯郭尔的话未免绝对，在他来看，诗性的回忆就是想象力。换言之，一些记不住记不清的人与事是可以用想象来弥补的。而且文学化越强的文字，其中"想象"的比例相对也越高。有人说这就是"报告文学"与"口述实录"的区别。钱锺书曾在《写在人生边上重印本续》的末尾讲："我们在创作中，想象力常常贫薄可怜，而一到回忆时，不论是几天还是几十年前、是自己还是旁人的事，想象力忽然丰富得可惊可喜以至可怕……"

手头有几本时下网上网下都卖得很火的"人物传记"。人物嘛，都是当下国内商界、文化界、娱乐圈叱咤风云之辈。按说，这些人行业不同、身份各异，且性格爱好相差甚远，但其坎坷身世、自强不息的奋斗历程又都如出一辙。难道所谓成功者的成功之路都是相似的？显然不是。我以为就是写作的模式化所造成的。利用搜索引擎输入"代写名人传记、回忆录"，显示有近10万条搜索结果。而代人立传，被请托者有之，被动受命者有之，明码标价者有之。而在明码标价者里面，还有言明以出资者的出资多少来决定作品"精彩度"的。

翻看这些人物的"成功史"与"回忆录"，有房产大亨回忆自己创业时筚路蓝缕，做大后回馈社会，却独不提他是如何拿地如何赢利的；有文化界大腕以当代孟尝君兼大众情人自诩，患难之交遍地，红颜知己多多，日子过得与影视剧里的主人公一样跌宕起伏又精彩万分，却又避开他是如何炒作自己作品售价的……光说有钱才任性，难道回忆就不任性吗？

并信从前使不真

小时候看电影《桃花扇》，最恨的两个人是马士英跟阮大铖，直到多年后方明白，事情远非电影里演的那么简单。清朝的统治稳定后，康熙召集黄宗羲、万斯同等前东林党大儒编纂《明史》。在处理晚明某些重要事件上，这些文人达成一致：将亡国的责任扣到马士英等"奸臣"身上，东林党必须保持清流形象。于是马士英便出现在《明史》"奸臣传"中："为人贪鄙无远略，复引用大铖，日事报复，招权罔利，以迄于亡。"明末官场的历史，遂演变成代表正义的东林党，与代表邪恶的阉党及阉党余孽作斗争的历史。

对东林党的推崇，曾令我觉得他们才是代表国家、百姓利益的正义之士，只因大明皇帝昏庸无道，所以这些人的愿望才落空。倘就此打住，对明末那些是是非非我怕是也就这么认为了，但偏偏我读闲书多，读的越多越发现情况真的不像有些书写的、有些人说的那样。南京城破，是东林党大佬钱谦益带着江南士子降清。而"奸臣"马士英则保护太后撤至杭州继续抗清。可惜南明内斗激烈，江山都快没了，几个王爷还在争皇位，走投无路之下马士英被俘。天牢中马世英大骂不降，结果被处以剥皮充草酷刑。而东林党人得知后无不拍手称快，笑称马士英（字瑶草）这般下场和他"瑶草"这个字正相配。

东林党之所以会成正义化身，有一个重要原因，就是他们在很长时期内掌握了主流话语权。明末之正史、野史，十有八九出自东林之手，文中多以一己之恩怨而肆意增损，甚至无中生有。同时也因了东林党希望宣传的东西，与清朝统治者想要确立的某种思想一拍即合。

明万历是个特殊时期，皇帝把所有大臣都拉黑了。原先我也认定是皇帝问题，但后来发现至少是双方的问题。以东林党为首的那些大臣貌似维护"国本"，实则多是为自己盘算抑或围着鸡毛蒜皮的小事要死要活，置百姓利益于不顾。而阉党，看字面就带贬义，的确少有出类拔萃者，但因其多为宦官，有庞大家产的不多，比起东林党，似乎还稍懂得体恤国家一些。比如崇祯年间，每年税收才 500 万两，李自成进北京搜出的 7000 万两，多是从东林党人家中搜出的。

当初张居正的改革重点是从征收农业税转移到征收工商业税。这自然大大触动了江南工商利益集团，在此背景下，东林党逐渐形成。张居正有张居正的问题，但转移税收是没错的。终于，东林党在万历死后第一次把持朝政，便马上废除各项工商税收。当时中国各地发展极不均衡。江南工商业发达，而几乎不用交税；北方尤其是西北各省农民则难以忍受畸高的税收，一遇天灾更是食不果腹，最终促成了以李自成张献忠为首的西北农民大起义。

除了马士英，还有个被东林党人严重污名化的曹化淳。曹化淳背了一个开城门迎李自成的黑锅。《流寇传》《国榷》《痛史本崇祯长编》《崇祯实录》《明史纪事本末》甚至金庸的《碧血剑》，都说是曹化淳开城迎降。曹化淳是太监（自然也就是阉党），其家境寒微，十二三岁入宫，诗文书画无一不精，后入信王府陪侍五皇孙朱由检，极受宠信。朱由检继位后，曹化淳负责处理魏忠贤时冤案，平反昭雪两千余件。崇祯十二年，曹化淳上疏告老还乡。崇祯十七年北京城陷时，曹化淳已回乡六年。偶然读到东林文人撰写的野史笔记，见有"捏诬之语"，深恐"流传既广而秉笔者不加确察，便成无穷之秽"，遂于 1662 年去世前作《被诬遗嘱》及《感怀诗》四首，并抄录旧稿《记事偶言》和《剖陈疏稿》《告归底册》，分发给诸子侄。《被诬遗嘱》及《感怀诗》，经曹氏后人传承抄录，至今仍保存完整。《遗嘱》较长且为文言，《感怀诗》情真意切，愤懑之心与无奈之情溢于言表。如《忽睹南来野史记内有捏诬语感怀》诗："报国愚忠罔顾身，无端造诬自何人？家居六载还遭谤，并信从前使不真。"

　　不是说马士英、阮大铖没有问题，更不是讲东林党人皆是唯利是图推"锅"卸责的伪君子，东林党彼时聚集天下才子与志士（难免良莠不齐），而是说我们认识历史一定要从多维度进入，要多长一只眼睛。包括袁崇焕，"反间计"一说只出自乾隆之口，未有他证，我们不会也不想怀疑。但袁崇焕当年在并无死罪的情况下，罗列 12 条罪状诛杀大将毛文焕，致使辽河以东大明土地尽丧且逼迫毛文焕部将耿精忠、尚可喜等人带兵降清，自毁长城，不能说就没有可指摘和商榷的地方。

不解释

　　"不解释"这词据说是从网上火起来的，大约是"不予赘述""不需解释""这还用解释"的意思，句式是先用寥寥数语简单表达出自己的观点，而后跟上一句"不解释"，以显示自己智商上的优越感。当然也有人利用"不解释"装蒜、搪塞，来掩盖自己的无知。不过，生活中有些事儿的确就是解释不清的，非要解释，甚至适得其反，那便只好选择不解释。

　　宋江杀阎婆惜其实便是如此。人们惯常认为命案的发生系阎婆惜给宋江戴了绿帽儿，但施耐庵书中讲得明白，老宋原本就不很在乎这事儿，一来阎婆惜不算老宋明媒正娶的媳妇，说是"小三"大约更接近；二来宋江这一辈子的兴奋点都不在女人身上，也正是由于宋江不重女色，导致阎婆惜喜欢上了同为押司的张文远。书中交代，宋江听说后也只是"肚里寻思道：又不是我父母匹配的妻室，她若无心恋我，我没来由惹气做甚么？我只不上门便了。"

　　那宋江为何还要杀阎婆惜呢？当然是因为那封信。晁盖写给宋江的信及酬谢给他的黄金碰巧为阎婆惜所获，阎以官司相逼，宋江一怒之下将其杀死。这事儿讲起来简单，实际也没那么简单。晁盖为谢宋江私放之恩让刘唐送来感谢信和一百两黄金，宋江收下书信和一根金条后，将剩余黄金退还，并给晁盖回了书信。不简单便在于宋江收下的这一根金条。宋江不收一百两黄金，显然是怕晁盖小看了自己，以为老宋系贪财之辈，同时也是要晁盖欠他人情，而后者无疑更加重要。但宋江也没全部退回，他收了一根金条，这其实是他为人练达之处，不能全收，却不能不收，不收更会让晁盖怀疑，以为宋江是在与梁山划清界限。

阎婆惜提出了三个条件：一是写休书，二是宋江净身出户，三是交出晁盖信中提到的一百两黄金。前两条宋江没问题，唯独第三条他没辙。宋江赌咒发誓自己只收了一条金子，阎婆惜哪里肯信（她与宋江原本也没有相互信任的基础），别说阎婆惜不信，这事儿放到如今也没几个人信。宋江的解释显得既无力又可笑。于是，他也只好不解释了。

还有《三国演义》里的韩遂，与马超的爹马腾系过命交情，所以真心协助马超反曹。谁想那曹操于阵前倒与韩遂唠起嗑来，操曰："吾与将军之父同举孝廉，吾尝以叔事之。吾亦与公同登仕路，不觉有年矣。将军今年妙龄几何？"韩遂答曰："四十岁矣。"操曰："往日在京师，皆青春年少，何期又中旬矣。安得天下清平共乐耶！"只言旧事，不提其他。相谈有一个时辰，方回马而别，各自归寨。有人将此事报知马超，超忙来问韩遂曰："今日曹操阵前所言何事？"遂曰："只诉京师旧事耳。"超曰："安得不言军务乎？"遂曰："曹操不言，吾何独言之？"之后曹操差人送信给韩遂又将关键处涂了，马超更加生疑，任凭韩遂百般解释，竟砍下韩遂一臂，韩只得投了曹操。

还有那管仲，与鲍叔牙合作做生意，管仲出钱少，分红却比鲍叔牙多，别人看不下去，说鲍叔牙。鲍叔牙道："这没什么，管仲家穷，他比我更需要钱。"人又去说管仲，谁知管仲也一脸坦然："这没什么啊，我家穷，我比他更缺钱。"

管仲和鲍叔牙一起去打仗，进攻的时候管仲躲在后面，撤退的时候跑得最快。人们又看不下去了，去跟鲍叔牙说，管仲不够朋友，贪生怕死见利忘义不可交也。鲍叔牙答："管仲是因为家里有老娘，他爸又死得早，他怕他也死了，老娘没人养。"

要解释，这事儿会没完没了，鲍叔牙不凡处，便在于他不在乎管仲会不会辜负他的信任，不在乎自己是不是一个冤大头。而管仲呢？同样不凡，管仲的不凡之处在于，他不解释。但这些事是管仲自述的，一般人呢，像这种事儿，即便做得出来，也不会记下来。即使记下来，也要为自己解释几句，比如自己是不得已而为之等等。但管仲不解释，曾经没有对鲍叔牙解释，过后自然更不会对世人解释。

管仲为什么不解释？因为他觉得没错。但如果鲍叔牙不理解呢？不理解就别做朋友。万一天下人都不理解呢？——那就奇怪了，我为什么要天下人理解？

孔子言："说而不绎，从而不改，吾末如之何也已矣。"意思是说由于认知范畴所限，有很多事情没法解释。的确，不解释，有时是理屈词穷；但有时，是没必要解释，你解释了，有人也不会懂。

"跑官"

想当官不算多伟大的理想，但显然也不是什么坏事。中国古代科举制度，说白了就是选拔官员。十年寒窗为啥？还不是为了当官！有了官位，才谈得上黄金屋和颜如玉。历史上那些辞官不做的不是因为不屑于当官，而多系其他因素。比如不为五斗米折腰的陶渊明。陶渊明的曾祖父是东晋大将、大司马陶侃，都督八州军事，差不多一个人掌控大半个东晋，是皇帝最为仰仗之臣；祖父陶茂系武昌太守；父亲陶逸是安成太守。而陶渊明，自幼便立下"大济苍生"恢复祖上荣光雄愿，却未料事与愿违，别说光宗耀祖，连太守都没得做。先是江州祭酒，便嫌官太小辞职了；后又改任参军，但无论祭酒还是参军，都是没实权之底层官吏。勉强当上彭泽县令，依旧是芝麻官，且年近半百，眼瞅着仕途晋升与福利待遇皆没指望，又赶上上峰来县里视察工作，属下找陶县长商议如何接待，令老陶不由得恶向胆边生，遂解印绶职去，且写下了《归去来兮辞》。很难说陶渊明辞官不是种极度失望后的逆反。但作为文人，陶又自视甚高，明知官场潜规则，却又拉不下脸去"跑官"，内心冲突之剧烈怕是早已令他难以承受。

在古代，要当官，倘无世袭，科举便是重要一途。但也怪，历史上凡才高八斗者，多不是学霸，且皆属于一进考场即蒙圈的主儿，例子举不胜举。这里单说杜甫。公元 735 年考进士落第，起初有父亲荫庇，后父亲去世，公元 746 年，已三十好几的杜甫西上长安，从此开启他十年"京漂"生涯。到长安就是为"平交王侯"，杜甫去京城上流处走动，也曾摧眉折腰事权贵，四处朝拜求推荐，却阴差阳错始终无法如愿，竟靠寄食卖药维持生计。直到公元755年，终于求得"右卫率府胄曹参军"一职。虽系八品小官，但在职期间有250亩土地、月入2960文，还有仆人两名和专用马匹，杜甫很知足。谁想这一年年底安史之乱爆发，那些福利待遇于杜甫而言遂成空中楼阁。命运将他从一个困境抛向另一个困境，黄金年华始终奔波于"跑官"路上的杜甫于所谓仕途而言"一事无成"，却终于成就了他作为伟大的批判现实主义诗人的地位。

"跑官"系动词，却也有"以静制动"的例子。种放系北宋名士，曾拜师陈抟。一心想当官，却科举不中，又无敲门砖，有人劝他"以隐求官"。于是种放遂携母隐居终南山，聚众讲学，与地方官绅交往。隐着隐着果然隐出名气，地方官举荐他为贤才，宋太宗令当地政府给种放三万钱作盘缠来汴梁授官。种放欢天喜地，刚要接受，却有人劝他不要去，这次去了最大的官也就是监丞之类的科级；而若称病不去，日后再召至少是厅局级干部。种放觉得有理，便以"恪守隐节"为由拒绝召用。宋太宗大怒："此山野之人，亦安用之？"不复召。这下种放傻眼了，再去地方上"跑官"求推荐，就只剩闭门羹了。

还有种跑官类型，貌似"姜太公钓鱼愿者上钩"，实则使的是"暗劲儿"和"暗功夫"。北宋时李昉曾两度为相，学富五车，却不是两脚书橱式人物，脑筋活泛得很。北宋官员退休后拿相当于在职时一半的薪酬，按说也不少，毕竟省去在职时大量应酬。别人退休后在家侍花弄草，可李昉不是，因为他太了解宋太宗赵光义这个人喜好了。果不其然，一次春节期间，宋太宗于千元门楼观灯，忽想起李昉来，忙派人召见，与李昉说起许多当年往事，又问李昉退休在家都干点什么，读了哪些书。只见李昉毕恭毕敬离席，站在那里一口气背诵了宋太宗所作的七十多首诗，竟一字不差，惊得赵光义半天合不拢嘴，问李昉为何记得如此清楚。李昉答，臣每日早起在道室焚香，反复背诵皇上诗作，长年累月已了然于胸。赵光义的诗实在写得一般，与乾隆相似，又没乾隆多产。可让李昉这么一拍，赵光义十分高兴，当即"以六品正官与之"。李昉以七十高龄被"退休返聘"，不用上班便额外享受正六品官的月俸。李昉这官跑的实在是值，比一次性赏赐强多了。

在当下，跑官是贬义词且被明令禁止，是因为如今某些人跑官与杜甫那个年代所指向的早已不可同日而语，甚至完全不是一个概念。但有一点从古至今却没有变，那便是我们对于"官"这个词汇的理解和认知。当它所指向的是一种纯粹的公共职务，是服务与付出，是使命与担当，与发家致富和各种隐形待遇无涉，那么，这个官如果还有人乐于去"跑"，我们倒是应该点赞的。

当真与不当真

有一段时间，我身边一些年轻人说话总爱拿腔作调，不是"本宫近日肠胃不适，定外卖定清淡些的尚可"；就是"朕昨日偶染风寒，中午就不陪你们这些小奴才去打羽毛球了"等等。后来才知道这些话都源自于网络和荧屏上热播的"宫斗剧"，大家拿文艺作品里角色的对白相互调侃，可见其喜闻乐见之程度。我虽说不以为意，可也常会因此而想起当年读过的《宫女回忆录》，感觉宫女们记述的清宫仿佛与如今各种文艺作品里的清宫完全不是一个所在。宫女们口述实录里的清宫，别说是嫔妃乃至丫鬟动不动就跟皇帝插科打诨了，就算不说话站着都不能摇来晃去，搞不好就是一顿板子伺候。而一般的妃子，即便是皇上爱看的，见了皇上也低眉顺眼，哪有喜不自禁满脸跑眉毛的？不过，我倒并不对此特别当真，明白许多人爱看这类作品就是图个乐呵，要的就是嘻嘻哈哈叽叽喳喳，真想研究清史的怕不会有谁从这类"宫斗剧"里找参照，或就像有人说的那样，这种东西原本就是"不当真，只当乐"的，随便看看罢了。

还有可以不当真的。有朋友请客，说是清宫御宴，饭店老板的祖上当年在御膳房干过，所以家里藏着乾隆过年时宴请文武百官的菜谱。对这种事儿我最多在心里"呵呵"两声，并不当真，因了手头就有乾隆71岁那年于除夕夜宴请文武百官的所谓菜单。以猪肉为主，用了65斤，还有少部分牛羊鸡肉，完全没有蔬菜。意想不到的是烹饪过程——大锅白煮，除了稍许盐，不放任何调料。大过年的，苦了一帮文武百官。倒是一旁伺候的太监精明，早早的把草纸浸泡在酱油等调料中，于宴席中再将草纸卖给面对白煮肉大眼瞪小眼的大臣，以供他们蘸白煮肉吃。要不是史料里言之凿凿，我也想不通乾隆怎么会让满朝文武除夕夜一起吃白水煮肉，皇帝的脑洞果然是比较大啊！

有没必要当真的，自然就有必需当真的。在网络文学中，"架空"本是个"大词"，最早的所谓"架空"，是指既搞不清具体年代，也没有具体历史人物参照，完全靠漫无边际想象而"创造"出来的故事和作品。但后来又冒出来所谓"半架空"，就是用历史上的真实人物，辅之以编造出来的故事。之前某些作品对康熙、乾隆、刘罗锅等人的演绎其实走得都是这条路子，但一般未出大圈儿，甭管是下江南还是微服私访，就算许多事情没有实锤，至少有传说，或编出来的故事无伤大雅。但之后的某些所谓"半架空"就完全不是那么回事儿了。

对明史感兴趣的人多半都知道李定国。他原是张献忠干儿子，后投南明，遂成南明最后的擎天之柱。曾在桂林之战和衡阳之战连斩清亲王两名，歼清军数万，打破自努尔哈赤辽东起兵数十年八旗兵野战无敌之神话。后保护永历皇帝退至缅甸，永历帝被吴三桂掠走杀害后，在云南和缅甸一带坚持抗清的李定国悲愤交加，染疾而亡。就是这样一抗清名将，却有作品将其"改编"成杀妻弑女并剃发易服归顺清朝的人，作品还"设计"了清宫一太监为李定国孪生兄弟，而李定国的爱女则被"安排"爱上了康熙……实在想不出还有比这更大胆更狗血的"改编"了，看着或许热闹，可这样的剧情不当真，怕等想当真的时候都来不及了。

还有的问题在我看来与当真不当真的关系不大。比如说李白的长相，本来李白长啥样儿不是个问题，至少我之前就从没想过这一问题。唐人魏颢是李白粉丝，曾在《李翰林集序》中说李白"眸子炯然，哆如饿虎"，意思是眼睛如大灯，大嘴如老虎。在《酉阳杂俎》中，段成式通过唐玄宗的嘴一会儿说李白"神气高朗，轩轩然若霞举"；一会儿又说"此人固穷相"，不知是唐玄宗说话有问题，还是李白长得不好形容。李白自己在《与韩荆州书》中曾自述"虽长不满七尺，而心雄万夫"。唐朝的尺有大尺和小尺之分，参照考古发掘的唐尺，其长度从 29.4 厘米到 31.7 厘米不等，以 30 厘米居多，李白自称"不满七尺"，其身高应在两米左右。

正因这些记载，才有了李白系汉人还是胡人之争。但在我看来，李白无论是中土汉人，还是西域胡人，都是当时盛唐治下抑或中华文化影响下的中国人无疑，其人其文早已和中华文化融为一体，他的伟大与他的高矮胖瘦无关，只与他的艺术成就和文化贡献相关。

战俘

　　许多人知道丘吉尔当年在南非当过布尔人的战俘，而逮捕他的是后来成为南非总理的史末资。1899 年 12 月，丘吉尔独自一人越狱，在当地一英国侨民帮助下逃到莫桑比克首都马普托。丘吉尔后来在回忆录里把自己的越狱写得颇生动传神，倒不愧是拿过诺贝尔文学奖的人。总之这段战俘经历使他声名大噪，从此进入政坛。

　　丘吉尔当上海军大臣是 1911 年，1914 年一战爆发，英国的主要对手是德国。而在战争期间，英国海军俘房的德军战俘中有一个年轻的潜艇艇长，此人名叫卡尔·邓尼茨，曾指挥击沉了 5 艘英国运输船。有人建议严惩此人，可自负的丘吉尔拒绝了这一建议，而是将其作为普通战俘与德国交换。结果，大家都知道了，这个叫邓尼茨的战俘便是二战中的德国海军元帅、海军总司令，并接替希特勒担任了第三帝国总统。但这不是最重要的，最重要的是，这个被丘吉尔不当回事儿的战俘成为丘吉尔最大的梦魇——因为邓尼茨，英国损失了上千条商船和一半的海军舰只。

　　1940 年，萨特加入法军，担任气象兵；1941 年，萨特 35 岁生日当天成为德军战俘，在战俘营度过了 10 个月。这 10 个月，成为萨特存在主义哲学重要的 10 个月，他不断在思索人的生命与存在意义的关系，获释后他就开始进行有关存在主义哲学的研究和写作。

　　1942 年，美国大作家冯内古特从康奈尔大学休学，加入美军第 106 步兵师赴欧洲参战。1944 年 12 月，在德法前线他被德军俘房，后被移至德累斯顿一地下屠宰场服苦役。著名的德累斯顿大轰炸期间，他正在地下屠宰场里劳动，一边听着头顶上隆隆爆炸声，一边屠宰牲畜。有人受不了疯了，有人想方设法逃了，而冯内古特却在思考和积累素材，回到美国，他就创作了美国文学经典之一的《五号屠宰场》。

1944 年，日本作家大冈升平不得不放下手头正创作的作品，应征前往菲律宾，参加的第二战便成为美军战俘。在战俘营，他用美军发的巧克力跟别人换纸笔，获释后，大冈升平以自己被俘经历写出了《俘虏记》《野火》等名作，成为日本"战后反思文学"最重要的作家，也成为世界范围内描写二战战俘题材的最重要作家。

太平洋战争爆发，日军将 1600 名中国战俘押往巴布亚新几内亚首府拉包尔当劳工。其中有曾坚守上海四行仓库的"八百壮士"，有在两淮前线被俘的新四军战士，他们被混编在一起，由在湖南抗战中被俘的国民党新一军中校吴炎担任中国战俘营最高指挥官。1945 年 8 月，得到日本投降消息的中国战俘决定组成"中国兄弟团"发动暴动。8 月 20 日凌晨，中国兄弟团攻入拉包尔市区，日军指挥官有田一郎少将表示只向盟军投降，不能向中国战俘缴械，这激怒了中国军人。吴炎命令直接进攻日军司令部，不必通报盟军，新四军司号长刘韵吹响了冲锋号。最终，由国共两党军队战俘所组成的中国军队仅以阵亡 5 人的代价解决掉担任卫戍任务的一个日本中队，俘虏了 123 名日军，有田一郎在烧毁军旗后自杀。至 8 月 20 日中午，拉包尔城区日军被全部歼灭，中国兄弟团抓到的日军战俘达 3000 人之多，剩余日军逃进山里。8 月 28 日，中国兄弟团官兵向拉包尔山区进攻，8 月 30 日，拉包尔完全被中国军队解放。9 月 17 日，澳大利亚军队在拉包尔登陆，师长伊思少将被眼前的景象惊呆了，惊讶中国军队怎么打到巴布亚新几内亚来了！在得知情况后，伊思向中国军人敬礼，下令澳军退出拉包尔，由中国战俘组成的中国兄弟团承担拉包尔守备，并上报盟军指挥部任命吴炎为拉包尔占领军司令。

在半年时间里，中国兄弟团在拉包尔设立军事法庭进行了 188 次审判，共有 390 名日军受到审判，其中 266 人被判有罪，其中 84 人被处绞刑，3 人被处枪决。中国兄弟团在完成了拉包尔占领任务后，乘盟军船只回国。拉包尔，是二战中由中国军队单独解放的唯一一座国外大城市，而且是由国共两党军队战俘携手并肩完成的这一壮举。

现代战争，战俘经常只是一种暂时的身份，并非就是失败的代名词。当了南非总理后的史末资曾说如果给丘吉尔多派几个看守，就没有后来这个疯子式的狂人了。可如果没有了这个疯子式的狂人，谁又来指挥英国对抗纳粹呢？同样，日本人原想把国共两党指挥的军队战俘混编，好"制造矛盾"，但是，日本人想不到的是，在民族危亡和国家大义面前，它要面对的其实只有一个名字——中国军队。

活在大数据时代

很多年以前，我见识过许多为自己编故事的人。比如有个人"学成归国"，逢人便讲他是毕业于德国特克斯尼州州立大学的，而偏偏我的地理好，知道德国的 13 个州和 3 个市州里根本就没有特克斯尼以及甭管什么尼的这么一号，并且无论是当年的东西德分治，还是如今统一后的德国，都没有叫这个名字的州。但我也没深问更没有当场戳穿，一是不好意思，二是我怕遇上的不是方鸿渐，而是韩学愈。

熟读《围城》的人都对韩学愈不陌生，其人虽出场不多，但十分"有戏"。电视剧里的韩学愈由顾也鲁扮演，演绎得出神入化。韩学愈依靠买来的克莱登大学文凭当上了三闾大学历史系主任，让白俄太太冒充美国人，把在美国杂志夹缝里刊登的求租广告说成是"著作上过顶级杂志"，把给知名科学家写信求职并遭到拒绝说成是"跟好多名人有信件来往"。如此镇定自若，在小说中玩到最后也没穿帮，倒把方鸿渐给赶走了。

韩学愈是下定决心把谎话扯到底，这种人在我们周遭其实并不鲜见，并且一种谎话倘若翻来覆去讲，最终连扯谎人多半也会深信不疑。但韩学愈之所以说的那般从容兼敞亮，客观因素亦显而易见，主要基于两点，一是彼时资讯条件有限，别说三闾大学地处抗战时期大后方之闭塞山区，即便和平时期，大城市里，那时要想搞清楚美国是否有这么一所大学，美国某一学科对应的顶级杂志都有哪些，怕也并非易事。二是那时大学也包括中小学校，对教者学历固然要求，但只是作为综合考量之一，并非如当今这般唯学历是从。人事部门看的是一个人的真才实学，而不是学历，所以西南联大才会有小学文凭的沈从文跟从美国归来的钱锺书同台任教的情状。所以韩学愈也才会把谎言说得理直气壮，因为他教的课还算可以，比某些怀揣真文凭的也不差。

但如今不同了。大数据时代，人们动动手指头就能搜到许多在之前恐怕连某些学校管理层都无法搞清的事实。并且网上还潜伏着数以万计的业余福尔摩斯，区别在于，这些人用不着像当年的福尔摩斯那样身旁还得配个华生。高手们想要"人肉"谁，只是分分钟的事儿，有些人之所以还在面不改色地扯谎，不是内心强大，而是他还没有被"人肉"的"分量"抑或外界还没有顾上他。

科技的发展令一个人说谎的成本变得越来越高，因为你很难为一个谎言而将其他所有环节都编织到天衣无缝，而只要有疏漏，就骗不过大数据。2019 年央视 3·15 晚会展示了一种高科技盒子，人走在大街上，其各种数据就被这种盒子搜集到了，因而也引发了人们对个人数据泄露的焦虑。有人注意到曾走红于各大电视台黄金节目段的选秀类节目变得式微，其中就跟难以保密有关。因为相亲类节目必杀技是有房有车，选秀类节目必杀技是父母双亡。有时候光是父母双亡这一个梗还不够，各种催泪剧情需轮番轰炸。但这些剧情却经不起搜索，一个人头天编故事，转天他的真实情况就被各种公开，搞得某些节目已无信誉可言。

大数据令谎言无处安身，是好事，但也让我们每个人都无处躲藏。就像当下的资讯，浩瀚如海洋，我们每天都淹没在信息波涛中无法自拔。然而，看得多，听的多，不见得就知道得多，反而造成了思考和认知能力下降。我们仿佛对任何事情都有认识，有感觉，有看法，却都是即兴的，零散的，易逝的，互不相干的，难以形成整体的，也根本无法固定的，因为，无时无刻无孔不入的资讯波涛又将我们的注意力卷向了下一个焦点抑或是话题。

高科技与大数据让我们看似变得"耳聪目明"又"包罗万象"，我们周遭所环绕的知识谱系也越来越大，但我们的趋同性却越来越强。也不单是像网红脸那样的审美趋同，人们太纠结和迷惑于眼前芝麻绿豆大的小事儿，兴趣是即兴的，关注是即时的，阅读是碎片的，视野难以辽阔。

　　老子说，五音使人耳聋，五色使人目盲。没错，活在大数据时代，注定会是一个缺少隐私的时代，因为我们的一举一动都难逃大数据分析与跟踪，但这依然不是主要的，主要的在于，我们越来越习惯于被速度裹挟着一路狂奔向前，而无暇顾忌自己内心原本应该恒定的那些东西都跑到哪里去了。

饮一杯陈年芬芳的酒

在一个雨天，得一日闲，把自己斜偎在靠窗的藤椅里，身旁字台上有一杯新沏的酽茶，徐徐袅袅地有些许热气腾出；而我的手中则捧着一本 20 个世纪的安德烈·纪德，抑或是一本注定属于下一个世纪的博尔赫斯（这个已然逝去的阿根廷盲叟，总是习惯用他那根中国龙骨拐杖敲打我的脑壳，使我清醒又蒙昧）。这情境实在是我平生之梦寐不二的幸事，犹如在细心且款款地啜饮一杯酒，饮一杯陈年芬芳的酒。

有雨，有闲，有茶，有书，且有一个好的心境，更何况有道是"书中自有黄金屋，书中自有颜如玉"，如此来，此情兼此境，于我而言便也担得起"奢侈"二字了。唯少了一盅酒，一盅辛辣又香醇，对得起此酒意此情境的酒。

然而，我却是不能喝酒的，空有酒心，却乏酒胆，更无酒量；但却敬仰且歆羡酒的无瑕，酒的醇厚，酒的魂魄。我曾写诗言——美酒，可以不喝，但却如每天的风景与粮食，喂养我的目光和生活。于是，酒于我而言便很有些形而上的意味，我之爱酒便如爱那洪荒孑遗的神话，壁画上腾飞振蹄的麒麟，山野里餐露梦蝶的庄周，爱他以千年的遗世，诉说这天地的万古沧桑。

很多年以前，在乡下，我曾经见过趴在供销社的柜台上一个人喝掉一瓶 68 度白干的乡下老者，也听说过许多把一年节余的工分钱都用来换酒喝的乡人，他们的日子很穷，生活很苦，或许正缘于此，他们才爱酒、恋酒、痴酒；要麻醉自己，只有喝酒不犯法。喝得熏熏乎，飘飘然，到了这境地，什么都去他妈的，酒，便是那心灵的桃花源了，就学李太白，河底捞月，死也无憾了。

父亲在世的时候，曾写条幅自勉：此生愿做酒中人，此生愿做人中酒。那时候我小，不明白，如今想来，做人中酒固然不易，而做人中的一杯茶抑或是一杯白开水也实在不是一件简单的事。人人都需要麻醉，人人都需要解渴，却人人又都惜液如金，吝于付出，这很无奈。父亲精通三门外文，他在世的时候，最大的愿望便是有一张宽大的字台，台面上摆有各种外文书籍，还有烟盒，还有纸、笔和墨水，可以用来研究和翻译。可这些对他却渺茫。而我，似乎并不比父亲要求的更多，不同的是，我只懂用汉字写一点点东西，于我而言，这是一种连猫都难以养活的事业。但每当我想起父亲，便觉得他是酒，不是让我浅酌，而是让我豪饮，让我暖意上涌，胸腔里犹有干柴被燃"噼啪"作响。

有一则爱情故事，属于我。那是一个爱酒的女孩儿，因为爱酒，自然足以醉人，但我却未能将她一饮而尽。我说了，我是空有酒心，却无酒胆，枉为"二十狂生"。于是，女孩儿离我而去，去去停停，走的无奈且无辜，只留给我半瓶她喝剩的曲酒；我把大曲洒于室内，酒非极品，亦满室生香，香得诱人，香得醉人。我把自己放倒在枕被之中，呷着、品着这酒香里的醇和、温柔与缠绵，而空洞的酒瓶却又是那样的晶莹与澄澈，像极了一颗酱香型的透明的心。

我知道这个世界上所有不被珍视的感情与人生都应当孤傲地绝版，要横心面对俗世尘间的生死离别，原是很困难的事。尤其面对情感上不忍割舍的牵牵绊绊。是这个现实的世界给了我们现成的借口太多，连贺卡上的祝语都是现成印好的，即令是情丝万缕，花几元钱也足以置换。于是便狠心让自己疲着、倦着、木着；于是，常只需一日闲暇（抑或一个微雨飘摇的夜晚），有一壶且喝且续的茶水，一盒不用太好的卷烟，甚或还有一瓶未开封的老酒，便把自己交与那些泛黄的书册，让自己远涉重洋抑或走回古代，走回那遥远和历史，便觉此生幸甚；便觉一种亦真亦幻后的陶醉，如同饮下肚一杯美酒，饮下一杯陈年芬芳的酒，它使我沉徊，沉徊于畴昔的美好时光里，彼时的笑貌音容却不知是否尚堪玩味。

　　而且很想真的就走回古代，走回魏晋的世说里。像放浪的阮籍，像醉酒的刘伶，或者只是像一个头戴纶巾、身挎行囊、腰佩短剑的匆匆行者，将坐骑拴于树桩，然后大踏步走进摇着布招的酒家，从怀中随手掏一把碎银子远远地掷于檀木桌上，高喊："掌柜的，来二斤好酒，两个下酒的菜，快些，喝好了，我还要赶路。"

文人的"作"

　　唐朝多数时候，文人活得都比较自在。所以李白才会让高力士给他脱靴子，且能"天子呼来不上船"；白居易才会调侃"春宵苦短日高起，从此君王不早朝"；段成式才放着闲官不做回家写那些盛世背后奇奇怪怪的人与事；高适也才能想归隐了不打招呼就走想做事了马上出来当官……这一切仰仗的都是彼时大唐高度的物质文明与文化自信，所以才会以博大的胸怀包容天下知识精英。而且这种包容往往还是全方位的，因此，大唐的历史天空才出现了群星璀璨的辉煌景象。

　　能与唐相提并论的唯有宋。两宋同样是大家辈出，文化、艺术极为繁荣鼎盛的时代。宋是奉行与士大夫共治天下的，赵匡胤兵变篡位起家，依后周柴氏视角和尺度，他乃败坏政治伦理之乱臣贼子，老赵深知给他黄袍加身的那些武将随时也能把黄袍披在他人身上，于是他首先做的便是"杯酒释兵权"，摆明了抑武扬文的立场。两宋于不同时期推出了一系列优待文人措施，包括大量增加科举考试登科名额及提高文人待遇，当时的太学，每位太学生都有餐补，且每有新君登基，餐补标准都会提升一截儿。

　　叶梦得于两宋四朝为官，见多识广，学识渊博，其《避暑录话》记载，赵匡胤曾立碑于太庙密室，后世君主祭祀及新皇即位，均须恭读碑文：一、柴氏子孙，有罪不得加刑，纵犯谋逆，止于狱内赐尽，不得市曹刑戮，亦不得连坐支属；二、不得杀士大夫及上书言事人；三、对文人不加田赋之税。当年范仲淹就曾多次赞叹大宋开国以来就没有杀过大臣，是史上从未有过的盛德。

然自唐宋后，文人的好日子就基本过完了，接踵而来的多是坏日子。元明清三朝，文人要么脑袋搬家，要么脊梁打断，剩下的只能做个犬儒苟活着，依靠写点颂圣诗文来讨赏过日子。其实犬儒这词儿就是于唐宋后流行开的。而读书人也蜕变成只为功名利禄光宗耀祖而读书，成为依附于皇权的寄生阶层。结党营私，奢靡腐败，权谋术、厚黑术渐致高峰。如明万历前十年，首辅张居正独揽大权。万历十年二月张居正病重，消息一经传开，从官府到民间立马掀起为他祈福高潮，官衙工作瘫痪，官员支出公款争着跑到道观寺庙为张居正做法事，祈祷他老人家健康长寿。除此之外，官员还用公款雇文人写贺词。彼时汤显祖就曾在文章中提到，张居正病重期间，有京城文人靠代笔写贺词，月余竟赚白银三千两，令人瞠目结舌。

而在张居正失势被清算期间，大量原依附张的人不但反咬一口，安在张居正身上的罪名更荒唐可笑。御史杨四知就指责张居正欲趁皇长子诞生之机加九锡，仿效曹操篡权。他还说张骄奢淫逸，家里有银盆三百多个，每次吃饭都要打碎玉碗几百个。他的奏折连皇帝朱翊钧都看不下去，下诏说：你们这些言官，张居正活着的时候，你们一句话都不敢说，现在他倒了，一个个却胡说八道。而这些所谓的"言官"，哪一个不是文人出身？就说杨四知吧，于彼时文人中也曾被冠以"著名"二字。

明清萨尔浒大战，努尔哈赤崛起，明局势岌岌可危，而有能力为明力挽狂澜的，非辽东经略熊廷弼莫属。萨尔浒战后熊临危受命，严惩败兵整顿军备，又选拔精锐组建兵团，对努尔哈赤进行反击。万历四十八年，他更亲自率兵击退努尔哈赤进犯，辽东战局转危为安。但熊廷弼千不该万不该得罪了文人团体"东林党"，随着万历皇帝驾崩，东林党遂成为揭批熊廷弼的急先锋。先弹劾熊廷弼去职，后捧上东林党人袁应泰接班，哪怕袁丢了沈阳，被迫令熊廷弼复出，又不依不饶扶持王化贞，继续与熊对着干，直到辽阳沦陷，宁远以东国土尽丧。

天启年阉党魏忠贤当权，清算东林党，一批被东林党排斥的文人马上依附过来，整东林党人最起劲的就属阮大铖等几个文人。那时于不少文人而言，国可亡，也得把与己对立的文人踩于脚下。以至于清兵围南京城，城内弘光朝廷的两拨文人还在为某个名分高低争得你死我活。如此斗来斗去，明不亡已无天理。

所以说，文人有没有好日子过，固然有明君暴君、盛世乱世的外部因素，但文人的坏日子里却难说就没有自己"作"出来的成分。

文人动粗

文人动粗，这事儿，可以有。

梁启超和章太炎当年同在《时务报》，二人从学术观点到政治思想都有分歧，骂架不过瘾，梁启超带人到报馆拳击章太炎，章太炎则还手抽了梁启超一个嘴巴。按说这已经不是一般的动粗了，但二人并没有因此撕破脸，之后依旧惯常往来，虽观点针锋相对，但都佩服对方的学问。

鲁迅先生逝世，作家萧军将刊有纪念文章的三本杂志拿到鲁迅的坟前焚化，不巧叫两个不太入流的小文人狄克与马吉蜂看到了，后者更是在报纸上撰文讽刺萧军是鲁迅的"孝子贤孙"，萧军一怒之下"约架"马吉蜂。于是某日晚上8点，在上海法租界拉都南路旁的一块空地上，萧军与马吉蜂摆开架势，马吉蜂方的见证人是狄克，也就是后来的张春桥；而萧军方的见证人则是作家聂绀弩和萧红，那场架结果如何莫衷一是，反正萧军后来见人就说自己大获全胜，但见证人之一的聂绀弩的说法却是"二人当时打得难解难分"。

都知道熊十力脾气不好，在文人圈里打架是出名的。他与梁漱溟本是好朋友，可熊十力嘴笨，常说不过梁先生，有几回就趁梁漱溟没注意，在梁先生的身后猛击一掌，然后转身就跑，令梁漱溟哭笑不得。而熊十力最著名的架则是与作家废名打的。周作人与季羡林先后写文章记述过他们二人打架的过程。尤其是季羡林，曾亲眼见过二人打架，那可是真打。原来，熊十力与废名是邻居，两人经常在一起切磋学问，争论便常转化为争吵。有一次，他们二人吵着吵着忽然都没有声音了，季先生很奇怪，走去一看，原来二人互相掐住对方的脖子都发不出声音来了……但次日，两人又跑到一起切磋学问，如此循环反复，演绎了文人打架中的一种境界，那就是"虽伤皮肉，不伤感情"。

大文人刘文典动粗最辉煌的"战绩"是曾经一脚踹了蒋介石的肚子。后来他到西南联大执教，对其他人倒还宽容，不知为何独与沈从文过不去。一见到沈从文，嘴里就从没有好听的，而且凝眉瞪目，一副随时准备动粗的架势。还得说人家沈从文更有涵养，按说沈从文也是当过几年兵的，扛着几十斤的辎重在湘西的大山里练就了一副好腿脚，且比刘年轻，动粗未必就吃亏，可他总是退避三舍、息事宁人，甭管刘文典的话多难听，沈从文一概不回应。刘文典也不是单与沈从文过不去，解放后，他与另一位大文人郭沫若的地位不可同日而语，可见到郭沫若，刘文典的眼睛也是斜的。

古代的中国文人其实不像我们印象里那么赢弱，多半都是能骑马佩剑的。拿文人的鼻祖孔子来讲，《史记》中记述，孔子的身高大约有一米九左右，这样的个子即使放在当今也可谓之"大汉"。《吕氏春秋》言："孔子之劲，举国门之关，而不肯以力闻。"也就是说孔子虽"力能叩关"，但他却从不与人比较蛮力，而是以理服人、以德感人。不过，照这一逻辑推理，孔子虽不曾与人比蛮斗狠，但一般的小混混想必也不敢靠前招惹。

孔子之后，中国的文人里面许多都是领过兵打过仗的。即使像曹操、岳飞那样的行伍中人，既然能够写出脍炙人口的《观沧海》《满江红》来，授予他们一顶文人的帽子恐怕也不为过。至于王安石、辛弃疾、文天祥、王阳明这些人就更不用说了，皆是文可辅政，武可敌国的主儿。

外国文人中的例子更多。法国大作家萨特当年在巴黎师范学院上学的时候，鼻子经常是流着血的；日本的诺贝尔文学奖得主大江健三郎年轻时泡酒馆，隔三差五就会跟趣味不合的人干上一架。南美洲的两位诺贝尔文学奖获得者马尔克斯与略萨打架据说是为了一个女人；而海明威与人说他想跟古人巴尔扎克打一架，因为他们俩很相像，同样身体魁梧且精力充沛。

其实，历史上的文人动粗，到头破血流的没有，多半是一种形式，而且不为名利，皆因学问和理念不同而各执己见，有性情流露，有年少轻狂，与如今所谓的"微博约架"有根本不同。近年来，由网络意见分歧发展到线下冲突的不少，以至于"朝阳公园南门见"一时间竟成了句有特殊指向的网络热语。而且因为发现"约架"也有成为"名人"的可能性，一些真真假假的文人在网上一句不合意就吵吵着"约架"，让人当笑话看，倒是有网友调侃道："我准备去朝阳公园南门去兜售拳击手套、鸡毛掸子、笤帚疙瘩……对了，还有创可贴以及包治百病的'大力丸'。"

文人写吃

　　文人与美食自古相互成就。杜甫、苏东坡、陆游甚至更早的商代文人宰相伊尹，包括孔子，都是美食家。中国饮食讲究色、香、味俱全，"色"之所以被排在首位，与文人的审美介入密不可分。

　　说到文人与吃的关系，张翰显然跑不掉。《晋书》卷九十二《文苑列传·张翰》中记载：晋张季鹰（张翰）辟齐王东掾，在洛，见秋风起，因思吴中菰菜羹、鲈鱼脍，曰："人生贵得适意尔，何能羁宦数千里以要名爵？"遂命驾便归。张翰回乡其实是为避祸，但的确也为解"莼鲈之思"，早在他辞官前，他便写有《思吴江歌》："秋风起兮木叶飞，吴江水兮鲈鱼肥。三千里兮家未归，恨难禁兮仰天悲。"

　　思乡恋乡，美食是重要一环。当年梁实秋从美国回北京，放下行李后做的第一件事，便是赶去位于前门外煤市街的致美斋饭庄，吃了肚仁、肚领、百叶三种爆肚儿。鲁迅在北京生活十四年，他下过的馆子有名的就有 65 家之多。鲁迅既有官差又兼教职，应酬繁多，有时一天三次换着样儿下馆子，俨然把北京吃成了第二故乡，

　　梁实秋后来的大量文字都写到过吃，而《雅舍谈吃》将爆肚儿的来龙去脉更是写得颇为详尽。鲁迅也爱写吃，却非刻意，更不铺排，很少见鲁迅写他在北京上海吃到的那些"大菜"。但无论《孔乙己》里的茴香豆，还是《在酒楼上》的"十个油豆腐，辣酱要多。"或是《阿Q正传》里讲阿Q瞧不上城里人煎的鱼，因城里人煎鱼只配切细了的葱丝，而未庄煎的大头鱼放的是半寸长的葱叶……鲁迅写吃都非常节制，却又都很

有味道，简单的吃食往往令读者心向往之。

老舍写小说，吃是他的"秘密武器"。比如《骆驼祥子》。小说从一开始讲祥子攒了三年钱买了新车，然后将买车的这一天定为自己的生日，决定在最好的饭摊吃顿饭，吃啥呢？当然是热烧饼夹爆羊肉。后来祥子被抓壮丁逃了出来，又特意去吃了老豆腐：醋、酱油、花椒油、韭菜末调料齐全，且被热的雪白的豆腐一烫，香的使祥子要闭住气；他自己又下手加了两勺辣椒油，一碗下去，汗已湿透裤腰，他半闭着眼，把碗递出去："再来一碗"。那感觉简直犹如重生。

和虎妞结婚，虎妞给他做肉丸子熬白菜、虎皮冻还有下饭的酱萝卜，但祥子却"吃着不香，吃不出汗来"。

而到最后，祥子堕落了，他决定"活在当下"，用仅有的钱吃大饼卷酱肉。其实不光《骆驼祥子》，《四世同堂》中许多与吃有关的描写实则都与人物及时局变化密不可分。老舍爱吃，也爱请客，20 世纪 50 年代初，老舍最爱干的一件事是编排菜单，从凉菜到热菜反复斟酌，感觉比他写小说里的吃还要认真。

汪曾祺写吃也是把好手。在《迟开的玫瑰或胡闹》里，他写吃肘子写得简直出神入化："吃肉，尤其是肘子，冰糖肘子、红焖肘子、东坡肘子、锅烧肘子、四川菜的豆瓣肘子，是肘子就行。至不济，上海菜的小白蹄也凑合了。年轻的时候，晋阳饭庄的扒肘子个有小二斤，九寸盘，他用一只筷子由当中一豁，分成两半，端起盘子来，呼噜呼噜，几口就'喝'了一半；把盘子掉个边，呼噜呼噜，那一半也下去了。"汪曾祺不止爱吃，也爱做。有一回他在北京蒲黄榆家附近菜市场排队买牛肉，前面是个中年妇女，轮到她买牛肉的时候，她问卖牛肉的人牛肉怎么做，老汪不解她既是买牛肉为何却不会做。就将其请到一边，讲了一通牛肉的做法，从清炖、红烧、咖喱牛肉，直到粤菜里的蚝油炒牛肉，四川的水煎牛肉、干煸牛肉丝等，惹得路人都驻足旁听。

那年在北京开全国青创会，竟与余华同组，说起《许三观卖血记》，我说最喜欢他写许三观躺在炕上给睡不着的孩子们讲吃的那一段。余华说，那是他真实经历。余华少时跟镇上一帮小孩儿疯玩，谁家吃了芦笋烧肉，谁家烧了蹄髈，其他几个孩子就围拢过去问。那孩子便一五一十地讲他家里的做法和尝到的味道，每每都令听的孩子们频咽口水。

看孙犁先生写《吃菜根》："今年冬季，饶阳李君，送了我一包油菜甜疙瘩，用山西卫君所赠棒子面煮之，真是余味无穷。这两种食品，用传统方法种植，都没有使用化肥，味道纯正，实是难得的。"读罢，如嗅到新棒子面的香气，嘴里仿佛还有甜疙瘩的鲜香。说实话，解馋不一定得是山珍海味，有时就是微妙复杂的味觉与视觉触觉的叠加碰撞，唤起的却是我们对某一过往抑或无数过往的美好记忆，就像唤起普鲁斯特的那块"小玛德琳点心"。

早就不看

当年韩寒曾经在他的微博上发布过一张国产电影《左耳》的截图，截图中显示的电影台词是——"我早就不看韩寒了"。于是韩寒自嘲道："看完《左耳》，我很难过，这条请勿点赞。"可是即便韩寒说请勿点赞，半小时内他的微博依然被点赞五万余次。网友们的评论更是精彩，他们对所谓的"国民岳父"韩寒说："早就不看你了，我们看小野（韩寒的女儿）。""都看都看别哭岳父。"而半年以后，由韩寒执导的电影《后会有期》开机，里面的主人公好没影儿的一上来就多了那么一句台词："我早就不看饶雪漫了。"

在文学圈里，"早就不看"代表的是一种姿势、一种态度、一种与时俱进的"三观"、一种唯恐被时代落下被某些有话语权的人物遗忘的深刻焦虑……然而我想，"我早就不看某某某"这句话，代表的其实还是一种"决心"，是一种唯恐他人看不到的"站队"。在当下，你没有被某个圈子抛弃的标志之一便是：我正在看广大专家共同看好并推荐的某某，我正在读网上网下媒体一致推崇的谁谁谁。

不能说维多利亚·希思洛普的《岛》还在无节制地畅销，英国文学就成了维多利亚·希思洛普这些人的了；就像不能说因为美国前总统奥巴马给他女儿买了一本卡勒德·胡塞尼的《追风筝的人》，所以阿富汗裔的美国作家卡勒德·胡塞尼就是美国文学的新代言人。在我看来，至少到目前为止，卡勒德·胡塞尼这类作家与威廉·福克纳、索尔·贝娄等人毫无可比性。还有青山七惠，这个日本80后据说在中国拥有的读者虽不及村上春树，却远远超过了大江健三郎、三岛由纪夫等人。那是不是可以认为她是当下日本文学的领军者呢？我们的媒体甚至某些文学中人便常喜欢下类似断言，我觉得如此简单推理着实可笑。我年少时曾是个喜欢在文学上逐新求异的人，但中年的我终于明白，新鲜的面孔与文字经常会迷惑我们的眼睛，即使是那些被文学圈内外一致喊好的作品，也可能就如同内瓤没变却改了豪华包装的药品，除了唬人之外，还在不经意间卖出了高价。

我们对文学的认识正在变得史无前例的简单——炒作、畅销、点击率、IP 值甚至作者颜值都可以左右我们的判断。如同时尚易耗品，新的永远是好的，而"过时"的永远是有问题的。我相信好的作家与经典文学作品是永远不会过时的。就我而言，以前读过的很多书感觉像是大餐，每一行每一句都蕴藏着无限的张力，慢读细品才有味道，并且回味无穷。读当下的书更多的是像一份份快餐，所有的书评与腰封、广告以及书名都在诱惑着你去读，可读起来多半是掐头去尾、一目十行。这些所谓当红作家以及他们的作品完全没有经过时间的淘洗，唯一的优势仅仅在于他们（它们）是刚刚出炉的，看上去仿佛还冒着热气。但所有这些，与其自身好不好吃、有没有营养有半毛钱关系吗？

在蒲松龄笔下，古代狐仙和貌美的女鬼，都喜欢光顾落魄书生，我以为这在 20 世纪 80 年代，曾在一定程度上影响了一批年轻男子投身于文学创作，也算是书中自有颜如玉了吧！但看了新版的电影《画皮》以及网上诸种改编于"聊斋"的视频影片，发现原本清贫却发奋读书的书生早已组团变成了"高富帅"等"富二代"，想来在当下，倘使做个落魄的书生抑或过气的作家，怕是连女鬼都不会再来找你。但《聊斋志异》还是《聊斋志异》，有人会去恶搞，却无人能去否定，这就像上海外滩与天津五大道周边的老房子，虽然貌似没有日新月异的高楼大厦那样的现代气派，但是品质和资历都摆在了那里，除了其内在结实的肌理，它带给我们的还有替代不了的艺术质感与浓浓的敬意。

带相儿

年少时，我在企业工作过一段时间，常听老师傅说某某干活绝对错不了，看着带相儿；而某某不行，不带相儿，指定"手潮"。我就奇怪，这种事情难道也可从相貌中分辨出来？后来发现，老师傅看的实际上并不是"相"，而是凭多年经验从对方身上捕捉到的一种信息，感受到的一种气场，准确率却八九不离十。

刘备小时候上不起学，有个叫刘德然的人资助他，对刘备比对亲儿子都好。刘德然媳妇不干了，老刘说，我看刘备这孩子带富贵相日后必成大器。后来刘备与关羽张飞结拜，有叫张世平、苏双的二位大商人恰巧路过涿郡，因久闻刘备大名，特来拜会。见到后，觉得刘备眉宇间带着成大业的相儿，便赠予刘备大量钱财马匹。这两人在《三国演义》里只出现过一次，仿佛就是特意来给刘备送钱的。还有糜竺，同样是汉末少有的大款，起初在徐州陶谦手下，后一见刘备，便认定刘备能成大业，于是陶谦死后，糜竺第一个站出来"率州人迎先主"，后来袁术和曹操夹攻刘备，吕布与刘备反目，又是糜竺站出来，史书载："先主转军广陵海西，竺于是进妹于先主为夫人，奴客二千，金银货币以助军资；于时困匮，赖此复振。"糜竺也是拼了，搭上自己家当和人马不算，还搭上自己弟妹，从此跟定了刘皇叔。

清代选举子，倒是的确有一套"相术"，即所谓的"同田贯日、身甲气由"八字标准。"同田贯日"的意思也就是"方脸（含长方脸和短方脸）、头大身长、胖瘦适中"方可入选；"身甲气由"的意思是倘若是

"身"字脸，则身体必倾斜不正，"甲"字的意思是脑袋大身子小，"气"在这里为一个肩膀高一个肩膀低的意思，"由"则是说这个人脑袋大身体太胖，总之，凡是带这种"相儿"的皆不可选。这倒让我奇怪，刘罗锅当年又是咋被选中的呢？

以相貌取人，这事儿咋说也不靠谱，但古人多深信不疑，哪怕经常被打脸，经常看走眼，典型的例子可举明末的光时亨。光时亨为崇祯七年甲戌科进士，任兵科给事中，觐见崇祯，毫无压力，面对崇祯提问，光时亨开口就是治国事理，令崇祯激动得站了起来——"上（崇祯帝）为起立，注视者三"。《桐旧集》中收录的第一首诗便是光时亨的《南楼誓众》："人臣既委质，食禄当不苟。受事令一方，此身岂我有。即遇管葛俦，尚须争胜负。矧今逢小敌，安能遽却走。仰誓头上天，俯视腰间绶。我心如惬怯，有剑甘在首。读书怀古人，凤昔耻人后。睢阳与常山，不成亦匪咎。沥血矢神明，弹剑听龙吼。"简直是字字铿锵，无疑展示了男儿为家国社稷抛头颅洒热血的无尚勇气！

李自成陷大同，崇祯便想南迁，是光时亨激烈谏阻乃至痛哭流涕。1644 年三月初一，李自成兵抵京郊，李明睿上书崇祯移驾南京，群臣赞成，光时亨出列怒吼"不杀李明睿，不足以安人心"，把提南迁者皆称作卖国贼，抢占道德制高点；三月初三，李建泰上书愿奉太子赴南京监国，又是光时亨声泪俱下大骂众臣卖国，把爱面子的崇祯活活将在那里，不得不表态以死守社稷。光时亨给提南迁者扣的帽子是"将欲为唐肃宗灵武故事乎？"他把太子比作当年自立为帝的唐肃宗。于是崇祯皇帝和太子都丧失了南迁的最后机会。而当北京城破，崇祯自缢，令谁都没想到的是，一脸"忠臣相儿"的光时亨却急慌慌投降了李自成。

美国汉学家魏斐德在《洪业——清朝开国史》中谈到"南迁"被阻时有这样一段话："这对后来清占领北京时的形势产生深远影响。清比较完整地接管了明的中央政府，拥有了他们最缺乏的东西，由此接手了明

140

几乎全部汉族官吏，依靠他们接管天下，并最后征服南方。崇祯帝的决定还导致诸多皇室宗亲继承权利的暧昧不定，以致派系倾轧，削弱了南明政权。"

清兵入北京，李自成西撤，光时亨又只身逃亡南明，结果被马士英弹劾："给事中光时亨力阻南迁，致先帝身殉社稷；而身先从贼，为大逆之尤。"遂留下一个史无前例的罪名——"阻南迁"罪。光时亨死的不冤，他常让我想起陈佩斯朱时茂表演的小品《主角与配角》，陈佩斯说："你这个叛徒！我原来一直以为，只有我这模样的能叛变——没想到啊没想到——你朱时茂这浓眉大眼的家伙也叛变啊！"

欲望设计者

小时候，一块奶油糖就代表一个欲望；后来欲望变成了一把奶油糖；再后来，一车皮奶油糖都未必能让我们动心。这不单是因为有了新的诱惑，更重要的在于，我们开始明白糖吃多了不好，而从前勾起我们食欲的那些食物：油大的，煎炸的，咸香无比的，浓汁厚酱的，都有可能危及我们健康；而当年不用过年就可买到的玉米棒子、紫皮红薯、未脱壳完整的糙米，还有那锅舍不得放油炝锅的清水熬白菜，那碗粘稠的玉米粥，却成了餐桌新宠，说新的诱惑也不为过。

有搞网游设计的朋友对我说，设计游戏的关键是要"设计欲望"。一个人是否沉迷游戏与年龄有关，但与能否把控自己的欲望关系更大。比如游戏原本是需要一点点"过关"的，打游戏关键在"打"，可当你发现，有些关口花点小钱即可畅通无阻，你的装备还有你军队的行军时间长短都可花钱搞定，原本只是"玩玩"的你，便也有了称王称霸的想法，哪怕是游戏里的称王称霸。欲望还表现在游戏的反馈机制上，随着游戏进展，代表经验值的进度条会增长，时刻提醒你：你变的比上一秒更厉害了，哪怕只厉害了0.1%。不管是"等级""熟练度""成就"，进度条的反馈无所不在。你在生活中或许是弱者，但在游戏里你却成了无所不能的强者，游戏为你提供了一种幻象，成了一条满足你"欲望"的捷径。

"设计欲望"同样也是商家的法宝。一件几百元的服装，一杯几十元的咖啡，被煽情，被包装，被赋予了其"身份价值"，于是你买与不买便牵涉到中产阶级的所谓生活品质。商家不会说某样商品很适合你，而是

142

说你购买了某样商品才配得上你的逼格。再说，又不是让你买豪宅豪车，一件衣服，一杯咖啡，便能瞬间提升你的生活品质，也算"物美价廉"了吧？这便是商家对消费者欲望的"设计"。

从前男女搞对象，对精神的看重要大于物质。前者关乎心灵，后者关乎欲望。而且大家都认同，物质是应该结婚后夫妻二人共同争取的。所以从前说一个男人不错，会讲他"老实规矩爱好文学"，而如今说一个男人条件好，要讲他"有车有房又能闯"，不是直截了当，而是对物质的欲望一万年太久，必须只争朝夕。

在我们周遭，其实有太多的欲望设计者，他们的工作只有一个——千方百计让消费者活在他们的程序设计中。"脸书"首任CEO肖恩帕克说，他们开发手机应用，首先考虑的因素就是辨识"如何才能最大限度地勾起消费者欲望并消耗掉他们的时间，同时令消费者须臾无法与手机分离"。事实证明，他们做到了。如今，你可以少穿一件衣服出门，但如果没带手机出门，你的结局很可能是"灾难性"的。手机不仅是你与外部联系的通道，而且已转换成你的钱包，你的通行证，你的信息源，你的服务器，以及你工作的延伸。手机已经变成了人身体的一个器官——一个新"进化"出来的器官。

苹果手机开发程序师哈里斯曾是一名优秀的"欲望设计师"，他的工作便是尽其所能来勾引手机使用者的"欲望"，但如今，他不仅离开了"苹果"，还发起了一个名为"好好利用时间"的组织，号召人们摆脱手机成瘾，并呼吁全世界的所有程序员更有"道德感"，不要利用人性弱点去设计那些让人成瘾的APP。而对于人们如何才能克服手机束缚，哈里斯提出建议——那便是用极简主义思路来规划你的手机第一屏，也就是只保留最基本的满足个人需求的应用，而把与他人发生交流的应用放在第二屏，而且"如果没有特别的目的，请不要打开任何一个应用"。

人性的弱点往往表现在总是被欲望牵着鼻子走。我们所看到的不是欲望得不到满足时的打拼，就是欲望被满足后的挥霍；我们是被欲望作用的客体，更是产生欲望的主体。与其说我们被"欲望设计师"设计，不如说我们对欲望越来越缺少把控和修正能力。似乎什么事情都要马上成功，立马实现，只争朝夕来享用……面对欲望，印度哲人奥修很早就提出，要学会忍耐，要有一种克服而力求获得一种实现更远目标和更大幸福感的能力。其实，这与现代心理学所说的"延迟满足感"十分相似。

　　人生路漫漫，要学会和时间做朋友，要捱得住寂寞，要认清现实和虚妄的区别，岁月才有可能回报以惊喜。就像著名剧作家阿瑟·米勒所说的："在这个相信一切都有一条捷径可走的欲望年代，应该学习的最了不起的一课是——从长远观点看，最困难的道路也是最容易的道路。"

完美的背后

中国最早的小说话本，多描写有情人终成眷属、善恶有报天道轮回，常带着作者浓郁的主观色彩。其实不单中国，国外亦如是，格林兄弟笔下的白雪公主、灰姑娘及青蛙王子，安徒生笔下的豌豆公主，等等。最典型的例子莫过于"白雪公主与七个小矮人"——七个小矮人将白雪公主放在镶金的水晶棺材内，邻国的王子骑着白马赶来，用深情热吻令白雪公主复活，从此二人共沐爱河。《格林童话》中的"莴苣公主"——王子找不到莴苣姑娘很伤心，他在森林里走啊走，最后在一个小河边找到了莴苣姑娘，把她带回自己的王国，从此过上幸福快乐的生活。

仿佛每一个故事都指向美好结局：问题解决了，大灰狼被打跑了，王子和公主结婚了，王子和公主从此过上了幸福生活。现代版王子公主抑或王子灰姑娘的故事同样大受欢迎，类似《爱上青蛙王子》《我的青蛙王子》之类的影视剧不胜枚举。只是"公主"和"王子"被置换成"高富帅"和"白富美"抑或现代版的"灰姑娘"。高富帅和白富美不是相遇在假面舞会，就是邂逅在湖畔沙滩，当年骑着白马在森林里示爱，变成了开着跑车去海边表白。然而当我们被"代入""共情"之后，某一刻会突然意识到，王子和公主也好，高富帅和白富美（灰姑娘）也罢，他们看似完美的爱情故事实际上远还没有完，仅只是个开始，而未来，谁又说得准呢？

2020 年 2 月 5 日，因新冠疫情滞留在武汉的俄罗斯公民在武汉天河机场等待撤侨。少年丹尼尔·帕尔菲诺维奇认识了少女因娜·萨温采娃。

因二人的座位恰巧又挨着，于是他们相识了。7个多小时之后，他们回到了俄罗斯，二人也同时陷入了爱河。飞机刚刚落地，他们二人便申请以"公证婚姻"的名义试图能够被安排在同一间公寓隔离。但未被允许。陷入热恋的丹尼尔于是在俄罗斯网络平台上讲述了自己和因娜的爱情故事，吸引了大量媒体及广大网友的关注——疫情之恋，一见钟情，身处同一隔离中心却只能用网络传情的焦灼，解除隔离第一次摘下口罩之后的拥抱和亲吻，他们二人被媒体称之为一对"疫情鸳鸯"。

但之后呢？二人各自回家，因娜的家在莫斯科，而丹尼尔的家则在4个时区以外的克拉斯诺亚尔斯克，地理的距离不是最重要的，最重要的是他们二人心理距离的拉大。丹尼尔一到克拉斯诺亚尔斯克机场，马上就接受了当地电视台的采访，声称自己与因娜因对未来的生活规划分歧而发生了激烈争吵。丹尼尔的表现欲望显然更强，他表示自己不会放弃因娜，他要与媒体和网络平台共同完成对因娜的求婚。而远在莫斯科的因娜却已厌倦了这种捆绑，尽管所有网民都对丹尼尔和因娜的爱情报以热望，提出各种建议，希望这段奇缘能以完美收场，然而还是无法阻止他们分开。如今，这段夺人眼球的罗曼史在俄罗斯已很少有人再去提及。

越是经典作品，越是做不到完美，越是难有皆大欢喜的结局。这当然不是作家艺术家刻意为之，却是生活的本质使然。有人续写《红楼梦》，想着法儿的让贾宝玉和林黛玉有情人终成眷属；有人肢解掉《水浒传》"征讨方腊"桥段，好让梁山好汉们皆得善终；有人则穿越回三国时代，让诸葛亮北伐成功，天下竟最终一统于刘阿斗！

听过不止一个人讲，他们喜欢沈从文笔下《边城》里那般素朴的情感，喜欢如"山楂树之恋"般的纯净爱情，喜欢茨威格的《一个陌生女人的来信》里那种疯狂单相思，喜欢当年爱上"十二月党人"的贵妇人宁愿放下一切物欲与舒适，却选择与所爱之人共同流放西伯利亚的决绝与浪漫……而在当代爱情现实里，情侣固然各自皆拥有极大的自由度，现代交通工具可载着情侣各自去往不同目的地，频繁地变换着地点，不断地与各色异性相遇邂逅，天涯早已若比邻，相遇不再有障碍，移情别恋不仅便捷且如家常便饭。就像有人所说，在这貌似多元实则扁平化的时代，"去年今日此门中"以及"桃花潭水深千尺"的热望与情愫已不可寻，成为留在纸上的完美。而科技则赋予了一切加速度，包括爱情，正因了太快，连回味都变得奢侈。

我们总希望风调雨顺、岁月静好、人间值得，有情人皆成眷属且就此过上幸福美好的生活，无法想象有一天一对有情人会为了谁去洗碗而大打出手。但完美就像埋葬过庞贝古城的维苏威火山，绝大多数时间，它看上去总是那样美丽端秀，那样静谧和谐，可只要它还"活"着，就总有爆发的时刻，所以，我们饱有讴歌它完美的诗意，也要具有能够承受它完美背后翻江倒海的勇气。

常识与共识

　　有经历一定就有经验吗？曾经我以为是的。但后来发现，二者绝非简单对应关系。比方我认识的一个人，一大把年纪，依旧听风就是雨，反复囤积一堆据说立马就要涨价的日用品，虽说每回都被现实无情打脸，所囤积货品除却等待过期外亦无丝毫升值可能，但稍有"风吹草动"，他依旧会出没于各大卖场，哪里有人抢购哪里便会有他忙碌身影。还有人热衷于各类奇技淫巧，为养生，从红茶菌到大海宝，从绿豆疗法到各种保健品加持，一路"保健"下来，也未见其就比旁人精神，不但头发比谁白的都早，背也比他人看着更弯。这些其实还不是最主要的，最主要的在于我发现，有些人虽说没少经风历雨，吃过的盐委实比某些人吃过的饭不少，但碰到大同小异乃至与先前相同性质一件事，一如既往该跌跤跌跤，该犯错犯错，而且所犯皆常识错误，阅历和经验未能赋予其更准确的判断抑或更沉稳的心性。

　　照维特根斯坦的说法，经验的累积，如果没有思想的加持，便很难归于常识的判断。中国古人所谓"不贰过"即说能知错就改，不犯两次同样错误便是贤者。有人觉得这有啥难的，不就是不犯同样错误嘛。可如果你看《资治通鉴》，会发现，历史是不断被循环往复的，很多错误也是被循环往复的。是犯错者不熟知历史不了解常识吗？显然不是，而是因为大家都觉得自己是正确的代表、真理的化身，他人踩过的陷阱，轮到他便成了鲜花满园。

　　网络时代给我们带来的真实处境便是无人可以置身事外。随便某个不值一提的话题，比如某明星离过几次婚某网红整过几次容，在网上都能分成不同阵营，打到不可开交，这证明审美的多元化以及时代趣味的碎片化，都成了一桩不争事实。同时也说明，无聊也是可以拿来消费的，至少杠精们对此深以为然。所以，如果你只有阅历的累积，那么在纷至沓来的各种信息面前，你会手足无措，会感到自己的经验派不上用场，哪怕需要做出的是并不复杂的判断，依旧会令你慌不择路，因为碎片化的信息让你无所适从。碎片化源自于多元，也源自评价体系的坍塌。在网络时代，这种趋势在形式上很难避免，唯一可以与之抗衡的，抑或唯一可以减少我们"精气神"耗损的，便是我们内心的笃定，便是对常识的坚守以及对重新建立共识的追求。

网络时代，凸显出的是个人生活的被动性和无力感。评判标准的多元化，以及传播平台的圈子化，造成美学趣味的巨大分野。自媒体空间里，排异性越来越强，共识性越来越小。每个人都从自我经验出发，不在乎常识经验以及传统共识的入口与出口，各执一端的表达变得毫无节制。发帖跟帖都无比情绪化，理性之光已经很难照射进许多人心灵的深处，映入我们眼帘的大多是波涌状的事物，动荡的、变幻的、潮汐般的景象，貌似壮观宏大，实则泥沙俱下。

阅读当下文学作品，亦少见鸿篇巨制，多是描写衣食无虞中的困惑和茫然，小确幸中的不满足，一日三餐餍足后对食品安全的担忧，高消费社会阶层奢侈的快意和底层社会个体艰困的窘境及对各类不良社会现象的抨击……还有房贷、养老、教育、医疗等社会问题。而这些，的确会引起读者内心深处的某种共鸣，但却难以形成大时代大作品的基底。因为这同样是一种缺乏节制的展示型创作。因我们太想去展示和宣泄了，因而丧失了对情绪的约束能力。我们的创作速度驶上了快车道，从日更两万字到月产一部长篇，却因快到脱离了常识而愈发难以形成共识。

卡尔维诺说："我对任何唾手可得，快速，出自本能，即兴，含混的事物没有信心。我相信缓慢，平和，细水长流的力量，踏实，冷静。我不相信缺乏自律精神和不自我建设，不努力，可以得到个人或集体的解放。"而缓慢、平和、细水长流恰恰是我们这个时代最稀缺的几种样态。因为迷恋速度和缺乏节制，人不仅会在同一个地方跌倒两次，甚至若干次。只要每天被浩如烟海的资讯流裹挟着朝前涌动，对各种各样来路不明的信息甚至戾气来者不拒、照单全收，就不可能不跌倒，而要想不跌倒，就要节制我们的欲望，克制我们的情绪。众声喧哗，更凸显思想加持的重要性，因而才能准确地找到自己的立场，并确立自我的精神场域，在尊重常识的基础上来求得与他人乃至外部世界最大的共识。

不同的真相

很小就知道齐太史的故事，自然而然便记住了崔杼。当然还有被崔杼射杀的齐庄公。在中国古代，杀父杀君谓之"弑"，属禽兽之为，大逆不道。齐太史遂在史书中记下："崔杼弑其君。"崔杼杀之。太史的弟弟接替哥哥，还这么写，崔杼又杀之。三弟再来接替，仍这么写，崔杼的手抖了，不敢杀了，只得由他写去。

在这件事情上，太史三兄弟被赞颂了两千多年，崔杼做反派也做了两千多年。但许多人却有意无意忽略了崔杼杀齐庄公的缘由。崔杼是齐国大臣，他妻子棠姜被齐庄公瞧上，坐实了私通关系。齐庄公有次去崔杼家与棠姜约会，崔杼带领手下人前去捉奸，齐庄公在逃跑过程中被杀死。

齐庄公本花花公子一枚，之前与棠姜约会，还经常顺手牵羊拿走崔杼的东西，比如帽子，并赐给其他人。有人劝齐庄公别这样，他还振振有词："除了崔杼，难道别人就没同样的帽子吗？"这就有点儿欺人太甚。崔杼杀齐庄公虽不能单纯定性为情杀，但倘若齐庄公不先给崔杼戴绿帽子且跑到崔杼家去跟崔杼的老婆约会，崔杼就是想杀他也难。关键后来崔杼也未篡位，而是立齐庄公弟弟景公为国君。可令我奇怪的是，几位太史公为何不能实事求是说清来龙去脉而非得用"弑君"一言以蔽之呢？

再来说魏征。魏征是什么人，千百年来谏臣之楷模，忠臣之典范。而李世民虚心纳谏也成就了一段君臣佳话。但读唐史，却发现事情远非我们理解那样简单。公元643年，魏征死，赶上太子李承乾谋反事发，李世民将李承乾流放，立李治为太子。恰此时，接连有人给李世民"吹风"，说魏征生前所有进谏被证明皆有底稿，且魏征还偷偷编纂了自己的进谏语录，显然是"有计划有预谋"欲将自己美名传之于后世。李世民闻之极为不悦。之后又有人对李世民讲，魏征与原太子李承乾过从甚密。联想到魏征之前推荐的人的确多是太子身旁红人，李世民一时怒从心头起，遂命人将刚给魏征立好的碑砸得稀碎。

魏征也是人，不谈他与谋反太子间是什么关系，只说他屡次进谏皆事先打底稿且还将自己语录编纂成册，不难看出其心思缜密及逐名目的，可即便如此，我们也只是由此一窥为人的复杂性，却不会因此影响魏征千古第一谏臣之美名。而李世民事后也感到后悔，他不仅重立了魏征碑，还对魏征家人优加抚恤，这是李世民的睿智。

由上述事例可看出，真相是有不同切入点的。但最初我并不这样认为，直到接触到有关"竞争性真相"的观点。英国著名学者赫克托·麦克唐纳在《后真相时代》一书中提出了"竞争性真相"一说。认为一些观点之所以比另一些观点更令人信服，一些真相之所以比其他真相更易让人相信，是因为被信服、被采纳的内容符合竞争性真相要素。而所谓竞争性真相，便是以引导性结构，借助事件的复杂性，只选择披露部分信息内容，而掩盖其他甚至重大信息内容；并根据人类天生爱听故事的特性，通过讲故事来传导其希望所传导的价值观念。这也就解释了为何对同一种事物的阐述往往会南辕北辙。

我们如今生活在一个信息产出量极高、更新频率极快的时代，不仅了解所有信息变得不可能，而且就连获取某个事件的所有信息，都会变得困难，往往掌握的只是真相中的某个"不同点"，因而才会得出完全对立的结论。一些人因此甚至不再相信真相，只相信感觉，或者只愿意去听、去看自己想听和想看的东西，也就是某一部分的真相。就像法国作家蒙田所说："在比利牛斯山脉的这一边是真理的，到了那一边就是错误。"比利牛斯山脉是法国与西班牙两国分界线，同时也是两种生物样态的代表，这话与我们熟悉的"橘生淮南则为橘生于淮北则为枳"异曲同工。

政治学家约翰·基恩说："'竞争性真相'中最大获益者就是那些爱插科打诨、表演诙谐、夸大其词，打乱现有秩序并喜欢标新立异的人。"这也解释了近年为何越是不按常理出牌的人却越频频能够崭露头角，甚至拔得头筹。

我们曾认为，真相只有一个，但在"后真相时代"，真相很可能有许多个，因而必须学会选择，尤其不能仅选择真相中自己乐于接受的那一面。还要对挑动自己情绪的文字与画面保持警惕，因为，手段的多元早已被证明并非"有图"就有真相。对真相保持冷静判断，就是要厘清你所认为的真相到底是"竞争性真相"，还是因"弱势"而被遮蔽的真相。

部分的真相

　　哲学家汉娜·阿伦特说："真相是由多个相互抑制的部分所组成。当这些部分全部显示的时候，真相不显示偏向性；而当部分显示的时候，则带有偏向性。而谎言之所以会产生威力，是因为它往往令人们相信他们虽然未必了解全部真相，但至少了解了部分真相。"我相信阿伦特的这些话，事实上有时候所谓部分的真相比谎言更可怕。

　　丹麦影片《狩猎》曾获第 86 届奥斯卡最佳外语片奖提名，不知别人以为如何，我看过后，只感觉阵阵彻骨的寒意弥漫全身，很像是北欧的冬天，有一种漫长的酷寒气质，冷彻心扉，那种冷，简直呵气成冰，不留余地。

　　刚和妻子离婚的卢卡斯在一家托儿所工作，心地善良个性温和的他很快就受到同事和孩子们的喜爱，其中，一个名叫卡拉的早熟女孩对卢卡斯尤为亲近。面对女孩幼稚的示好，卢卡斯只能婉转拒绝，可令他没想到的是，这一举动将他的生活推向了风口浪尖。卡拉报复性的谎言让卢卡斯背负起了性侵女童的罪名，一时间，这个好好先生成为整个小镇排挤和压迫的对象。好友的愤怒、亲人的不信任、爱犬的死亡和陌生人的恶意让卢卡斯几近崩溃，而当小小的卡拉最终吐露真相后，恶意却并没有随卢卡斯的重获清白而划下句号。比如当小女孩最终承认自己是说了谎话的时候，她妈妈却安抚她，说她只是受了严重伤害后潜意识里否认曾经发生过那样的事。也就是说，人们本能地相信这种事情已真实发生了，区别只在于细节，以至于"受害人"自身出来澄清也没有用。

154

熊孩子的报复比任何报复都可怕，因为他们不知道成人世界的可怕。影片中卢卡斯的生活就这样被看似轻而易举地毁灭了，但毁灭过程最大的破坏力并不是由孩子造成的，而是由社会群体的排斥和异化所造成的

诺贝尔文学奖获得者阿尔贝·加缪一直是法国作家里的左派，他曾是法共的亲密盟友，但在二战之前，面对苏联国内的大清洗，他毅然与亲苏的法国左派决裂；二战期间，他积极声援戴高乐领导的抵抗运动，是贝当傀儡政权的敌人；而当戴高乐开始对北非独立运动镇压之时，知识分子面临站队的压力与考验，加缪又坚决地站在了反对戴高乐的阵营。1945年法国解放，法国国内对与德国人合作的"法奸"展开民间追杀，一些只是在占领区教书与工作的法国知识分子也被"扩大化"，加缪在做了大量调查研究后，在反对"扩大化"的签名书上带头签了名。面对情绪化的言论，加缪总是选择站在真理与道义一边，因为真相不止有一个，他提醒人们，力戒用部分的真相去替代全部真相，更不要放大部分的真相。

同样是诺贝尔文学奖获得者的南非作家库切，曾是曼德拉的同情者，同时，作为一名白人作家，他始终站在反对种族隔离的前列。20世纪90年代，黑人得到解放，然而，某些受压迫者一旦变成统治者，其所作所为并不比当年的白人统治者更出色，社会秩序依旧，贫富差距依然，于是库切有了他的结论，那就是某些真相不是固定的，而是随着时间与空间的改变而形成了新的真相。

钱理群先生在《知识分子的本分》一文中说到："要破除'唯我掌握真理论'，就必须有一个自我质疑的精神。坚持自己思考、说话的权利，也一定要尊重他人思考和说话的权利。"

人们对真相的判断，往往源于人们的道德感。而道德应该是一种"心灵的契约"，它是针对所有人的，不是针对某个人或某一部分人的。然而，无论于庙堂还是江湖，总有一些人只习惯对他人谈道德，对自己

无所谓；对他人要求高，对自己没要求。他们高调展现的其实永远都是"部分的真相"。

如今是信息社会，每时每刻都在产生消息，往往一段文字，一张照片，就可以"有图有真相"地成为舆论焦点，每个关注这一焦点的人都认为自己比他人更靠近真相，更有责任和义务去对某个人抑或某一事件行使人身攻击和口诛笔伐。然而，在网络及媒体众声喧哗之下，所谓的对与错、善与恶、白与黑，很多人根本就无法真正看清，也或许看到的只是假象，也或许看到的只是部分的真相。就像电影《狩猎》所表现的那样，我们都可能成为那个要杀掉卢卡斯的人，就因为我们自认为已经掌握了真相，因而就拥有了审判他人的道德制高点？

蹭热度

　　乌克兰裔法国著名作家伊莱娜·内米洛夫斯基在她的《契诃夫的一生》一书的结尾处，引用了高尔基的一段回忆——那是1914年的时候，高尔基想起了十年前契诃夫去世时颇具荒诞意味的葬礼。许多人都以为，那列从远东地区开过来的火车载着的那具棺材里，装的是封疆大吏凯勒尔将军的尸体，而不是作家契诃夫的。于是乎许多所谓的达官显贵都赶来参加葬礼。这些人谁都不认识作家契诃夫，多半人甚至也没见过凯勒尔本人，但他们却都清楚凯勒尔在沙皇军队体制内的尊崇地位，于是纷纷前来"蹭热度"，并希望在场的记者能注意到他们。葬礼上甚至还奏响了军乐，而那些赶来蹭热度的人们则在私下里相互谈论着"自家宠物狗的智力"，炫耀着"自己的别墅如何舒服，附近的风景如何美丽"等等……在引证完了高尔基的回忆之后，内米洛夫斯基笔锋一转，她如此写道："然而，在这些无动于衷的人群里，契诃夫的妻子和母亲紧紧地依偎着，她们相互搀扶。在这个世界上的所有人当中，契诃夫曾经真正深爱过的，唯有她们俩。"

　　显然，彼时的契诃夫还没有像后来那么知名，虽然他已经在俄罗斯文坛上占有了重要地位，他的死对俄罗斯文坛来说是一个重大损失，但文人显然比不得达官显贵，不会有多少人来蹭一个文人的热度。当然，文人们也不热衷于这种场面上的热度，尤其是极具思想内涵的俄罗斯文人们。不过，随着时代的发展，事物也在发生着转变，"文人明星化"即是其一。"我的朋友胡适之"这个典故想必很多人都了解吧，那是大家一起去蹭胡适的热度，以提高自己的身价。前些年莫言获诺贝尔文学奖时，一时间冒出来一大帮蹭他热度的人，有人说自己曾和莫言喝酒喝醉过，有人讲自己帮莫言买过卧铺票，还是下铺。王小波红了以后，也有不少蹭王小波热度的，倒是王小波的家人及时站出来说，王小波当年最困难的时候，别说写的小说入不得所谓"主流刊物"编辑们的法眼，就连出本书都是家里人拿钱自费帮他出版的，你们这帮人当时都在哪了呢？结果再没人敢出来蹭王小波的热度了。

想当年唐玄宗喜欢吹拉弹唱，颇有些音乐天赋。《新唐书·礼乐志》载："凡乐人、音声人、太常杂户子弟隶太常及鼓吹署，皆番上，总号音声人，至数万人。"唐玄宗"自教法曲于梨园，谓之皇帝梨园弟子。"按照陈寅恪先生的考证，唐玄宗时"梨园"有两处，一在长安光华门北面，一在蓬莱宫旁边，核心的梨园弟子加起来有数百人。但在唐玄宗时，几乎所有和吹拉弹唱沾点边儿的人都称自己为"皇帝梨园弟子"，蹭这个热度倒是挺能唬人的，就连安禄山的叛军后来见到了都十分"优待"，据说是作为文艺人才"安排"到叛军的"军乐团"里去了。

因为在实体店购物"图便宜"因而曾"被动"下载过几款 APP，于是我便总是被热情推荐"某某某同款的衬衣""谁谁谁同款的鞋子"，倒不是喜欢不喜欢的问题，也跟贵贱关系不大，而是商家说的"某某某"跟"谁谁谁"我是一概不了解，连是男是女都存疑，想来我凭什么得去蹭他们（她们）的热度？要说我也不是个"自甘落伍"的人，想当年虽说是不追星吧，但是对多数"星星"们的姓氏名谁还是有所耳闻。可谁想到如今"造星"的门槛实在过低，"出名"的频率未免太快，计划真的是赶不上变化啊！方听说某某因为出轨而被爆出了"偷税"问题，那厢又被推送的新闻告知：谁谁因与陌生男子出双入对被偷拍而爆出有"私生子"的猛料……可是啊，对于"某某""谁谁"皆是何许人也、都是哪方神圣，到底偷了多少税，私生子的故事有多狗血，我已然连"搜索"

一下的兴趣都没有了，更甭提蹭热度了。

　　我小时候，日本电影《追捕》曾经十分火爆，服装摊儿推出"杜丘同款风衣"，理发店推出"矢村头"，眼镜店推出"真优美同款墨镜"，那时候只是觉得挺有意思的。前一时因为"乘风破浪的姐姐"风靡荧屏，便紧跟着冒出来"披荆斩棘的哥哥""势不可挡的大叔"蹭热度，意思嘛，实话说一点都没觉出来，只是觉出来了无聊。

宿舍好声音

有好多年了，我总会遇到些貌似与文化沾边的人，他们身着中式元素裤褂，张口国学闭口字画，手里不是捋着名贵珠串就是盘着名品核桃；工作室里，茶海是必备的，真假文玩储满柜橱，"名家"字画悬满四壁，我于敬仰之余也曾好生羡慕。然而，只要与他们坐下交流，立马"破绽百出"，比起唬人的"行头"，这些人多对中国古典文化所知甚少，人云亦云还好，更怕云山雾罩。疫情期间居家，偶看电视购物频道，发现里面推销字画的不少，其作者全被冠以"大师"名号，我搞不懂为何"大师"值几十上百万的作品非要几千块贱卖给观众，而这些大师的名姓，恕我孤陋寡闻，基本闻所未闻。事实上经常也会有人送我他们创作的字画，我先前都会恭敬接受，虽未必悬于厅堂但保存是一定的。但后来就不了，不是瞧不起人家字画，毕竟隔行如隔山，而是有人总会在赠我作品后追加一句："我的字如今一平尺要多少钱了"等，我不谙业内行情，但我知人家送我的字肯定不止一平尺，于是只得坚辞不受，哪怕拂了对方面子。

我年少时，在工厂待过几年，见过不少奇人。可彼时我却未能领悟其难得之处，甚至视之为雕虫小技。有一位中年钳工，用手就能摸出精密件差几微米来，准确度超过游标卡尺，可与德国蔡司的百分表和千分尺媲美；有个看仓库的老大姐，能一句不拉背诵《论语》，每天中午都有一帮好学的小青年围着听她讲古典文学；有个踢球的，市专业队选他没去，因为留在工厂当工人待遇更高。他球感极好，能颠球过人，那时工业系统搞足球赛，有了他，我们厂始终稳居"三甲"。前一时与前国家队队长左树声聊球，他说当年他带天津队与基层企业队踢，半场进不了对方球门是常事儿。厂食堂还有一个厨子，两块钱一份的锅塌里脊，只配饼干大小一块肉，他却能将其片成六七块薄到透明的肉片，裹上两个鸡蛋，下油锅就是连续几个颠勺，鸡蛋裹着肉片在空中像运动员花样跳水。他常令我想起袁枚的厨子王小余。王小余去世，袁枚为其撰《厨者王小余传》，转述王小余言："味固不在大小、华啬间也。能则一芹一菹皆怪珍；不能则虽黄雀鲊三楹无益也。"意思是说把山珍海味做好不算本事，只有能将看似普通的东西烹调得令人垂涎，那才叫真功夫。

在工厂时，我的工作地点在裙楼，窗外隔条甬道就是单身宿舍，有一位爱唱歌的青年铣工住在那里。他的特点是有副好嗓子，通俗、美声、民族唱法样样出色。唱帕瓦罗蒂《我的太阳》可乱真，系统文艺汇演，他的节目压轴。所以人们便叫他罗蒂。罗蒂三班倒，在办公室就能听到他在宿舍里唱歌。他的唱法变化万千，有时会以为是在放李双江磁带，有时候又以为换了张学友，他还能捏起嗓音唱邓丽君，跟原音一模一样。

很多年后，我路过一处桥头，那里有很多路边摊贩，听见有人在卖"便宜带鱼"，声音很大，盖过他人。我一眼望去，竟然是罗蒂。他认出我后，说："给你便宜，按进价走。"我说："你该怎么卖怎么卖，我包圆儿了。"他说："没白一个厂，够意思。"我说："你还唱嘛。"他问什么？我说你还唱歌嘛。罗蒂声音一下子变小了，说："有嘛唱的，嗓子完了，抽烟抽的，当初那就是玩。"

罗蒂没能赶上"中国好声音"，也注定不能成为"跑男超男"，尽管他的声音不比那些歌手差，我保证当年的他哪怕只唱三句，所有评委都会为他转身。

而如今，有人因能吃能睡成了网红，有人因插科打诨成了"艺术家"，有人因能踢几脚球年薪千万，有人靠嗓音上选秀节目一夜爆红，有人只是在网上贴几段在纸媒根本发不了的网文就成了作家，有人因换套唐装练几笔大字就成了"大师"……每每看到它们被媒体热炒，我就会想起工厂里那些人，想起他们身怀绝技，却因没有一展才艺的机会而终老。当年一个人想要出名比登天还难，而如今，又有多少人只随便炒作下便曝得大名？

有句老话：是金子总会发光；还有句流行的话：越努力越幸运。都对，但一定要加上某种限定语。因为金子被放在哪里很重要；而有些事情努力能达成，有些事情则根本就不是努不努力的事儿。人都无法摆脱时代印记，每当我看到如今身边的所谓"大师""名人""网红"等，总会想起当年的"宿舍好声音"，想起那些默默无闻的兄弟姐妹，于是懂得，这世界哪怕再进步，我们也要明白自己几斤几两，因为你大概率只是赶上了这一拨儿，而已。

狂妄与狂逸

裴行俭系初唐时文武双全的奇人，善于鉴别人才，经常向皇帝推荐各类贤才。有人多次向他推荐"初唐四杰"王勃、杨炯、骆宾王、卢照邻，称四人皆才华横溢、出口成章。《新唐书·裴行俭传》载裴行俭曰："士之致远，先器识，后文艺。如勃等，虽有才而浮躁炫露，岂享爵禄者哉？炯颇沉默，可至令长，余皆不得其死。"意思是说，他们四个都有才华，但皆"浮躁炫露"，也就是狂啊！事情果然如裴行俭所言，后来王勃年轻轻的失足落水；卢照邻痛风很厉害，后因不能忍受疼痛跳水自杀；骆宾王参与徐敬业谋反，讨伐武则天檄文就是他写的，失败后被诛。只有杨炯，做人相对低调最终当了盈川县令，虽系芝麻官，却是"初唐四杰"中唯一得以寿终的。

不能说裴行俭有多厉害，他指出的不过是某些文人的通病，即只通文艺，缺少器识。做文人挺好，做官可能差强人意。而彼时，除了"初唐四杰"，还有"文章四友"，分别是杜审言、苏味道、李峤和崔融。比起"初唐四杰"，"文章四友"貌似不很出名，而他们的后人却十分了不起。杜审言的孙子是"诗圣"杜甫，而苏味道的后人则是以苏东坡为代表的"眉山三苏"。"文章四友"都比较狂，其中最狂的当属杜审言，虽论才华远不及杜甫，但恃才傲物的性格却是杜甫所远远不及的。杜审言有句名言，即："吾文章当得屈宋作衙官，吾笔当得王羲之北面。"意思是说他的文章如与屈原、宋玉比，屈、宋二人得靠边站；他的书法如与"书圣"王羲之比，王羲之得甘拜下风。放眼整个有唐一朝，敢这么给自己夸海口的大约也只有老杜一人了。杜审言不能说没有才华，可别说比起他的孙子杜甫，即便和"初唐四杰"等相较，他的差距也很明显。按说低调做人比什么都强，多学少炫，多看少说，可老杜偏偏就是狂啊，整天骂这个数落那个，自以为天下没人比他聪明。哪怕对与其并列的苏味道，杜审言也不厚道。当初苏味道身为天官侍郎，杜审言曾参加了对苏味道的"官员述职考核"，考试结束，杜审言对身边人讲，这一回苏味道必死。人惊问其故，杜审言道，因为苏味道的文章写得太差，他见到我写的文章一定就会羞愧而死。如此高调拔高自己、贬低他人甚至是自己的朋友，杜审言已经不是狂了，而是狂妄了。后来他被从长安贬到当时偏僻的江西当吉州司户参军，之后又被贬到今天的越南也就一点都不奇怪了。

民国时期，也出了不少"狂人"。比如骂过陈独秀与胡适的黄侃，再比如自称研究庄子第一人的刘文典，他们狂，的确也有狂的资本。但他们的狂不是狂妄，也不是狂逸，而应算是一种狂傲吧。那时的文人间常常相互不能认同对方的观点，但却认同对方有，有保持自我个性的权力。

狂是逸的催生婆，而逸则是一种纯然的赤子之心、赤子之声，是大洒脱与大自在。魏晋之人所表现的便更多是一种狂逸，如嵇康、阮籍、陆机、谢灵运等等。嵇康面对屠刀仍不失风度，将临大限仍保持潇洒，以一曲《广陵散》与亲朋诀别；陆机与弟弟陆云一同被绑缚刑场，却说家常般与陆云回忆兄弟俩年少时在老家闭门读书的往事；还有谢灵运，被临刑问斩前最后一个要求，是把自己的髭须施舍给南海祇洹寺摩诘造像躯之髭……

狂，需要资本，但绝非有资本就成为狂妄的理由。都知道祢衡"击鼓骂曹"。事实上那也是因曹操想见祢衡，祢衡装病不见，曹操听说祢衡爱好打击乐，就让祢衡来击鼓助兴。但接下来的故事好多人不了解。祢衡骂完了曹操，曹操无奈，自嘲道："本欲辱衡，衡反辱孤"。可曹操也没把祢衡咋样，而将其送至荆州刘表那里。刘表听说祢衡系名士，"甚宾礼之"，甚至是"文章言议，非衡不定"。而祢衡呢？认定刘表只是军阀里的二流货色，比对曹操还要轻慢，平日里鼻孔朝天，狂到不行。刘表没辙，依了谋士意见，想个办法将祢衡又介绍到了江夏黄祖那里。黄祖行伍出身，性子急，一次黄祖宴客，祢衡当面出言不逊，黄祖不管那套，让人将祢衡拖出去斩了。表面看，这是曹操借了两把刀把祢衡除掉，可谁说不是祢衡狂到没底线，自己找死呢？

模仿与模仿秀

美国著名作家库尔特·冯内古特从小就崇拜马克·吐温。写作初期常言必称马克·吐温，也沿袭马克·吐温的写作风格。冯内古特是德裔美国人，有一头乱蓬蓬的头发，这恰好与马克·吐温相近。到后来，冯内古特干脆给自己的大儿子取名就叫马克·吐温。无独有偶，村上春树喜欢雷蒙德·卡佛，称他是自己"最可贵的老师"，因为喜欢卡佛的《当我们谈论爱情时，我们在谈论什么》这本书，村上春树干脆模仿这本书的书名，用一本《当我跑步的时候，我在谈些什么》向自己的偶像致敬。

许多年以前，因工作缘故，我常到一些远郊区县公干，看到演剧院外面写有"刘德华""周杰伦"等人字样，还竖着他们的巨幅照片，便想难道他们到这里演出了？后来方明白，原来都是些模仿秀演员。别小看了这些模仿秀演员，有一回我应邀参加一台联欢会，某个模仿马三立先生的演员上台说《逗你玩》，闭上眼听，真以为马老就在台上表演呢！

古人也有"模仿秀"。《世说新语》载："潘岳妙有姿容，好神情。少时挟弹出洛阳道，妇人遇者，莫不连手共萦之。"意思是说潘安相貌出众，神采仪态优雅，远近驰名。年轻时挟着牛皮弹弓，气质清雅地走在洛阳道上，妇女们见到他，都手挽着手，围在他身边不让他走。可以想见，潘安的英俊惊扰了彼时多少女子的芳心啊！用现在的话说，潘安在洛阳城女粉如云。而同时代的另一文人左思，相貌差强人意，妇女们见了即避之。而左思见到女人们热捧潘安的动人场面，便想模仿潘安，也出去秀一把。《世说新语》载："（左）思貌丑悴，不持仪饰。亦复效（潘）

岳游遨，于是群妪齐共乱唾之，委顿而返。"意思是说左思没做任何妆饰打扮，也学潘安挟着牛皮弹弓，素颜走在洛阳道上。结果，一群妇女围过来，朝他啐口水、唾唾沫，左思只好狼狈而归。虽说比颜值不过，但左思的文章却是一流的，远在潘安之上。左思"模仿"班固的《两都赋》以及张衡的《二京赋》，写出了著名的《三都赋》。《三都赋》甫一问世，洛阳的富贵人家便竞相传抄，以至于留下"洛阳纸贵"这一成语。

据说最火的那几年，国内各卫视台有近20家创办了"模仿秀"节目，各类"模仿秀"公司也应运而生，主营模仿秀明星演唱会、明星脸品牌代言、打造包装模仿秀男女明星等等。在电视系列剧《乡村爱情》最新一部剧集中，"刘能"的扮演者干脆就换成了模仿王小利最像的一位模仿秀演员。模仿秀演员翘了"原版"明星的行市，如同"真假美猴王"，倒也有点儿意思。

与模仿秀不同，模仿，要模仿的则不仅仅是人。当年大唐长安的繁华与富饶令日本人无比崇拜和羡慕，于是模仿建设一座日本自己的都城便成为彼时日本统治者的最高理想。而后来模仿建造起来的就是天皇世代居住的城市——京都。严格来说，日本模仿的中国城市不是一座，而是两座，这是因为当时的大唐（包括武则天时期的大周）有东西两都，也就是西都长安和东都洛阳。于是日本的京都也分为东西二京，西京模仿长安，东京模仿洛阳，几乎把中国的建筑风格完全照搬过去。如今中国人要感受唐朝文化，最好的办法就是去趟日本京都。虽说西安也保留了部分老建筑，但那多系明清建筑，而京都的建筑风格则始终如一地保留了大唐味道，至今还有很多日本人习惯把京都称为洛阳或洛城。

信息化时代，人们对"他人经验"与"大数据分析"变得空前依赖，模仿从某种程度上来说被置换成了"追随"和"被引领"。一部电影，往往要先看豆瓣评分再考虑看与不看；一本书要先看知乎读书小组的评价再决定买与不买；外出吃饭，"大众点评"是必须参考一项；出门旅游，各种旅游 APP 上的跟帖评论则是我们的"行动指南"……2015 年诺贝尔文学奖获得者白俄罗斯作家阿列克谢耶维奇说："我们今天的所有想法和所有语言全都来自别人，仿佛是昨天被人穿过的衣服。"没错，明明是我们在模仿和"拷贝"他人的生活与经验，而我们自己却往往认为是自己"有眼光"，甚至是特立独行。

　　当年英国出版商举办过一次"模仿"著名作家格雷厄姆·格林小说大赛，格林自己也应邀参加，在掩去作者姓名情况下，格林的作品只获得了第六名，远不及模仿他写作风格的那些人。我以为这没什么好奇怪的，因为"模仿"往往是认真的，尤其对于文本的模仿本身就带有超越企图；而"模仿秀"则带有娱乐与表演性质，表演者需要认真，而作为受众则没必要去较真儿。

年龄这点事儿

张爱玲当年修订《传奇》，在文中追加了这样一句话："出名要趁早啊，来得太晚的话，快乐也不那么痛快。"这许是张爱玲肺腑之言，也抑或仅是张爱玲无意间蹦出来的话，之后便被人不断引证、口耳相传，一来二去渐成了一句至理名言。可细想，这世上又何止出名要趁早，玩股票，做生意，炒楼花，写小说，乃至于参加各类选秀节目，往往都是谁下手早谁就容易先人一步显灵。湖南卫视"超级女声"何等热闹，可论出名，还是第一届冒出来的李宇春、张靓颖那几位；而一年一度的《萌芽》"新概念作文大赛"属于文学选秀活动，能让文坛和媒体中人识得的也无非就是那几位，而这几位基本上都是前几届的获奖者，比如韩寒、郭敬明等。

张爱玲的"出名要趁早"有两种含义，一种是起步早，一种是年龄小。当然，主要还是年龄。写《了不起的盖茨比》的美国作家菲茨杰拉德说："年少成名让人对'命运'而非'意志'产生某种近乎神秘的定义。年少得志的人相信，他的愿望之所以能实现是拜头上的幸运星所赐。"这话有道理。年轻有活力有力气，却非无敌，更非代表真理，可我们的某些舆论，我们的价值判断体系，几乎无时无刻不把年龄挂在嘴边，拿年龄说事儿，把年龄简单化、模式化乃至妖魔化，搞得有年轻人真以为自己乃"天降大任于斯人"因而必须"老子天下第一"。

去人才市场应聘，清一色要求是"35 岁以下"；掀开报刊一看，不是"80 后如何如何"，就是"90 后怎样怎样"，动不动就"开创新时代"，就把前辈"拍在沙滩上"，只会让人变得更浮躁、更看不清自我。还说文学，我孤陋寡闻，不知道在中外文学史上是否有如此简单、机械、生硬的以 10 年为单位的"某某后"作为间隔、区别、衡量、判断一个群体文学创作乃至生活和社会角色的方法。至少依我有限的目力所及，无论是国外的"魔幻现实主义""黑色幽默""新小说"，还是我国现代文学中的"新鸳鸯蝴蝶""创造社""新感觉派"，全部都是以创作手法、思想和理念乃至地域与个人经验来区别创作人群，能因为徐志摩比戴望舒大 10 岁就不算同一代诗人吗？能因为老舍生于 19 世纪，而巴金生于 20 世纪就不算同一代小说家吗？从来没有像今天这样以一个人是出生在 79 年 12 月 31 日还是 80 年 1 月 1 日作为区分两种文学乃至两个时代文化的圭臬。别以为生日差一天无所谓，有出版社专门给"80 后"出书，卡的就是这一天；有权威部门搞培训，较劲的也是这一天。如此说来，我们的舆论和出版环境在对待作者年龄上不仅教条，而且粗暴。

鲁迅和柳亚子都出生于 19 世纪 80 年代，算起来，鲁迅比柳亚子还年长 6 岁。然而，《中国文学史》上写的清楚，鲁迅是现代作家，柳亚子系近代作家。"近代"在历史课上的解释应属"古代"范畴。可要按当下不管三七二十一的"断代法"，柳亚子自当是"80 后"无疑，且比鲁迅的"80 后"更"80 后"，至于他是以文言文创作还是用白话文写作，对某些人而言毫无意义，有意义的抑或说能打动他们的只有年龄而已。于是围绕年龄这点事儿便上演了无数悲喜剧，有人不顾千难万险偷改年龄，只为升职长级，有人则就是为了能被纳入"某 0 后"而已。

严格把人群分为三六九等，系计划经济产物，其中国特色之明显，恐怕无出其右。年龄多少有点儿像当年的所谓"成分"，可即使是在当年，也有"讲成分，不唯成分"一说。但在当下，聘人选人用人，皆以年龄为标准，没商量。"80 后"不够年轻？那就换"85 后""90 后""00 后"，可这世上有许多事情如同酿酒，本是越陈越香，年份不够还真不成，勾兑不是不行，味道嘛，总不是那么回事儿。

读书人孙权

从前读"三国"，对孙权比较模糊，一定要说有什么特别印象，就是没什么特别印象。总体感觉他像"边缘人物"。原因嘛，明摆着，一来无论陈寿还是罗贯中，哪怕说书的袁阔成跟单田芳，他们把力气都用在曹操跟刘备身上了，连董卓诸葛亮这些人感觉都比孙权着墨多；二来孙权经历简单，既不像曹操由左征右讨到擅权厚黑，也不似刘备从织席贩履到黄袍加身，孙权的王座是继承来的；三来《三国志》作为正史是以曹魏为正统的。这一点好解释，曹魏政权系由东汉政权禅让而来，而在古代，"禅让"是一种被正统思想接受的立国方式，尧舜禹之间就是禅让关系。换句话说，曹氏非篡权，并且传承了东汉王朝的某种正统性。而刘备虽为一介平民，但其汉家血脉是被庙堂与民间普遍接受的，所以，在以野史成分为基础演绎而成的《三国演义》中，刘备又被全力塑造为"正面人物"，而孙权嘛，却怎么看怎么像是个富二代。

但东吴政权却是三国中最后一个被统一的。固然有长江之护，但显然与孙权苦心经营分不开。一个政权的延续就像一座大楼的延年，关键是要看地基打得是否牢靠。而东吴的地基无疑是打得牢固的，这显然与孙权的知人善任有关，但我以为与孙权骨子里是个读书人也有很大关联。

孙权与哥哥孙策关系不好。孙策有三个弟弟。四弟孙匡最得孙策喜爱，孙策生前把老爸孙坚的爵位都让给了四弟；孙策与三弟孙羽最谈得来，而孙策还有个儿子叫孙绍，子承父业没毛病。可谁都没想到，孙策临终前却把二弟孙权唤到身前，这一举动连周瑜和张昭都大吃一惊。《三国志》中道:"策临卒,张昭等谓策当以兵属俨(孙羽),而策呼权,配以印绶。"并语于孙权:"举江东之众,决机于两阵之间,与天下争衡,卿不如我;举贤任能,各尽其心,以保江东,我不如卿。"

孙权不会打仗,有限带兵打的几仗皆以失败告终。但他19岁"坐领江东",却执掌政权52年,是东汉末所有霸主中执政时间最长的。其建都建业开南京作为国都历史,又迁都湖北鄂州,并将其改名武昌,意"以武而昌"。而当统治稳固后,于公元229年称帝,又将国都由武昌迁回建业,由此开启了中国数百年的六朝时代。

孙权不会打仗却会用人。与他父兄及曹操、刘备皆不同,孙权对他手下掌管兵马的统帅有一个基本要求,那便是读书。周瑜自不必说,鲁肃原本就是读书人,而陆逊家世为江东大族,十岁丧父,随祖父庐江太守陆康在其任所读书,以博览群书风声流闻,远近驰名。相比之下,只有吕蒙算是大老粗。于是孙权多次敦促吕蒙读书,吕蒙却以军务繁多推辞,孙权就以自己为例:"我难道是要你研究儒家经典,成为学识渊博的人吗?我只是让你泛览书籍,了解历史罢了。你说军务繁多,有我事务多吗?我天天读书,自己认为很有好处。"并告诉吕蒙自己的读书经验,五经中"易"可不读。《易经》是"揣度未来"之书,其治国思想不适合东汉末年乱世,也与孙权"外儒内法之道"颇有不同。而且三国时期"四书五经"概念尚未根深蒂固,没有说念书就一定从四书五经念起——就算有吕蒙也早已过了蒙童年纪,肯定不能从头读起。这也是孙权懂得因材施教。

后鲁肃到浔阳找吕蒙议事,十分吃惊地发现,眼前的吕蒙不再是原来那个吴县的阿蒙了!吕蒙说:"读书人分别几天,就该另眼看待了。"这次见面给中国文化留下两条著名成语"吴下阿蒙"与"士别三日当刮目相看"。鲁肃死后,吕蒙接江东帅印,设计袭取荆州关羽,是一个爱读书的将领打败另一个爱读书的将领的典范。

多年前我曾到浙江富阳场口镇，那里有一座真潭讲寺，孙权年少时曾在此闭关读书，陪他一起读书的有后来成为其左膀右臂的朱然等人。真潭讲寺三面环山，民国初年郁达夫也曾于此读书。当地人讲这里是风水宝地，寺前有乌龟潭，当年有灵龟出水伴孙权读书，福地也。因孙权多年于此苦读，所以场口镇又称"孙权故里"。镇上有孙权书坊和孙权塑像，塑像手握一卷竹简，不像东吴大帝，倒像是个读书人。当时我便想，所谓英雄奸雄枭雄都乃过眼云烟，被后世称其为读书人，怕是孙权最希望的吧。

对手

　　凯瑟琳·曼斯菲尔德生前完全不会想到，当时已然在英国文坛上大红大紫的弗吉尼亚·伍尔夫会把她作为自己在文学征途上最强劲的对手。是的，那时候的曼斯菲尔德既没有如今新西兰文学奠基人、200 年来新西兰最有国际影响力作家的称号与光环，也没有短篇小说"圣手"的美誉。那时候的曼斯菲尔德只是一名漂在伦敦、生活十分拮据的无名女作家。可是伍尔夫却一眼就看出了这位漂亮女作家身上惊人的才华与天赋，并在内心深处将其视为对手。而当年仅 35 岁的凯瑟琳·曼斯菲尔德英年早逝的时候，伍尔夫则在日记中如此写道："对此的感觉是什么呢？忽然间如释重负？少了一个竞争对手？感想这样少……之后则是沮丧，一整天都无法摆脱出来。动笔写作时，似乎写作也变得了无趣味，因为凯瑟琳无法读到它了，她不再是我的对手了……关于写作，我有些事情要告诉凯瑟琳：过去我曾嫉妒过她的作品，那是我唯一感到嫉妒过的作品。"

　　对手的出现或许让我们心理紧张，但良性的对手绝对是激活我们创造力的引擎。当年周作人与梁实秋打笔仗，彼时周作人的名望要远远大于梁实秋。周作人的文字相对温和，梁实秋却是"火力全开"，说周作人诗歌"俗浅"且"丑不堪言"，在周作人撰文提出求同存异、"就此罢手"的情况下，依然被年轻气盛的梁实秋用文字各种嘲讽，周作人则不再回应。后来梁实秋被推举去北平西城八道湾请周作人到清华大学讲演，去之前做好了各种被冷落被奚落甚至吃闭门羹的准备，却未想到受到周作人热情接待，且被周作人一直送到大门口，而且梁实秋还第一次见到了鲁迅先生。受周作人影响，梁实秋后来的创作也开始走向"温和"。这些细节都被记录在梁实秋的《忆周作人先生》一文中，而周作人在日记中也有记载。

对手的出现，其实是让我们进步的。因为对手是以击败我们为目的的，在这个过程中，我们自身薄弱环节会被揭示得更全面、更彻底，因而可以让我们能更好地认识并反省自己。倘若对手与我们势均力敌，可以令我们的大脑得到充实，让我们的思维变得活跃，使我们的斗志变得旺盛；而如果对手比我们强大得多，则会让我们提起十二分的精神，变得更加努力上进，从而使追求成功的脚步走得更快、更远。

大家都知道"鲶鱼效应"。鲶鱼是沙丁鱼的天敌，沙丁鱼见了鲶鱼四处躲避，这样一来缺氧的问题便得到解决，沙丁鱼便能活蹦乱跳地活着运到渔港。同样，不值钱的狗鱼也是金贵的鳗鱼喜欢的美食，为了让鳗鱼活着运到渔港卖个好价钱，世界各地的渔民都会在鳗鱼中加入几条狗鱼。几条势单力薄的狗鱼在面对众多的"对手"时，会惊慌失措地在鳗鱼堆里四处乱窜，由此却勾起了鳗鱼们旺盛的斗志，一船死气沉沉的鳗鱼就这样给激活了。而有意思的是，由于狗鱼十分灵巧善动，经常是鳗鱼和狗鱼都能被活着运到渔港。

我当年在工厂的时候，曾为两个相互视作"对手"的青年突击队写过报道。说是友谊第一比赛第二，但影响的不单是奖金，还有脸面啊！于是你一天装 15 台机器，我就拉晚装出 20 台来。我记得赢的一方最后把奖金拿出一部分，在食堂专门请输的一方喝酒。那晚的欢声笑语至今令我记忆犹新。那是属于年轻人的活力，更是属于年轻人的血性啊！大家一起翻来覆去唱彼时流行的一首歌曲："假如你要认识我，请到青年突击队里来，请到青年突击队里来。"

如何对待对手？胡适和徐志摩也做出了榜样。当年胡适、徐志摩与郁达夫、成仿吾、郭沫若等创造社成员间笔仗升级，形同水火之势。

1923 年 5 月 15 日，胡适主动给郁达夫、郭沫若写了一封长信，态度诚恳，有理有据有节，既做自我批评同时批评了几位年轻对手，郁达夫、郭沫若皆回信诚恳检讨了自身的错误。之后，胡适与徐志摩还专程到上海登门拜访成仿吾、郭沫若、田汉，而创造社的几位年轻人也集体回请了胡适和徐志摩，那天晚上，不喝酒的胡适也破例喝了酒，而徐志摩和郭沫若则喝得大醉。

事实上，不要害怕自己有对手，而且你的对手越强大，你才越应该高兴才是。因为当有人真的把你视作对手了，实际上是对你最大的尊重与承认，你要为此而骄傲，因为他或者他们本可以对你不屑一顾。

读点冷门书

在我十七八岁时，曾买到过一本《外国现代派作品选》，厚厚的一本书，江苏人民出版社出版，封底标有"内部参考"字样。书中收录有萨洛特的《天文馆》，凯鲁亚克的《在路上》节选，阿达莫夫和热内的剧本，还有克洛德·西蒙的《佛兰德公路》节选。事实上即使到今天，除却凯鲁亚克，书中所收录的其他作家无论是作家本人还是其书籍依旧"冷门"抑或小众。但这并不影响作家和他们作品价值的高低，反之，恰恰是我们只乐意接受那些更符合流行元素与商业考量的作家和他们的书籍，只关注所谓获奖作家，比如诺贝尔文学奖获得者的书，哪怕诺奖获得者哈罗德·品特曾深受过阿达莫夫的影响，哪怕萨特曾认为萨洛特的文学成就甚至在他之上。

在当下，冷门书与畅销书的区别已不能简单归结为谁更具有社会价值，谁更富有精神性、艺术性与文学性等这些元素，但冷门书很可能会是某种"不合时宜"的书，或者缺乏商业价值与热卖因子的书。博尔赫斯终其一生难舍对阅读痴迷。面对人们对其作品的赞誉，他曾说过："决定一个人灵魂的，不是他写了什么，而是他读过什么。"那么，博尔赫斯都读过什么呢？作为作家里读书最多的人之一，博尔赫斯恰恰是涉猎"冷门书"最多的人，在他失明前，他的读书于文史哲之外，还包括了宗教、天文、民族、园艺、海洋、地质，甚至还包括中世纪语言学等"冷门"书籍。

卡莱尔说："凡伟大的艺术品，初见时必令人觉得不十分舒适。"如果这话正确，那我不得不说，我现在读到的许多书实在是太流畅太好读了，或可以这样说，都太像是一部部在指导下修改而成的学生"作业"。谋篇布局皆与国际接轨，语言套路皆从创意写作教材复制粘贴。你会从书中看到那些国际当红作家的影子，比如美国作家威尔斯·陶尔的影子，比如阿根廷作家施维柏林的影子。事实上，创意写作原本是西方"创意"，但甫一引入中国便成为文坛"主流"，创意写作专业批量产出的作家亦成为各大图书榜单上榜书籍的作者，各种推介，各种热闹，可这种"热"比较可疑，倒像是如今的某些网红食品，炒起来的是价格，却与品质无关。

黄侃先生当年在大学教书，常常发到手的大洋还没焐热就换成书籍，而黄侃所藏书籍中有相当一部分就是当年的"冷门书"，而黄侃读书正以"偏、怪"见长。黄永玉回忆20世纪50年代，与钱锺书一起去全聚德吃烤鸭，因二人说起黄星期天去北京郊外打野鸭子的事儿，黄永玉便请钱锺书为他开几本打猎的书目，钱锺书就在一张点菜单的正反两面用钢笔为他列出了四五十部与打猎有关的书籍，绝大部分冷门到黄永玉听都没听说过。

我相信技术化写作训练对文学作品的重要性，但我同时相信技术化之外的情怀与担当对于作家来说更重要。衡量文学的标准，还是应该有通约法则。但"好读书籍""好看小说"不应是这种通约法则。因为"好读"与"好看"虽打着"为读者"旗号，但实质还是与销路有关，与市场有关，虽然畅销从不是罪过，但无原则甚至无厘头的畅销则值得我们警惕。

是否阅读，是纯个人化选择——它绝不会改变现行的世界，它只会让你成为一个更高级的人。但并非所有阅读都能让我们成为更高级的人，在我们周遭，当我们谈论阅读时，谈论的往往是成功学，是升学，是考级，是升官，是微信公众号，是大V微博，是多如牛毛的APP。而实体书，只有上榜抑或具有话题性才会引起关注，或者成为朋友圈晒图之需要。而冷门书的概念，实则变成了那些无力抑或不屑炒作，被拒之于各大图书榜单外，被职业配书人无视被媒体忽略的书籍。

而这样的书，与其说是冷门书，不如说是被冷落的书。我习惯去书店不起眼的位置找寻它们，尽管失望的时候不少，但也常有惊喜和收获，将一本这样的好书捧在手里，就如同是找寻到一位被低估的大师，它的文字总是令我在这个热闹无比的世界里领略到什么才是清醒的认识与冷静的见识。

精读、略读与误读

我写东西比较早，因而读各种文艺书也就早。早先的习惯是：总会把那些我拿省下来的早点钱买回的书放到一边，再争分夺秒地读从各个图书馆里借来的书。原因说来并不复杂，因自己买的书是属于自己的，跑也跑不掉，什么时候看都可以；而借来的书总是要还的。其结果便是自己书的数量逐日增长，没看的书却越来越多。甚至为读书还做出"年计划"，一年内一定要把哪些书读完，计划却又赶不上变化，书在看，却做不到什么书都逐字逐句反复推敲，而是有精读有略读，起初是为完成自己的"年计划"，后来却逐渐养成了某种阅读习惯。

古人曾讲"一物不知，君子之耻。"我也曾恨不能做到"于学无所不窥"，后来才明白这种想法不仅虚妄，且无必要。多年的阅读经验告诉我，世上的书无论如何都是读不完的，即便博学如博尔赫斯如翁贝托·埃科。埃科还说过，凡为经典皆有再读必要。而我觉得，但凡经典都要精读。而对于某些书而言，略读亦绝非无用，至少在需要它的时候知道到哪去找它，读书人与一本好书的相遇经常也需要缘分。

当年，梅兰芳对与戏曲有关的书便是精读，对新文艺的书便是略读。我以为这恰是作为一代戏曲表演大师最好的阅读方式。梅先生藏书里有明崇祯年间刻本《曲律》《度曲须知》《弦索辨讹》等，还有天虚我生著的《学曲例言》及各种皮黄、越剧、秦腔甚至鼓书和弹词戏本，这些都是他精读的，有的精读不止一遍。而对于新文艺书籍，梅兰芳所藏也不少，但略读居多，精读的也有，比如徐志摩与陆小曼合著的《卞昆冈》，英国剧作家巴雷的《可钦佩的克莱敦》等。

多年前我曾买回一套精装《清史稿》，煌煌十二巨册，想精读却一直没做到，但略读还是收获颇丰，论及有清一朝，由此总能准确找到出处。略读看上去不求甚解，但对于一个于文字敏感的人而言往往常能从字里行间慧眼识珠。与精读一样，略读的书也是越多越好。朱光潜先生拿到一本书，往往是先看一两页，如发现文字不好接下来就只略读，如内容再不行则干脆不读。不用说朱光潜先生，一个人倘能被外界尊为读书人，那么他对一本书的直觉和评判总不会太差。

比起略读，最不靠谱的还是误读。误读也分不同情况。比如我，大概十六七岁时就读过一些经典，尤其是读了不少外国现代派文学作品，那时觉得自己好神气，别人没读懂的，被我一个少年读明白了。后来发现，好多我所谓读懂的其实根本就没读懂，有的甚至完全是误读，与作家和作品所要阐释的本意不仅拧巴，甚至南辕北辙。这也是我到成年后才意识到的问题，没办法，唯一的办法只能是重新精读。除了像我这种误读的情况，还有另外一种误读，因为比较迷惑人因而显得更"危险"，这就是搭所谓的"知识经济"快车应运而生的"阅读胶囊"。我甚至认为这是在人类阅读史上从未有过的一种"阅读传销"。

所谓"阅读胶囊"，便是针对人们普遍希望快点提升、快点成功、快点幸福、快点减肥等等心理，把各种书籍提炼成一粒粒"胶囊"贩卖给读者（消费者），即"二手阅读"。但我对这些搭知识经济而来的"阅读胶囊"疗效实在存疑。他们令我想起儿时看过的小人书，原著四五个章节的内容在小人书里甚至分不到一两句话。把《复活》《约翰·克里斯多夫》这样几十上百万字的作品在不破坏原意的基础上浓缩成万八千甚至几千字，我不知道哪个人抑或哪个机构有这本事。更不消说《尤利西斯》《追忆似水年华》了，由此造成的误读显而易见。试想，当一部百八十万字的巨著被浓缩成一粒胶囊，像速效救心丸一样让你吞下，可以救急，比如有谁晒朋友圈谈论这部作品的时候你可以插几句嘴，但说到底不是个事儿，说误读已经是客气了。

对于阅读，我不是单纯的怀旧，也不是刻意去诟病任何新的阅读方式，虽然在社交网络时代，阅读正逐渐从一个独立、个体的行为变得更加社交化、功利化。但作为一个读书人抑或说喜欢读书的人，总该不与流俗妥协，不去攀附热门，否则，有读书的那点儿时间倒不如去掺和点儿更热闹的活计。

茶说

那年，我在陕西宝鸡的法门寺买了几本有关佛教的书籍，同时还买到了一本陆羽的《茶经》，在佛门圣地买到茶圣的经典之作对我来说也算是意外的收获。古人说"禅茶一味"，茶的境界在某种意义上来说便是禅的境界，于是便不奇怪千年古刹为何也会编修有关茶的典籍。书不算很厚，由扶风法门寺博物馆编辑出版，翻开封面便是内文，"茶经"二字的下面是一行小字：竟陵陆羽撰。

竟陵便是如今的湖北天门。几年前我途经那里，不大的城市，却独有一份厚重和雍容所在，于是便想起盛唐时候，竟陵也是中南一水陆大邑。再看天门街头，茶庄茶肆众多，于是便想起陆羽，而一想起陆羽，便自觉口中生津，如同正在品呷刚刚泡好的香茗。

说起中国人，尤其是中国的成年人，基本上都是茶的爱好者与消费者。就拿我来说吧，尽管有这样那样的饮料，茶却永远是我不能割舍的最爱。人说茶是世界上第一大饮品，因为中国人在喝，但是爱喝茶的中国人知道茶圣陆羽的却并不是很多，而了解陆羽的恐怕就更少。世人称他是茶中的圣人，在从前的茶馆和茶庄里的供桌上，常常摆放着一个瓷制的陆羽塑像，被称之为茶神。是陆羽把饮茶发展成了一种文化。而这一切，对于颠沛流离多年的那个从命运中挣扎而出的茶人陆羽来说，却恐怕是难以料想的。一个不懂神话的人却最终被写入神话了。

陆羽一生好茶，也善酒。在饮酒时，他是个十足的文人。每每与朋友对饮，喝到好处，必放浪形骸，舞之蹈之，或荡舟击水，或放歌山林，其真纯性情，宣泄无遗。

陆羽从二十多岁开始一直专心考察着茶事，也考察着世态与人生。在走遍了大半个中国。

之后，陆羽于唐高宗上元年间隐居在浙江的苕溪，自称桑苎翁，与唐朝著名的女道士李秀兰以及名僧皎然和尚友好。陆羽结庐于溪畔，闭关读书，往往独行于野中，吟左诗，弄右曲，栖卧山岩，手弄流水，自曙达暮。这样一种生活情态，正好随了陆羽自幼亲近自然天性的心路，他如云中之野鹤，他如天马去行空，他更如人中之茶，为你我滤去腹中的千年腥腻。

陆羽在他一生中的相当一部分时间里，是以著书为事的。他写了大量作品，有诗、有散文、有地理专著、有人物传记，但几乎全部遗失，现存的只有《全唐诗》中的几首诗，再有便是那三卷《茶经》。陆羽恐怕没有想到，他那简约的寥寥数千字有关茶的记述，如今已经演化成为一门全球性的茶学。陆羽当然不会想到这些，因为他之爱茶、恋茶、写茶、研究茶，并不是因为茶可以给他带来什么即时既得的利益，而是因为，茶是他生命的一种自然表现形式，嚼在嘴里虽然苦，却是那么有滋有味，胜过琼浆玉液。

与任何一种饮料相比，茶其实是最少人工化的一种东西。陆羽的一生都是与大自然相伴的，因而，他与茶这一大自然的产物便有着天然的亲近。饮茶对于陆羽来说是一种大的愉快，这种大愉快在很大程度上并不是来自于茶之本身。在这里，茶的角色更像是爆破中所需要的那种引芯，它所引爆的是一种心境，是激活生命的清冽甘甜。在这里，喝茶，绝不仅仅是为了解渴，它滋润的其实是心情一片。

与绝大多数的文人相比，陆羽是淡泊的，在荣华富贵和功名利禄的引诱之下，他义无反顾地选择了做一个流浪者的身份。这，是需要大勇气的。陆羽一生未娶，或许在他看来这世间已再没有什么事情可以疏离他与那片大自然对他的馈赠之间天衣无缝的感情。

在如今，似乎有越来越多的人喜欢上了"淡泊"这两个字。他们慢慢地喝着茶，手里甚或还要捧上一本修身养性避世箴言之类的书。而其实，在他们的脑子里却装着一大堆油渍麻花的东西，他们在无奈中准备着，因为这世界上有太多的声音可以把他们从所谓"淡泊"中轻易地唤过去。

一千多年前的那个叫陆羽的文人，背着装满新茶的箩筐与天地为伴，与日月相约，穿行于江南丘陵广袤潮湿的茶叶产区，他满腹经纶，却未必知道"淡泊"那个词做何解。在他看来，与其知道一些自己未必需要知道的事情，不如燃起篝火，烧一壶泉水，沏一壶好茶，然后轻轻地喝上一口……据说，陆羽就是这么喝着喝着便倒下了，倒在了茶树的簇拥下，再也没有起来。

我以为陆羽没有死，他只是喝醉了，醉倒他的可能是一壶上好的新茶。这茶喝好了，也是能醉人的。

劝君更尽一杯酒

古人送别是一件大事。在出发前，远行的人要沐浴，送行者则会把远行者一直送到驿路的路口，并要"折枝相送"。折枝，所折的多半是柳枝。王维送元二使安西，正是"渭城朝雨浥轻尘，客舍清清柳色新"的时日，王维想必折的就是柳枝吧。《诗经》中《采薇》一诗写道："昔我往矣，杨柳依依，今我来思，雨雪霏霏。"由此看来，柳树与送别的关系至少得有两千多年了。只是不知道当年的燕太子丹送荆轲的时候，易水边是否也有柳枝可折；汉唐时长安人送行都要送到灞桥，桥边据说有成排的柳树，人们刚好折柳赠别。唐《开元天宝遗事》中记载："长安东霸陵有桥，来迎去送，皆至此桥，为离别之地，故人呼之为'销魂桥'。"

我小时候看电影，发现里面最感人的桥段就是分别的场景。尤其是在火车月台上，蒸汽机车车头已然拉着响笛咣哧咣哧地驶离了站台，送行的亲朋却还与远行者依依不舍，尤其是相爱的情侣，车窗内外拉着的手总是久久不肯松开，月台上的人往往要跟着火车跑出去老远。

在古人的绘画里，"送别"则是一个大的主题。中国古代差不多每一位在美术史上有名号的画家都曾画过以"送别"内容为题意的作品。尤其是宋明以后的画家，其画面处理也比较一致，多半空灵、悠远、辽阔，给人以一种此去山高水远、沧海桑田的意境。之所以如此，当然首先缘于古时山水阻隔、交通不便；再有便是中国古典美学里的一种刻意追求。古代画家在表现此类主题时往往喜欢营造一种对未来的模糊感与不确定性，这与当时的环境条件有关。明代沈周的《京江送别图》是"送别"

主题作品中的一幅代表作，表现的是沈周等人送别叙州太守吴愈的情景。吴愈是沈周挚友，同时也是文征明的岳父。叙州是荒蛮之所，众人于江边长揖不舍，仿佛他们的心也被远去的帆影带走，从此分属两地。

古人"天涯若比邻"的意思与如今显然也大不同，古人要表现的多半是一种心的不舍与贴近。如今的"天涯若比邻"倒是对现实的一种诠释。朋友去欧洲，才下了飞机就开始跟家人网络视频，最奇葩的是他竟算好了时差，每天按时通过视频叫女儿起床上学，跟他在家里的时候一样。再去遥想古人的送行，倘使放到当下，大约折枝敬酒的工夫，对方都够从目的地打来回了。如今的送行，的确省了时间，却也少了挂念；固然没有了仪式感，却也没有了情感该有的波澜。

梁实秋曾经写道："遥想古人送别，也是一种雅人深致。古时交通不便，一去不知多久，再见不知何年，所以南浦唱支骊歌、灞桥折枝杨柳，甚至在阳关敬一杯酒，都别有意味。"没错，古代文人重心灵契合，君子之交淡如水，即使相互赠礼，也是礼轻情意重，不要多么名贵，却往往要有道德寓意，所谓"不以贽，不敢见尊者。"所以古代文人常常用梅花作为互赠。因梅花具有凌雪傲霜、清高出尘的风骨。比如南北朝时期的诗人陆凯一日正行走于江西与广东之间的梅岭之中，忽然想起自己在长安的好友范晔，便折梅一枝，并附诗云："折梅逢驿使，寄予陇头人。江南无所有，聊寄一枝春。"托驿使送往长安。如此浪漫，当不是我们如今随时随地用手机拍几张照片发朋友圈可以比拟的。

吴湖帆与梅兰芳、周信芳等20人当年在上海组成一个团体，因这20人都刚好五十岁，于是便谓之曰"千龄会"。他们约定每次聚会时大家都要带上19份礼物，以馈赠他人。但礼物不能贵，最好不要买，于是梅兰芳在19个空白折扇上画了梅花，吴湖帆在19张宣纸上临了书法……如今想来何等雅兴。

科技的进步是很快的，而人性的进化却是很慢的。科技进步得一塌糊涂，但现代人还得靠十八十九世纪的音乐来慰藉心灵；还需要从唐诗宋词中去找寻意境。王维当年的"劝君更尽一杯酒"后来被编入乐府，成为《阳关三叠》，是最流行、传唱最久的送别歌曲，也让全世界都知道了王维有一个被唤作元二的好朋友。而如今你手机里的朋友，多是泛泛之交，本该相忘于江湖，却因各种各样的原因扫码添加。认识人多没有不好，但仔细想想，你可能储存了上千个电话号码，但关键时刻，你能拨出的又有几个？

自律的人

我不太喜欢村上春树的作品，但我欣赏他做人的自律，尽管这是在我到了一定年龄，有了一些阅历之后才意识到的。而我曾经以为，一个人倘过于自律，便是无趣。却未曾理解，自律是一个人走向成功的基石，同时，自律的人并非就不能成为一个有趣的人。

在艺术家荒木经惟的镜头下，村上春树的脸是黯淡无光的，淡漠是主旋律，当然还有一丝丝坚韧。从这张脸上，你看不到作品大卖的信息，也没有丝毫的春风得意。他就那样，无论是版权签约，还是美女相邀，都不能改变村上春树，他说，他可以为了一件重要的事而少喝一次酒、少听一回音乐，但不能少跑一次步，因为他想不出有什么比跑步更重要了。

跑步的人很多，作家中跑步的人也不少。但我知道，这些跑步的作家，要么是浅尝辄止作秀，要么也只是围着小区跑上几圈，似乎就为给自己一个交代。而村上春树不是这样，他从 30 岁开始跑步，从此就喜欢上跑步，并把跑步转换为自己写作外最大的人生乐趣。每天不跑够 10 公里他绝不打道回府，并给自己规定哪天只跑步，而哪天却又跑步又要游泳（游泳一定游够 1.5 公里）。他参加了世界所有重要的马拉松比赛，如果感觉身体不错，他就跑"全马"，感觉一般，就跑"半马"，最后跑成了人类有史以来跑步里程最长的作家，没有之一。

村上春树还是著名品酒师，他喜欢喝有年份的红酒。有统计表明，红酒、威士忌以及小黄瓜沙拉在他作品中出现最多。苏格兰人显然要感谢村上春树，因为很多人就是读了《如果我们的语言是威士忌》一文而来到单一麦芽威士忌的发源地——苏格兰艾莱岛上大量购买这一品种威士忌的。可村上春树从不酗酒，他有定量，绝不超量，哪怕与他喝酒的是他最好的朋友。

村上春树数十年早睡早起，不与陌生人主动说话，再好的朋友劝也坚决不吃一口"油大多盐"的食物，喜欢美丽女性却从不主动搭讪以保持绅士风度。更令人意外的是，村上春树所有的衣服也都是自己买的，从袜子手绢到衬衣外衣，还自己手洗衬衣，自己熨衣服，去什么场合一定要穿什么衣服从不混淆。村上春树说："那是对他人的尊重，也是尊重自己。"

村上春树25岁与妻子一起经营音乐酒吧，家藏10000张黑胶唱片以及数不清的CD，还写过三本与音乐有关的接近专业的书籍，分别是《爵士乐群英谱》两册，另一本名叫《没有意义 就没有摇摆》，他听音乐的时候，即使身边没人也一定会正襟危坐。我想这就是慎独吧。《礼记·中庸》曰："君子戒慎乎其所不睹，恐惧乎其所不闻。莫见乎隐，莫显乎微，故君子慎其独也。"意思是说，最隐蔽的东西最能体现一个人的品质，最微小的东西最能看出一个人的灵魂，有德行的人独处时，也不会做违规逾矩的事。

读纳尔逊·曼德拉的自传《漫漫自由路》，我印象最深的就是曼德拉的自律。他在罗本岛只有几平方米的单人牢房里，每天坚持锻炼几小时，几十年下来，出狱时曼德拉的身体素质竟超过许多狱外的常人，这成为他日后改变南非最重要的砝码。

而读柳比歇夫传记《奇特的一生》则使我明白了那句话——"你只是看上去很努力而已"。柳比歇夫是苏联昆虫学家、生物学家、哲学家、散文作家、数学家，一生中留下70多部著作，请看他的时间安排："乌里扬诺夫斯克。1964年4月7日。分类昆虫学（画两张无名袋蛾的图）——

三小时十五分；鉴定袋蛾——二十分；附加工作：给斯拉瓦写信——二小时四十五分；社会工作：植物保护小组开会——二小时二十五分；休息：给伊戈尔写信——十分；阅读《乌里扬诺夫斯克真理报》——十分；阅读托尔斯泰的《塞瓦斯托波尔纪事》——一小时二十五分。基本工作合计——六小时二十分。"这个事情，坚持十天半月不难，但坚持56年，无论人生遇到多大挫折和动荡都不间断（他一生经十月革命、卫国战争及多次政治运动）简直不可思议。

还是托尔斯泰说得好："只要你从年轻的时候就习惯于让肉体的人服从灵魂的人，你就会很轻易地克制自己的欲望。而习惯于克制自己欲望的人，在现世生活中就会轻松而快乐……谁最智慧？——是那以人人为师的人。谁最富有？——是那对自己所拥有的感到满足的人。谁最强大？——是那善于克制自己的人。"深以为然。

作为粉丝的文人

最早，契诃夫最崇拜的作家是屠格涅夫。这好理解，契诃夫刚踏入文坛时，屠格涅夫无论影响力还是创作力都在俄罗斯文坛首屈一指。当年托尔斯泰在《现代人》杂志发表处女作，主编涅克拉索夫就事先征求了屠格涅夫意见。后来，也是屠格涅夫给涅克拉索夫去信，让对方转告托尔斯泰，他欣赏这个远在高加索山区服役的炮兵下士，让托尔斯泰"好好写"。

但从 19 世纪 80 年代中期始，在契诃夫心中，托尔斯泰便取代了屠格涅夫的位置。1890 年，契诃夫宣称："伟大的列夫·托尔斯泰早已坐上了俄罗斯文坛的第一把交椅。"契诃夫态度的转变其实不是偶然的，在 19 世纪 80 年代，对于社会矛盾越来越尖锐的俄国而言，托尔斯泰的作品显然比包括屠格涅夫在内的其他作家更富有批判性和现实意义。

1895 年，契诃夫怀着朝圣心情，第一次去拜见托尔斯泰，而为了这次拜见，契诃夫可谓煞费苦心。穿什么衣服，打什么领带，穿哪双靴子，完全可以从契诃夫的举动里感知到一个粉丝去见偶像前的忐忑与坐立难安。对此，俄罗斯作家、1933 年诺贝尔文学奖获得者普宁在《契诃夫》一文中有详细记载。"他为了去见托尔斯泰，花了几乎一个钟头来决定穿什么样的裤子。他从卧室里进进出出，一会儿穿这条裤子，一会儿又穿另一条。""不，这条裤子窄得不像话！"他对我说，"托尔斯泰会以为我是个下流作家。"于是他进去换了一条，又走出来，笑着说："这一条又宽得跟黑海一样！他会想我是个无赖……"

普宁说："契诃夫虽然尊敬很多人，却不畏惧他们，他只畏惧托尔斯泰一个人，就像人们害怕他们所热爱的，或者所崇拜的人一样。"

然而，当里外一新的契诃夫出现在托尔斯泰面前时，托尔斯泰却是一身农夫打扮。他说："你好契诃夫，走，我们去河边看看。"结果，托尔斯泰硬是把一身鲜亮的契诃夫拽进了河里，两人都湿成了落汤鸡。这次见面虽令契诃夫的新衣服遭了殃，但却令他与托尔斯泰之间迅速变得无比亲近。

托尔斯泰很喜欢契诃夫，他说契诃夫的写作方法很特别，"恰如印象派画家。一个人把浮上他心头的几种鲜明颜色随意涂在画布上，在各部位之间，虽没有明显联系，可是整个效果会令人目眩神迷。"

1900年，契诃夫在致缅尼什科夫的信中写道："我害怕托尔斯泰死去。如果他死去，我的生活会出现一个大的空洞，因为第一，我爱他甚于爱任何人；我是一个没有宗教信仰的人，但所有的信仰中唯有他的信仰最让我感到亲切。第二，只要文学中存在托尔斯泰，那么当文学家就是一件好事；甚至当你意识到自己毫无作为时，你也不感到害怕，因为托尔斯泰正在为所有人写作。第三，只要他活着，文学里的低级趣味，一切花里胡哨，俗里俗气，病态的如泣如诉，骄横的自我欣赏，都将远远地、深深地淹没在阴影里。如果没有他，文坛便成了一个没有牧羊人的羊群，或是一锅糊里糊涂的稀粥。"

同样的话也出现在高尔基那里。托尔斯泰去世，高尔基正在意大利旅行，他整个人都变得恍惚，他说："只要托尔斯泰活着，我在这个世界上就不是孤儿。但他死了，他带走了一个世界。"

村上春树是菲茨杰拉德与雷蒙德·卡佛的忠实粉丝，爱屋及乌，中国读者不仅喜欢上了卡佛，也重新认识了菲茨杰拉德。而21次获提名却未能获诺奖的格雷厄姆·格林，其粉丝中则包括了奈保尔、加西亚·马尔克斯，巴尔加斯·略萨，威廉·戈尔丁，吊诡的是，格林的这几位粉丝都先后获得了诺贝尔文学奖，但却像马尔克斯说的那样："格林绝对比我更配得上这个奖"。这令我想起另一位诺贝尔文学奖获得者、奥地利作家耶利内克，她拒绝去领诺贝尔文学奖，原因就是她认为这个奖完全应该授予她喜欢和崇拜的另一位奥地利作家——彼杰尔·汉德克。

公开声称自己不配得某某奖项，而谁谁谁比自己更配，这其实很不容易。对于当下的中国文人而言，谦让早已从他们的词典里剔除，是我的就得是我的，不是我的也得想尽办法弄成是我的。文人相轻只在背地里，明面上只要双方没有利益冲突，尽可以真真假假的相互吹嘘相互崇拜，可一旦到了评奖，不好意思，除了自己谁都不配，既然如此，那革命就不是请客吃饭啦！

与作家的"有关"和"无关"

先说一件事。几年前，美国作家斯蒂芬·金曾号召400位美国作家连署，反对特朗普参选总统。还号召自己粉丝不要投特朗普的票，这后来被认为是一个作家螳臂当车不知天高地厚的举动。没错，在一些人看来，作家就该老实在家码字，谁当总统与你有关吗？

由斯蒂芬·金起草的"讨伐"川普檄文很犀利，比如"作为作家，我们深知语言在很多方面以权力之名被滥用""因为，独裁统治的历史就是民意操纵和分裂、散布谣言和谎言的历史""因为，我们深信知识、经验、灵活性和历史意识对一个领导人来说不可或缺""因为，不管是财富还是名气都不足以让任何人代表美国，来领导军队、维持联盟或代表人民"等等。

联名信未能阻止川普当选，与斯蒂芬金有朋友圈的川普不仅将斯蒂芬·金拉黑，而且与川普有连带关系的机构都不再投资斯蒂芬·金的作品。

有人说斯蒂芬·金高估了自己，也高估了作家的话语权。但我想知道的是，他为何要这么做？因为这件事做与不做与他关系不大，好在他自己回答了这个问题："我反对特朗普的理念"。

再说第二件事，还是斯蒂芬·金。不久前，美国缅因州《波特兰先锋报》因发行量及成本考量，决定取消刊登地方作家书评版面。这件事该说与已经71岁的斯蒂芬·金有一点关系，因他就出生于波特兰，但成名后他既不住在波特兰，也无需让《波特兰先锋报》之类"小报"来给他的书做书评，说无关也对。但斯蒂芬·金却告到波特兰市政厅，理由是，保留这块为地方众多无名作者所出书籍服务的版面，是对文化的贡献，同时以固定给该报提供稿件为条件最终保留下了这块版面。

再说一件事。当年加西亚·马尔克斯曾以"罢写"抗议智利皮诺切特军政权。五年时间未再动笔。这对于只争朝夕赶着码字的某些中国作家而言简直匪夷所思，且不说智利并非马尔克斯祖国也不是他定居国，关键就算马尔克斯有名气，谁又会理会一个作家写与不写？但马尔克斯说到做到，之后他也没有为那五年后悔。写作是为了什么？为名，为利，不能说不包含这些，但为了自己的某个理念，马尔克斯就可以为一个与自己个人利益八竿子打不着的事情豁出自己五年时间，判断其值与不值，就得看境界了。

最后说左拉。当年，为了一个与他素昧平生的德雷福斯，左拉冒着被军人政权迫害风险，连续发表《给青年的信》《致法兰西的信》等文章，揭露事实真相，而在《致法兰西的信》结尾，左拉写下了这样的句子："法兰西，醒来吧，想想你的名誉！"在左拉的奔走下，军事法庭审理了这个案件，并证实罪犯另有其人，德雷福斯不过是替罪羊，但法官根据"有关人员"授意，依然宣判真凶无罪——不惜用一个荒唐错误掩盖另一个荒唐错误，这激起了左拉更大愤怒。于是，人类权利保护史上一篇伟大的檄文诞生了！那就是左拉永垂青史的《我控诉！》。左拉满怀激情地呐喊："至于我控诉的人，我并不认识他们，我从未见过他们，和他们没有个人恩怨仇恨。我在此采取的行动，只是为促使真理和正义大白于天下。我只有一个目的，以人类的名义，让阳光普照在备受折磨者身上，人们有权得到幸福。我的激烈抗议，只是我灵魂的呼声。"德雷福斯案件得以重审，但为维护法国军方和有关人声誉，还是判处德雷福斯有罪，改终身监禁为监禁十年。宣判后，左拉又写了致总统公开信《第五幕》，要求特赦德雷福斯，维护真理和正义，维护法国声誉。最后，迫于压力，法国总统出面特赦了德雷福斯，真理和正义最终获胜。虽然左

196

拉的文学成就很高，但左拉进入法国先贤祠，主要是基于德雷福斯事件对他的加持。

　　无需对照左拉，也无需对照马尔克斯，我们只需对照斯蒂芬·金对待一张报纸版面的态度。我们身边的作家呢？是否太过看重个人的小情小调小利益了。只要自己不愁版面，业余作者有没有园地发书评和自己有关系吗？事实上，说作家的有关与无关，牵涉的是作家的世界观问题，于是我也就明白，为何我们每年产出那么多作品，出版那么多大部头，却看起来多半与火热的生活存在着距离与隔膜。因为，一个作家尤其是有一些成就的作家，倘使与其有关的只是稿费版税座次位置评奖等等，那么其所谓作家身份就比较可疑，其笔下的作品也将注定与很多美好的词汇无关。

创意写作的"先进性"

2016 年，用笔名加尔布雷斯给出版社投稿的英国作家 J. K. 罗琳的书稿被果断退回，且出版社建议她最好先去参加"创意写作课"，学习了创意写作后再来写作，并推荐了学校，那时伦敦正有几所大学在招收创意写作短期研修班的学员。还有当年已经享誉全球的英国作家格雷厄姆·格林，有出版商搞了一次"模仿格雷厄姆·格林小说大赛"，格林自己也应邀参加，结果在评委不知情的情况下，他却只获得了第六名。国外的文学圈如此，当下的中国文坛更不在话下，作家的名气是作品被承认与否及受重视程度高低的重要圭臬，这一现象甚至已成为某种无法改变的"固态"。然而，大家同时也普遍同意这样一句话，那便是作家是应该拿自己的作品去说话的，而非仰仗其多年累积的盛名和出版商及媒体狂轰滥炸式的宣传。

事实上，包括沈从文、施蛰存、穆时英这些作家，当年在他们尚无名气抑或名气不够时，稿件被退甚至石沉大海系常态。西南联大时期物价飞涨，稿酬难赚，昆明报馆连吴宓朱自清的稿子都退过，不是不好，是要好中挑好，因可发版面有限。那时据说昆明有报馆学欧洲，专门给驻云南盟军官兵出过"感恩节专号"等专刊，上面发有英文诗歌，在当时来说就是一种与国际接轨。

与国际接轨的说法，我们耳熟能详，但在写作教育上与国际接轨，大约也只是近年才出现。几十年来，据说欧美尤其是美国作家多半出自创意写作专业，这种作家的培养和速成方式，使得美国作家中再也见不到麦尔维尔、杰克·伦敦那种从惊涛骇浪里滚出来的作家，福克纳海明威那样的也不可复制，作家都成了同学，经历亦变得越来越趋同。

在国内，创意写作经多年发展，"作家可以培养，写作人人可为"的观念被认可，很多院校成立了创意写作中心，本硕博创意写作人才培养渐成体系，学科发展势头强劲。有相当一部分创意写作专业本硕博，其导师就是国内著名作家、著名文学评论家及各大文学期刊主编，因而这些人的写作很难说不带有"识别度"。这实际上也造成一个问题，如同某些地方的官场，谁是谁的人，谁是谁的学生，谁是谁提携的，谁的作品"专供"哪些刊物，哪些刊物专捧谁，一些现象表现得越来越明显。

创意写作出现前后的最大区别在于，从前作家写作往往是不自觉的、是误打误撞的、是被生活驱使的、是对生活和内心的真实描摹与倾诉。而学创意写作的人则不然，他们是带有当作家极强目的性的，是刻意的，是把玩的，是有的放矢的，是用娴熟技术和技巧来截取生活切片为我所用的，而后者无疑更迎合于目前国内文学期刊选稿趣味。

虽然创意写作界大腕、《小说写作：叙事技巧指南》作者、美国国家图书奖得主珍妮特·伯罗薇也认为，小说的过分技术化会损害创意写作本身。但对技术化的迷恋依然是许多接受创意写作教育者的"捷径"：如何布局、结构、推进故事发展，貌似精致，却大同小异。

同样是作为一名写作者，我的涉猎不算窄，但就我所见，创意写作旗下作家作品的视野与格局都较小，大多是从日常生活的细微处切入现实，很难有更宏大把握当下和历史的能力。思想上也缺乏创造力，太过注重个人感受；他们受各自导师的文学影响很深，且很难摆脱出来，因而虽创意写作本硕博毕业生已多如过江之鲫，但其对文学的真正贡献尚未见到，且至今也未能形成真正属于他们自己的文学世界与艺术风格。

我们知道，建立现代企业制度是企业改革的重点，所追求的就是标准化。但文学创作显然不需要建立一套标准化的现代文学制度。在我看来，由创意写作衍生出的技术化写作，貌似时尚，实则保守。至少目前美国文坛冒出的帕拉尼克、威尔斯·陶尔等创意写作的顶级操盘手，与当年福克纳、海明威没有任何可比性，既没有被归入经典的作品，更遑论对社会生活产生重大影响。我们往往对自己不熟悉的经验会降低要求，甚至会刻意逢迎，许多人对创意写作既如是。好像一说与国际接轨，一切便具有"先进性"了，殊不知在一面面显赫文学大旗掩护下，一些东西和一些人很容易就变成一种烟花，绚丽一时，立刻就寂然无声。

表演欲强的作家

东京的多摩灵园是日本第一座公园型墓地，作家三岛由纪夫、向田邦子、江户川乱步都葬在这里。墓地内野猫遍地，说是野猫，但这里的野猫却与别处大不一样，它们用不着四处辛苦觅食，因总会有人按时来给它们喂食。而在这些喂食者中，相当一部分都是三岛由纪夫的粉丝。因为三岛爱猫，生前被称为"爱猫派作家"。他被葬在这里，终日有喜爱的猫来陪伴，一定会十分开心的吧！不过让三岛不开心的事儿也有，那便是在离多摩灵园并不很远的地方，还有一座禅林寺灵园，那里埋葬着三岛最看不起的一位作家——太宰治。

说起来作家中小心眼儿的不少，爱使"小性儿"的也多，但用"文人相轻"形容三岛由纪夫与太宰治的关系其实并非恰当。我以为，个中缘由其实说复杂也简单，那便在于二人实在是太像了，虽貌似三岛由纪夫比太宰治更"阳光"一些，但实则二人文风殊途同归且骨子里都具有极强的表演欲。

三岛由纪夫系笔名，其本名叫平冈公威；同样，太宰治也是笔名，其本名为津岛修治。二人皆出身"显赫"，前者系东京官僚贵族家庭，后者系地方名流财阀大户。三岛自小由贵族出身的祖母一手带大，偏女性化性格，身体也贫弱；太宰治则由其姑母和保姆共同带大，一直到成年，都生活在女性环绕的环境中，天性敏感，身体同样偏弱。从目前所见的资料看，二人在少年时期皆较为内向同时也相对胆小。

即使三岛自己从不承认，当年也有评论家看出了这一有意思的现象，那就是三岛由纪夫与太宰治在文学创作的风格上存在着某种内在一致性。三岛由纪夫对太宰治的轻蔑，我想或许是一种类似于从镜中看到另外一个自己的缘故吧。太宰治是日本战后与川端康成、三岛由纪夫齐名的作家，但他显然并不喜欢这两位，个中原因说起来复杂。太宰治崇拜的作家有两个，一是芥川龙之介，二是森鸥外。因喜欢芥川，太宰治不惜学着像芥川那样去自杀；因喜欢森鸥外，太宰治生前就给自己联系好自己死后下葬的墓园——禅林寺灵园，因森鸥外也葬在这里。

虽然太宰治是日本最重要的作家之一，但无论是他的作品多么出名，都比不过他的死更出名，因为他自杀了五次，是日本"死得最多"的作家。太宰治的每一次自杀都是日本媒体报道焦点，也成为公众议论话题，这种不断"表演"，同时又不断被"关注"，无疑令同样有极强表演欲的三岛感到不爽。

我一直觉得，三岛由纪夫的死与太宰治是有一些内在关系的。太宰治一次次自杀未遂，三岛肯定都是十分关注的。他瞧不起太宰治，应该首先是瞧不起太宰治的死法，因为无论是上吊还是投河都不符合日本所谓传统的自杀方式；再一个便是太宰治的自杀有三次是和喜欢他的女人一同去赴死，也就是所谓的"情死"，这无疑属于是一种能获取同情以及博取大众眼球儿的死法。其中有一次那个喜欢太宰治的姑娘真的死了，而"主谋"太宰治却神奇得救了。一直到最后一次，那个叫山崎富荣的女子用自己和服上的红色绳结将她和太宰治的手穿过对方的腋下系在一起，然后相互紧紧抱住对方的头，投入了东京西郊的玉川上水……

与太宰治相比，三岛的表演欲其实更强。他上健身房健身，会通知记者，并把自己一身腱子肉的照片送给许多人，三岛甚至还做过电影和戏剧演员。三岛由纪夫自杀前，先是煽动在场的自卫队队员搞政变，发表了充满狂想的演说，却不仅未使自卫队员揭竿而起，反遭嘘声一片。于是他羞愤至极剖腹，也未成功，最后在同行者帮助下费了番工夫才算了结。不少作家闻讯赶来，但只有川端康成获准入内，也未见到尸体。这些作家能第一时间赶到，有人说源于三岛由纪夫事先的通知。三岛要表现出比太宰治更有勇气，但他却将这一次所谓勇气的展现变成一场比太宰治要惨烈得多的表演。

事实上，表演欲强的人，尤其会在意他人对自己的评价，为此而不惜放大所谓的"勇气"以应对原本无需去重视甚至根本子虚乌有的外部评价。因而这种"勇气"往往是夸张的，是"为了怎样而怎样"的，文学创作方面取得的成就按说也是自身表演欲的实现，但对某些作家而言，实现过后其内心往往更加焦虑，所带来的经常是这样两种结果：要么睥睨一切，要么万念俱灰。

瘟疫与文学

　　海德格尔曾说："当你无限接近死亡，才能深切体会生的意义"，这句话可以用来认识文学作品中的瘟疫描写。乔万尼·薄伽丘是佛罗伦萨的贵公子，也是欧洲中世纪那场大瘟疫的亲历者。席卷欧洲的黑死病起于 1347 年，十字军从东方将其带到西西里岛的墨西拿，由此开始向整个欧洲蔓延。佛罗伦萨系疫情最为惨重的城市，80% 的人死掉。在薄伽丘的《十日谈》中，佛罗伦萨一夜之间变成人间地狱：行人在街上走着走着突然倒地而亡；待在家里的人孤独地死去；每时每刻都有尸体被运到城外，牲畜在城里的大街上乱逛，却见不到人的踪影……薄伽丘却没有，而是将瘟疫作为背景和框架，发出了对生命的歌吟和礼赞。如果说那场大瘟疫促进了欧洲科学的进步与现代医学的萌芽，那么薄伽丘却用文学传达了人文主义思想，确立了一种健康、欢乐、注重尘世幸福、肯定自然情感的现世生活观。还有薄伽丘的好友、被称为爱情诗鼻祖的彼特拉克，他最爱的女人劳拉 1348 年死于瘟疫，彼特拉克创作的《歌集》分为《圣母劳拉之生》和《圣母劳拉之死》，在诗中，彼特拉克直言："我是凡人，只要凡人的幸福。"作为作家、诗人的薄伽丘与彼特拉克共同发出了意大利文艺复兴的先声。

　　确立笛福作家地位的多数人都认为是《鲁滨逊漂流记》，而在牛津版《英国文学史》中，他被排在首位的作品却是《瘟疫年纪事》。笛福一辈子做过的生意不少于 100 样，他写小说的目的据说常是为"填补"他生意上的窟窿。所以他的作品偏通俗的多，《瘟疫年纪事》是他 60 多岁时的作品，也是笛福写的最用力的作品。笛福5岁时赶上大瘟疫，伦敦死了一半人，6岁时他又遇上烧了近一个星期的伦敦大火，死亡成为笛福脑海里抹不去的记忆。那还是一个相对蒙昧的年代，人们视死亡如家常便饭，笛福后来无数次听自己的父母谈起当年灾祸，他的叔叔留下的记录本也一直被笛福保存。在这本书里，作为作家兼生意人，笛福细致地描述伦敦的社区、街道，甚至是哪间房屋因瘟疫死过人，并提供了伤亡数字表、消费支出单，并掺杂了不同记载和轶事。这部小说已成为英国研究瘟疫史的重要依据。

事实上英国直到160多年前还深受各类疫情困扰。我曾去到勃朗特三姐妹的家乡霍沃思，发现不大的霍沃思村在19世纪的10年内死了1344人，处理不当的尸体毒化了水源，造成新疫情，导致霍沃思40%的儿童在6岁前夭折，当时霍沃思居民平均寿命只有25岁。1848年，写《简·爱》的夏洛蒂的弟弟布朗威尔因疫病早亡；葬礼上，写《呼啸山庄》的艾米莉感染了肺结核，她拒绝治疗，很快便去世，年仅30岁；1849年，小妹安妮也去世了，只有29岁。而夏洛蒂算幸运的，她39岁去世。事实上三姐妹的作品虽未直接描写瘟疫，但都具有某种沉郁风格，许多人物也颇似劫后余生者。

长篇小说《面纱》是萨姆塞特·毛姆1920年中国之行的重要副产品。小说将读者带到中国南方一个叫梅潭府的地方，那里正发生严重的霍乱。作为作家的毛姆实际上是想通过表面的疫情，来揭示面纱掩盖下的现实生活的疫情能给人的命运和内心造成多大伤害。

同样，加缪笔下的《鼠疫》以他故乡阿尔及利亚为背景，以瘟疫为线索，描写以里厄医生为代表的人们与瘟疫奋力抗争的故事，淋漓尽致地表现了那些敢于直面惨淡人生，于荒诞中奋起反抗，于绝望中坚持真理和正义的人道主义精神。而正"因为他杰出的文学作品阐明了当今时代向人类良知提出的各种问题"，使加缪成为迄今为止最年轻的诺贝尔文学奖获奖者。

　　中国史籍中有关瘟疫的记载很多，但称得上有分量的作品却很少。因为总有人觉得写这种题材貌似有激情能鼓劲就够了，却放弃了文学更应有的担当。很多人将写作的难度无限量降低，把口水当诗，把段子当文章。而面对灾难，并不是有激情就能写好，还需要有思考，有良知，有负重，有挑战，甚至还需要有野心，并需要找到最准确的表达方式，而这种表达方式绝不是几行一吹而过的句子，而是能够留给后人足以作为参照和镜鉴的人物形象与生动故事。

梭罗的价值

梭罗是个不合群的人。

这一点儿都不奇怪，大约每一个还算够分量的作家，都会有点这样那样的别致个性与古怪脾气，不合群怕是最为见怪不怪的一种了吧。其实文学圈里从来都不乏大众情人抑或我的朋友遍天下式的交际广泛之文人，梭罗生活的那个时代有，只是现在格外多而已。这些文人仿佛和谁都不见外，与谁都能打成一片，他们最大的个性大约就是"没有个性"。

但我曾经还是无法解释，梭罗为何因为 5 美元的注册费，就放弃了继续在哈佛深造研究生的学业。毕竟是哈佛大学，那里的图书馆曾滋养了梭罗对大自然的喜好。倒是梭罗自己回答了这一问题，他说："它（哈佛的研究生文凭）还不值 5 美元""就让大家都留着自己看中的东西吧。"的确，比起梭罗的理想，哈佛的研究生文凭又算得了什么？一百多年后，他的学弟比尔·盖茨比梭罗还要极端，连本科都来不及毕业，就选择了辍学。

就我的理解和认知，梭罗有今天这样看似了不起的成就，貌似靠的是一部《瓦尔登湖》，实则与他一生当中的不断拒绝不断舍弃密不可分。

他因为拒绝在自己任教的学校对学生进行体罚，被董事会开除，不得不接受好友爱默生的接济，要知道那可曾经是一份收入不菲的教职啊！

他拒绝他自己较为"大众化"的名字。他叫戴维·亨利·梭罗，然而他却一直不喜欢这一与大众看不出多少区别的名字，于是执意将其改成了亨利·戴维·梭罗。并且首先让他最好的朋友兼资助人拉尔夫·瓦尔多·爱默生必须这么叫他。

他拒绝向政府支付 1 美元的印花税，因为他反对美国干涉墨西哥的战争，并因此被关进了监狱。前来保释他的爱默生问他："亨利，你怎么会在这里？"梭罗则针锋相对地回应道："瓦尔多，你怎么不在这里？"

梭罗还拒绝成为一名富人。

没错，一生不断在负债的梭罗还拒绝成为一个有钱人。梭罗的亲叔叔在新罕布什尔州发现了一座储量还不错的石墨矿床，遂成立了铅笔制造家族企业。梭罗的父亲是这一家族企业中的重要一员，并革新了铅笔的制造工艺。地方政府还颁给了梭罗的父亲特别贡献奖。梭罗也曾表现出极强的动手和动脑能力，他研制出了一种更好的绘图铅笔，比市面上的同类铅笔更黑、更坚硬、更耐用只要他耐心干下去，接下来他就会得到升职和更多的分红，成为一个有钱人。但这没能吸引住他，因为梭罗说"我不会重复去做我已经做腻的东西。"于是梭罗在铅笔企业最火的时候选择了义无反顾的离开。

去瓦尔登湖畔生活，与其说他是为了寻找创作的灵感，不如说是爱默生给他这个喜欢与大自然面对面的好兄弟提供了与大自然最好的沟通方式，那几公顷土地原本属于爱默生家族的私人土地。当然，也难说不是因为爱默生有点厌烦梭罗了。梭罗与爱默生在一起的时候，经常像个话痨。爱默生去英国拜会大诗人华兹华斯与柯勒律治，梭罗为爱默生看家，据说他经常对着爱默生的肖像画说个不停。

梭罗对自己的才华曾是不自信的。他的第一本书《康科德和梅里麦克河上的一周》印数只有 800 册，却有 700 多本堆在了他自己的小屋里。他对朋友说："我现在有了一个拥有 900 册藏书的图书馆，可其中 700 多本都是我亲自所著。"而《瓦尔登湖》即使在爱默生帮助的情况下也始终没能找到出版商，于是梭罗只能四处借钱自费出版，出版之初也没有任何影响。

梭罗影响最大的作品，在很多年里其实都不是《瓦尔登湖》，而是他的随笔《论公民的不服从》，这篇作品曾经被列夫托尔斯泰、甘地、马丁·路德·金所引用。没错，梭罗的价值之一便是"不服从"。

纳撒尼尔·霍桑见到梭罗的时候，据说梭罗拒绝了霍桑要请他喝一杯酒的建议。梭罗似乎对霍桑的作品也没有令霍桑满意的评价，但这位以《红字》传世的作家还是留下了令今人了解梭罗较为详尽的文字。霍桑写道："他长得很难看，长长的鼻子，模样很怪的嘴。举止虽说有点粗鲁土气，但还彬彬有礼。他那难看的脸上透露出诚实和令人感到惬意的神色，倒要比一些漂亮的人还要好看一点。他是大自然的敏锐而细微的观察者，反过来，大自然好像把他当作一个特殊的孩子收留下来，向他泄露出很少有人可以见到的秘密。到处生长着的花草，园林里的，山野上的，都是他熟悉的朋友。"

仅凭上述文字来看，霍桑对梭罗可谓知音，但梭罗并没有投桃报李。他说不上喜欢霍桑，也包括他并不喜欢霍桑的《红字》，哪怕他知道这会令霍桑不高兴。

梭罗在很多人眼里并不像个文人，他曾被称为他所居住的康科德城里的"大杂役"。梭罗说："我从事过的职业像我的手指一样多。我当过教师、园林工、农民、油漆匠、石匠、木匠、铅笔设计者、作家，有时候还是诗人呢。"没错，作家抑或诗人，被梭罗排在了他所有职业的最后面，他不仅曾为爱默生家修缮房屋、粉刷墙壁、打理花园，还帮爱默生计算家用支出。1845 年，梭罗带着简单的劳动工具和一点点生活用品来到了瓦尔登湖畔，竟然一个人用捡来的旧砖块和碎石头垒砌了一间足以容身的房屋。据最新发现的资料显示，梭罗当年修建这间房屋，只花费了 28 美元零 12.5 美分购买必要的钉子和油毡等，是建造这样一座房屋正常消费的十分之一，谁又能够相信这竟是一个作家所为？

梭罗的价值在于，他从大自然中寻找属于自己的理想世界，他真心热爱每一片绿叶、认真谛听每一声鸟鸣，他可以轻松放下以及放弃许多在我们看来难以割舍的种种物利。他永远不会像我们周遭的一些人，一方面貌似比他还要亲近自然、还要清心寡欲，也就是比梭罗还要梭罗，一方面却不放弃攫取世俗世界中哪怕是一丝一毫的现实红利。梭罗的价值在当下更多是转换成了许多人唇边的"诗和远方"，如同端午前后各式各样的粽子，与投江的屈原不知道还有几毛钱关系！

弗罗斯特与玛丽·奥利弗

我年少时看拜伦、雪莱还有济慈的传记，包括勃兰兑斯的《十九世纪文学主流》，书的第四卷"英国的自然主义"中写拜伦用了很长的篇幅，曾看得我热泪盈眶。三位英伦诗人都有先天不足的缺陷，拜伦的跛足，雪莱的羸弱，济慈年纪轻轻就得了肺结核，都给我留下深刻印象。还有法国的兰波、戈蒂叶、魏尔伦那些人，他们都是在生活中时时碰壁只在诗歌里才显得无比强大的人。兰波说他"要成为所有人中最伟大的病人"，他似乎也的确做到了，以"弱"的极致来对抗世界的无理与荒蛮。狄金森也是如此，一个女人，常年不出家门，自我隔离，不光人群与她绝缘，阳光亦与她绝缘，作为诗人，她与这个世界的关系竟是如此的单纯而又疏离。她写大海的汹涌，却从来没有见过大海是什么样子。还有西尔维娅·普拉斯，自小便患躁郁症，这一疾患只有在遇到她喜欢的男人时才貌似"痊愈"，她在剑桥大学遇到了同为诗人的泰德·休斯，从此便唯其马首是瞻，甚至忍受了泰德·休斯对她的家暴。而每一次争吵或被家暴后，普拉斯能做的只是一次次烧毁自己的诗稿（有时候也包括泰德·休斯的诗稿）。当泰德·休斯有了外遇且离普拉斯而去，普拉斯立马变得抑郁，之后没过几个月便自杀了，而她省吃俭用和诗集大卖后的版税则全部留给了背叛她的泰德·休斯。所以，我曾认定，优秀的诗人往往天生便是羸弱的，这包括其内在与外在，至少不会张牙舞爪抑或侵略成性。但这种情况在互联网发展到自媒体阶段发生了变化甚至是出现了彻底的改变。因为网络的强势介入与技术的不断加持，仿佛于一夜之间，在我们周遭，一度"低迷冷寂"的诗歌便满血复活了。各种诗歌组织与诗歌团体所推出的诗歌网站与微信公众号如雨后春笋般争先恐后涌出，一时间山头林立，旌旗招展，好不热闹。各种诗歌高峰论坛，各种诗人进乡镇，诗歌进校园、诗歌春晚、诗歌扶贫、诗歌万里行……活动你方唱罢我登场，诗歌与诗人仿佛一下子变得无所不能，强悍无比。

就如 2019 年故去的美国当代著名诗人玛丽·奥利弗所说的，"从没有一个时代像我们今天这样，有如此多的机会可以让一个诗人如此迅速地获得知名度。名声已经成为一种很容易获取的东西。到处都充斥着杂志、诗歌研究中心、前所未有的诗歌研讨会和创作协会。这些对于创作出不朽的诗歌这一目标来说，其作用微乎其微。这一目标只能缓慢地、孤独地完成，它就像竹篮打水一样渺茫。"但是热闹却像是吗啡，不止令人兴奋，更会令人上瘾。奥利弗说的是当下美国诗坛的某种状况，却仿佛也是在说我们周遭的诗坛。我们如今有那么多出名的诗人，却极少是缘于其创作诗歌文本的优质与纯粹，更多都是因为各种各样的所谓"诗歌事件"的外部加持，诗人留给他人的形象从没有像今天这般模糊甚至可疑。这令我不由得想起美国的两位诗人，一位就是上面提到的玛丽·奥利弗，一位则是有诗人里的"农夫"称号的弗罗斯特。

1961 年，肯尼迪在白宫外草坪上举行总统就职仪式，与之前总统就职仪式所不同的是，在来自各国的政客一旁，还站立着一位穿着日常、面容和善的老人，他就是著名诗人罗伯特·弗罗斯特。据称因为肯尼迪是弗罗斯特的忠实粉丝，经三邀四请才令弗罗斯特"移步"到了总统就职现场。弗罗斯特由于年老而双手颤抖，他勉强念了几行干脆就把手中的诗稿高高地举起，说道："这几行是序言，下面的诗我就不再照稿念了。"他把诗稿放到一边，挺直了身躯，开始朗诵："在我们属于这片土地之前，这土地就是我们的……"政客们都被这个 87 岁老诗人的风采震慑到了。弗罗斯特的诗歌一生都在讴歌土地，即使在他已经名满欧美之际，他也没有离开他的农场和他的土地。

弗罗斯特是诗人，更是一个天生的农人。因为家庭不富裕，弗罗斯特10岁便开始干各种零活。12岁的时候他成为修鞋铺的学徒，每天下午和星期天全天在修鞋铺里工作。而整个暑假，弗罗斯特都会在农场里干农活。

因为舍不下农活，他上大学都很勉强。在哈佛大学和朴茨茅斯学院之间，弗罗斯特选择了朴茨茅斯学院这个好像连"三本"都算不上的院校，因为它离他所服务的农场最近，远离大城市，"比较安全"。在拥有了属于自己的农场之后，弗罗斯特更是美国所有农场主里唯一一个半夜起来亲手喂猪、喂牛的一位，他还亲手给小牛接生。

弗罗斯特书教的也好，因为农夫的身份以及朴实的外表，他是农场旁一所中学里最受欢迎的教师。可他却始终不乐意成为有政府教职身份的全职教员。而且他只干了一年多就辞职了，同时也卖掉了自己的农场，偕老带少阖家去到英国定居，理由是英国才是诗歌的真正"源头"。在伦敦郊区，他买了一处附带一片菜地的木结构住宅，从此靠卖农场的钱开始专职写诗。之所以选择这里，是因为这处房屋与当年弥尔顿写《失乐园》时的那处房屋相隔只有一英里多。

在英国，弗罗斯特自己种植蔬菜和水果以供家用，同时写诗。弗罗斯特一生都没有离开过土地，与他相濡以沫四十年的妻子去世时，弗罗斯特已经名扬世界，所有人都以为他会搬到城市里并再娶一位年轻的妻子为伴，可是他却又选择了一处偏僻的农场，从此一个人隐居，除却写诗，他就是与猪马牛羊为伴。即使他被欧美十几所著名大学授予荣誉学位，他去参加仪式之后，依然会第一时间回到他的农场，去和他的牛羊猪马在一起，一边劳作，一边写诗。弗罗斯特几乎不参加诗人团体所举办的活动，他说"诗人是属于土地的"，和泥土在一起才能给他灵感。

如果说，弗罗斯特算是大隐隐于市的诗人。那么玛丽·奥利弗则是很早就明确了自己远离喧嚣、"隐居"写作的决心。她 13 岁开始写诗，1955 年进入俄亥俄大学，但只读了两年，她就放弃了学业，开始专心写作。

从 20 岁开始，在此后的数十年中，奥利弗始终隐居山林。她隐士一样地生活，不为人知地写诗，而且很少将作品示人，也很少投稿发表，更不要说贴到网络上。其创作多以山野自然为对象，探索自然与精神世界之间深刻而隐秘的联系。

为了使自己专心沉浸在诗歌世界里，奥利弗回避了任何一种有趣的职业，她甚至将自己的物质需求降到了最低，这并不是因为经济原因，而是缘于她作为诗人的理念，那就是"俭朴才是创作的基础"。奥利弗说："如果你愿意保持好奇心，那么，你最好不要追求过多的物质享受。这是一种担当，但也是朝着理想生活的无限提升。"她唯一需要的是"独处的时光，一个能够散步、观察的场所，以及将世界再现于文字的机会。"

奥利弗坚持了一种孤独而专注的生活与写作方式。她很少旅行，也几乎不与他人进行世俗的交往，将物质需求降到最低，以此来保证身心的最大自由。她有意选择一些薪水低而又无趣的工作（这样会令她的创作更专注、更倾心于大自然），在保证自己肉体生存的前提下，摒除了生活里的种种琐事，专心沉浸在自然和写作中。她的生活方式一般来说是这样的：每天早晨五点钟起床，写作或者散步，九点去上班。她最需要的是"独处的时光，一个能够散步、观察的场所，以及将世界再现于文字的机会"。好在后来有民间的文学基金组织为她提供了她所需要的隐秘生活，使她得以在一种不受干扰的情形下写作。虽然玛丽·奥利弗先后获得过普利策诗歌奖和美国国家图书奖等诸多重要奖项，是美国最受欢迎的当代诗人之一，拥有相当多的粉丝，她也没有因此而改变自己的孤独的个性，这使得奥利弗多年来始终保持着自己的风格和品性，没有受到各种所谓文学潮流的干扰。玛丽·奥利弗一生没有获得过一张大学毕业文凭，但在 2019 年她病逝于家中之前，却是众多英语主流大学主要被拿来研究的当代诗人之一。

值得一提的是，作为当今美国最具影响力的诗人之一，奥利弗与她的时代始终保持着深刻距离，政治事件、技术进步、人际变迁，在她的诗歌中几乎看不到。最为难能可贵的是，作为年轻时的一位漂亮女性，她从 13 岁写诗开始就没有受到时尚的干扰，不在网上进行任何与诗歌有关的交流和展示，不与线上的"诗歌群主"抑或线下的"诗歌活动家"交往，也拒绝加入线下的诗歌圈子。她认为诗歌圈子由参差不齐的众人组成，加入其中往往意味着要去迎合众人的口味，尤其是要迎合组织者的口味，这必然会损坏一个诗人独特的个性。

《火》与雷蒙德·卡佛

雷蒙德·卡佛最广为人知的作品是《当我们谈论爱情时我们在谈论什么》，最好的作品据说是《大教堂》，相比而言，《火》似乎并不起眼，但我却觉得这本书应是认识卡佛的"终南捷径"。生活经历对一个作家影响有多大？于其他人不好讲，但对卡佛，我想说的是，没有他几乎贯穿一生的落魄、失业、酗酒、妻离子散，也就笃定没有我们今天看到的作家卡佛以及他精简冷硬的文字。

虽说《火》非鸿篇巨制，但让我们去了解一个作家的来龙去脉已然足够。《火》这本书好就好在它不仅收录有卡佛的短篇小说、诗歌，还有卡佛在不同时期创作的随笔、自传以及他的文学思想。卡佛对亨利·詹姆斯，对奥康纳，对巴塞尔姆，对海明威与福克纳，貌似散碎的认知，却常有火花闪烁。还有他的家庭，他的过往，《火》不仅让我们走近了卡佛，也让我们看到了物质极大丰富下的另一面——底层人的生活情境，令人唏嘘又似曾相识。

我一直都喜欢卡佛的那张脸。是的，这是一张工人阶级生猛的面孔，毫无修饰，原生态到令人感动，仿佛从这张脸上便可嗅到生铁的腥气。怎么说呢，我从这张脸上看到了坚韧与隐忍，有着被烈火淬炼过后的硬度。卡佛也是隐匿的，如果可能，他甚至不想出现在讲台上，只要有人能供他安静写作。他在创意写作工坊的学生在回忆卡佛时说："卡佛对我们总是在鼓励，而把剔苗的工作留给上帝。"

在《火》中，卡佛说："不要说时间会证明什么，所以我有意识——

也是出于需要——限定自己去写我可以一次坐下来（顶多两次）就能写完的东西。"这不是卡佛不负责，是因为他明白，对于像他这样的底层人而言，生活远比想象的更加艰难，卡佛写道："亨利·米勒四十几岁写作《北回归线》的时候，曾谈到他在一间借来的房间里努力写作，随时可能被迫停笔，因为他坐的椅子有可能被人从他屁股下面抽走。直到最近，这也一直是我生活中的常态。因为就我所记得的，从十几岁起，我就总是得担心马上会有人从我屁股下面把椅子抽走。年复一年，我和我妻子不得不东奔西走，努力让头上有片瓦遮身，餐桌上有面包和牛奶。"

卡佛 18 岁到锯木厂工作，第二年就结了婚，20 岁拥有了自己的四口之家。在《火》中，卡佛说："对我生活和写作最大的一个影响，是我的两个孩子，他们出生后的十九年，我的生活中没有任何一个角落没有受到他们繁重而有害的负面影响。"卡佛多年四处打工，对美国底层社会有切肤感受。当然，在卡佛的后十年，他的生活发生了变化。写作终于给他带来了经济回报，也令他开始戒酒并且重新组织生活，看上去一切都很美好。但卡佛还是很少出席文学活动，从不主动联系记者，他愿意被更多人所接受，却害怕抛头露面，因为他早已被生活磨平了棱角。卡佛为人谦和，不喝酒时经常会因为有人看他而莫名地脸红。

卡佛的小说是反戏剧性的，他拒绝情节，拒绝转折，拒绝包袱，拒绝巧合，属于他的只有叙述与呈现。那些缺乏戏剧性描写的切片式的文字，实际上却恰是大多数底层人的生活状态。《火》中所收录的小说也是如此。而作为叙述者的卡佛只是隐匿在文字后面，他不声不响，不悲不喜，就那么偷偷地注视着欲走近他的读者，就如同注视着他过往的那些个乏善可陈的日子。

很多人说，喜欢吃鸡蛋，没必要了解是哪只鸡下的。但我觉得文学不是这样。我更乐于了解作品背后的那个人，比如像卡佛。他为何会是欧美极简主义文学的代表？与其说这是他的文学理念促成，不如说是生活所赐，铸就了他作品的独特语感和节奏。20世纪80年代，"极简主义"成为卡佛的代名词，他也成为享誉世界的作家。正当卡佛摆脱了债务危机，开始专事写作的当口，他又被自己身体的病痛击倒。这就是卡佛，实际上也是与卡佛相似命运的作家之共同写照，那就是他们来到这个世界上的使命其实只有一样——写作，在孤寂中写作，在隐匿中写作，张扬与享乐皆不属于他们，而曾经的艰困从某种意义上来说，却是这个世界所能给他们完成写作这项使命的的唯一礼物。

地下室里的"叛徒"

　　读小说需要做准备工作吗？答案是肯定的，但这实际上牵涉到一个问题——小说到底是什么？倘为了轻松愉快抑或消磨时间，那么，经典小说中的绝大部分并不适合，阅读以色列著名作家阿摩司·奥兹的小说即如此。其实奥兹的小说并非晦涩难懂，也未故作高深。但阅读奥兹却是需要做准备的，最起码是要对以色列建国史有所了解。

　　奥兹的小说多半是以其成长的"基布兹"为背景。"基布兹"是以色列的一种集体社区，过去主要从事农业生产，现在也从事工业和高科技产业。"基布兹"的住房、汽车、学校、图书等都属于"基布兹"的每个人。如何分配年度利润，也由大家一起商定。社员日常的开支，包括吃饭、穿衣、看病、教育、旅游乃至听音乐会看电影等全部免费，明白了这一点，也就了解了奥兹小说中所描写的故事内涵。

　　而《地下室里的黑豹》这部小说是奥兹少有的不以"基布兹"为背景的作品。一个12岁的犹太少年，其父母都是犹太地下反抗英国统治的组织成员，与一名英国军士之间的微妙关系。少年因此而被同伴称作"叛徒"。

　　小说以第一人称"我"（普罗菲）展开。理智与情感，理想与现实，使命与道义，民族情感与人道主义等这些充满悖论色彩的问题，不但令年仅12岁的小主人公搞不懂，实则也令没有阅读准备的读者感到费解。因为小说并未过多反映小说背后那些残酷的历史真相。一个犹太少年与一名英国军士，他们之间的关系为何会令人感到紧张，甚至带有无比的危险性？这实际上是藏在小说背后的历史。

　　早在 1941 年，一艘难民船"斯特鲁马"号载着 769 名犹太难民从罗马尼亚前往巴勒斯坦。要知道，那正是纳粹疯狂屠杀犹太人之际，半路上船只发生故障，被迫停靠土耳其港口。由于土耳其拒绝收容难民，这些犹太难民不得不在船上生活了两个月。1942 年 2 月 23 日，由于巴勒斯坦英国当局不同意接收难民，土耳其人强行将"斯特鲁马"号拖到黑海。24 日凌晨，一艘苏联潜艇将"斯特鲁马"号当成向纳粹德国运送物资的货船，将其击沉。此事件连英国国内都一片哗然。

　　而二战结束，当所有人都认为犹太幸存者可以回到他们故乡的时候，英国人却横加阻拦。1947 年 7 月，一艘货轮载着约 4500 名无家可归的犹太难民驶向巴勒斯坦。接近巴勒斯坦海岸时，英军下令该船停下，但后者仍强行向海岸靠近，英军采用武力强行登船，然后强行将这些难民带回欧洲。由于无处安置，英国人竟然将这些难民送往德国，这对刚逃出纳粹德国集中营的犹太幸存者无异于噩梦。当货船驶入德国汉堡港时，船员和难民拒绝下船。英国人却毫不客气地再次动用武力，将难民们安置在英国在德占区的营地。

　　在二战结束后的 1945 至 1948 年间，共有 65 条犹太幸存者难民船开往巴勒斯坦，但绝大多数都被英军拦获。电影《出埃及记》是战后国际政治题材经典大片。"出埃及记 1947"号载着 4000 多名犹太幸存者从法国穿越地中海前往英国托管地巴勒斯坦，被英军截获，英国人再次要将船上的犹太幸存者送往德国。"出埃及记 1947"号上的所有来自纳粹集中营的犹太幸存者集体绝食，并通电全世界：要么死在船上，要么回到"犹太人的出生地"。全世界都被震惊和感动了，连非洲和拉美刚独立的国家都要求英国允许犹太幸存者上岸，此一事件直接推动了 1947 年联大投票通过犹太国议案以及 1948 年的以色列建国。

　　《地下室里的黑豹》的故事就是在这种背景下展开的。英国人与犹太人势同水火，暗杀与直接的战斗每天都在发生，在这样一种情况下，一个犹太少年与一名英国军士，他们的友谊超越了对立、仇恨与民族，哪怕他们都成为了各自阵营的"叛徒"。奥兹本人称，它（《地下室里的黑豹》）像一座仓库，囊括了自己所有的作品主题。在奥兹的文学观里，想象是一种有力的武器，对他者的想象可以疗救狂热与盲信，矫正极端主义和憎恨的情绪。奥兹通过一个孩子的思考告诉世人：一个会爱的人永远不会是叛徒；以孩子的口吻告诉所有读者：爱与理智，永远都不互相违背。

1994 年，主张巴以和平的奥兹被以色列右翼人士称为"叛徒"，同年奥兹便创作了《地下室里的黑豹》，开篇第一句话就是："在我的一生中，有许多次被人叫作叛徒。"

奥斯汀的"方寸之间"

　　我在英格兰巴斯参观过简·奥斯汀故居，门前有奥斯汀的石膏站像，一楼是展室兼售卖纪念品，二三楼都是卧室，但看上去比较局促，卧室一张大床外，勉强可以塞进一张字台。就想到她的小说，包括最著名的《傲慢与偏见》，都是发生在"方寸之间"。也想起《简爱》的作者夏洛蒂·勃朗特那句话："我可不愿意在她的那些高雅而狭窄的房间里跟奥斯汀的那些绅士淑女们待在一起。"在那栋楼里，奥斯汀经历了她一生中唯一的爱情，据说她也在这里拒绝过一次求婚。要知道奥斯汀可是作家里少有的美女。用毛姆所引用的当时人们对奥斯汀的描述，奥斯汀"身材苗条，亭亭玉立，时时给人一种朝气蓬勃的感觉。肤色浅黑，脸颊丰满，嘴和鼻子小而匀称，浅褐色的眼睛很明亮，还有一头天然棕色卷发。"

　　事实上很少有一部名著像《傲慢与偏见》，全书触目所见都是门第，金钱，会客，喝茶，饕餮，跳舞，聊天，还有乡间的景色，完全感受不到彼时欧洲大陆上正硝烟弥漫。在小说里，婚姻被拿来反复精打细算，哪怕只是子虚乌有；金钱成为衡量每个人的砝码，但这些却成为研究彼时英国社会经济的重要资料，文学作品成为英国本土经济课上的必读书。

　　然而，一个受到广泛欢迎的作家，在作家同行眼里却呈现出泾渭分明的两极。1907 年诺贝尔文学奖获得者吉卜林就是超级奥斯汀迷。而弗吉尼亚·伍尔夫说，在她（奥斯汀）的作品中，既没有败笔，也没有哪一两章写得不如其他各章。她总能使自己保持一种非常奇妙的平衡。两次出任英国首相同时也是作家的狄斯累利看了十七遍《理智与情感》。毛姆更是说"在奥斯汀的小说中，很难断定哪一部最好，因为都是上乘之作。《傲慢与偏见》是她所有小说中最令人满意的。"

不喜欢他的也不少。马克·吐温对奥斯汀的评价可以称得上刻薄，甚至有些"恶毒"。马克·吐温广为人知的名言是："一家图书馆要是完全没有简·奥斯汀的书籍，就称得上是一个好的图书馆。"与马克·吐温相比，和简·奥斯汀时代相近又同为英国女作家的夏洛蒂·勃朗特则看起来温和一些，但是夏洛蒂对奥斯汀厌恶的"恒心"却是显而易见的，她在三年里和友人的通信中坚持"吐槽"奥斯汀，表示自己百思不得其解为什么简·奥斯汀的小说会大受欢迎。同样，美国首位诺贝尔文学奖获得者亨利·詹姆斯说奥斯汀实在太迎合市场了，而《查特莱夫人的情人》作者劳伦斯则说奥斯汀脱离了英国传统价值观、破坏了英国团结。这倒很有意思，破坏英国团结，难道是说《傲慢与偏见》中缺乏"咒骂"拿破仑的语句吗？

还有丘吉尔，身为简·奥斯汀老乡，丘吉尔虽然谈不上厌恶奥斯汀，但他同样感慨于奥斯汀小说中人物的无忧无虑：丘吉尔说："他们从不会担心法国大革命，或者拿破仑帝国的倒台；他们只在乎内心的情感，只想着理清自己些许烦恼的头绪。"

不喜欢奥斯汀小说的主要原因是她的题材——太小，小到只有"乡间村庄里三四户人家"，小到只有方寸间。但奥斯汀自己说，艺术就是在2寸象牙上"细细地描画"。无疑，她做到了。

以《傲慢与偏见》而论，没有宏大叙事，不见血雨腥风，乡村的时间仿佛凝固了。《傲慢与偏见》中只有算计的婚姻，很少看到爱情。爱情也仿佛从奥斯汀笔下隐去，无论是吉英和彬格莱，约翰与莉迪亚，柯林斯与夏绿蒂，达西和伊丽莎白，除却精打细算的婚姻纠葛，就是原始的欲望。对于文学，奥斯汀提供了一种可能性，就是它并非是新闻事件加强版，并非一定参与社会重大话题讨论，文学也需要打"外围战"。就像

223

《傲慢与偏见》，它探讨的是彼时占有欲泛滥的社会条件下的婚姻关系以及妇女地位，这一点对当今经济基础决定的社会关系同样具有很强参照性。貌似邮票大小方寸之间，但对于一只抖动翅膀的蝴蝶而言已经足够了。

伍尔夫说："在所有伟大的作家当中，奥斯汀是最难在伟大的那一瞬间抓住的。"好在，她还是被抓住了。名著的命运非常相像，奥斯汀在哥哥帮助下，《理智与情感》最先出版，稿费 110 镑，出版时署名是"一妇人"；《傲慢与偏见》稿费是 80 镑，署名是"《理智与情感》的作者"。1817 年 7 月 18 日，奥斯汀去世，终年 41 岁；1817 年 12 月，《劝导》和《诺桑觉寺》同时出版，封面第一次印上了作者姓名——简·奥斯汀。

《耻》的"代价"

　　2003 年获得诺贝尔文学奖的南非作家 J·M·库切所生长的国度曾经历过种种动荡,这令库切的几乎所有作品里都蕴含了某种"羞耻感"。《耻》是库切最为重要的作品之一,也是成就库切获得诺贝尔文学奖的重要作品之一,《耻》所呈现出来的羞耻感非常明显,说是"集大成"也不为过。《耻》所表现的社会背景正是南非社会处在白人沦为"在野",而黑人开始"当政"的新旧交替时期。卢里是开普敦理工大学教授。他自认为有点不合时宜:在一个学者不学无术、理论佶屈聱牙的时代,他是一个坚定的人文主义者,热爱浪漫与诗歌,却不得不去教他所鄙视的"现代传媒"。他与一个女生开始了的艳遇,却遭到投诉,校方警告他,必须道歉并且接受心理咨询。他拒绝为了他看来是自然甚至美好的事物去接受心理咨询,同时也不道歉,为此不惜辞职而丢掉饭碗。

　　卢里带着羞耻离开大学,离开了白人为主的大城市开普敦来到黑人为主的偏僻乡村,与独自在那里支撑小农场的女儿露茜一起生活,这无疑属于"道德之耻"。女儿露茜遭黑人强暴抢劫,而他却无能为力,这属于"个人之耻"。正是基于这些耻感,库切小说里的主人公往往都十分自省,通过不断地对自身进行拷问因而达到主人公灵魂的最隐秘处。当然这也是作家库切对自身的某种形式的拷问,这些拷问分别指向横向层面的个人、种族、政治,纵向层面的自我、尊严、死亡等等。

　　卢里虽很爱女儿,但他和女儿的关系一直不好。他保守,孤僻。女儿却是同性恋,也很孤僻,长期独自住在一个偏僻地区的小农场,周围都是黑人和带枪的荷兰人后裔。当然，如果作为读者不了解（哪怕只是简单了解）南非二百年的历史，不了解英国人后裔与荷兰人后裔之间的矛盾，不清楚自愿放下权力的南非白人总统德克勒克以及以曼德拉、祖马等人为代表的南非黑人争取平权与解放运动，甚至不了解南非白人与黑人的大致分布，也就对库切的《耻》一书所表达的思想内涵缺少共鸣。这实际上正是库切更希望所要阐释的"历史之耻"——身为白人殖民者及其后代的白人最终沦落到要以名誉和身体为代价，方可在当地黑人的庇护下维持生活。

在《耻》中，卢里的女儿露茜自我感到最可怕的并非黑人施暴者在她的身上宣泄情欲，而是施暴者在施暴过程中所表达的仇恨。没错，那不是情欲，而是仇恨与贪婪。他们就像当年白人施暴南非这片土地上的黑人一样施暴白人的后代。也正如卢里对他的前妻所说的，神死了，就要有人来当替罪羊，抑或说来充当"羞耻"的角色。但令他没有想到的是，这一角色最终落到了他的女儿露茜身上。

"在眼下，在这里，"露茜告诉卢里，他被黑人们强暴完全是她个人的事情，无需他人"关心"。卢里反问露茜，眼下是什么时候？这里是什么地方？露茜说："眼下就是现在，这里就是南非。"这就是殖民主义的后果抑或说"代价"，没错，代价，哪怕历史过去了一二百年，总要有人来为这一"代价"买单。但卢里不明白的是，为什么是以这种方式？为什么是她的女儿？

没错，令卢里更为痛苦和难以理喻的，是他女儿的态度：她放弃与凶手的抗争，准备生下孩子，甚至宁愿以一切作为交换，以求留在这块"晦暗之乡"。露西对强奸的反应在卢里看来匪夷所思。她先是陷入支离破碎的沉默，然后遁入宿命论。她不报警，不投诉，不搬走，很重要的原因是她将强奸当作她继续拥有这片土地的代价。她遭受强奸，仿佛她已经对历史补偿了。

226

在小说最后，卢里在当地租下房子，与女儿相隔不远地生活，但对未来他却十分茫然。有人说库切大胆地描写了卢里这一曾经的种族主义者的恐惧和无力感。卢里代表的如果不是旧殖民体制的统治阶层的习惯和态度，也是一种白人中心论的思维模式，虽说他接受黑人的平权运动以及现状。但《耻》这部作品，好就好在它不是简单"讴歌"抑或"贬斥"什么，而是用客观的描述来提出问题，那就是，白人和黑人，压迫者和被压迫者，他们的角色难道只是简单地颠倒？而代价到底由谁来评估？又该由谁来偿付？

《米格尔街》上的边缘人

　　2001 年出生于特立尼达和多巴哥的印度裔英籍作家维·苏·奈保尔获得诺贝尔文学奖那晚，特立尼达和多巴哥的首都西班牙港燃起了庆祝焰火，对于这一偏僻的加勒比海岛国来说，奈保尔无疑是他们的英雄。奈保尔的青少年时期主要是在特立尼达和多巴哥度过的，1950 年，18 岁的奈保尔从西班牙港中学毕业，获得特立尼达和多巴哥政府一笔丰厚奖学金，遂进入到英国牛津大学学习文学，从此走上了文学创作之路。

　　事实上，奈保尔很早就显示出其在文学创作上的特殊才华，创作伊始便得到了广泛认可，20 世纪 90 年代初，奈保尔在英语文坛已颇有影响，1994 年，美国塔尔萨大学先人一步地"抢购"了奈保尔的的书信、手稿等，并把它们与大名鼎鼎的乔伊斯的手稿一起存放。

　　2003 年获得诺贝尔文学奖的南非作家库切说："奈保尔小说具有隐晦的自传性特色。"没错，这一点在奈保尔早期的短篇小说集《米格尔街》中表现得尤为突出，那无疑是奈保尔用回忆写成的一本书，也是留给他曾经的祖国特立尼达和多巴哥的一份真实记录。奈保尔在这本书里以第一人称回忆的口吻将米格尔街呈现在全世界读者面前：流浪汉，木匠，马车夫，醉汉，教员，理发师，清洁工，放荡女人，可怜的母亲，手头拮据的时髦青年等等。细看下来，他们都是现代文明中的失败者抑或边缘人，他们的共同之处在于：无论如何努力奋斗抑或挣扎都是徒劳，都无法改变其边缘群体的位置。在《米格尔街》这本书中，奈保尔的文字里有无奈，有辛酸，有调侃，有嘲讽，但它最大的价值还是通过他笔

下生活在米格尔街上的人物，来让我们重新审视自身与这个世界的关系

在小说《职业选择》中，米格尔街上的孩子们的梦想是当上驾驶蓝色清运垃圾卡车的司机。因为"那些开车的简直可以算作是贵族，他们只在清晨干点活，白天什么事业没有。尽管如此，他们还动不动就罢工。"而小说的主人公伊莱亚斯却是米格尔街上特立独行的人，他的理想与众不同而且十分"高大上"，他想离开米格尔街，出去做一名医生。然而理想与现实之间总有距离，他没办法去上更好的学校，尽管他很努力，成绩却一塌糊涂，最后只能降低目标，从做一名医生到做一名卫生检疫员，但这也难以实现，最后只得当上了米格尔街上孩子们人人羡慕的"驾驶蓝色清运垃圾卡车的司机"。奈保尔通过他的话说："（特立尼达）竟成了这种鬼地方，你想剪掉自己的脚指甲也得去行贿才成。"作为弱势边缘群体中的一员，虽然伊莱亚斯有上进心，却无法在阶层越来越趋于固化的现实社会中翻身，于是只得任凭命运摆布而变得和米格尔街上的人一样平庸。

而在小说《母性的本能》里，奈保尔在小说开篇一上来说的那几句话令我至今无法忘怀——

"我猜劳拉保持了一项世界纪录。

劳拉有八个孩子。

这倒没什么好奇怪的。

八个孩子有七个父亲。

这才要命！

正是劳拉给我上的第一堂生物课。"

在小说里，劳拉无法独立抚养孩子，只得靠朋友接济及几个丈夫偶尔给她的为数不多的钱勉强生活。她非常爱自己的孩子们，但生活让她

面对这些孩子时却经常是喊叫与谩骂。这就是米格尔街边缘人生活的日常。而当劳拉得知自己的女儿与他人私通并要生下孩子时，发出了令人毛骨悚然的哭声："完全不同于一般人的哭泣，她好像是在把从出世以来聚攒下来的哭泣全部释放出来似的，好像是在把她一直用笑声掩盖起来的哭泣全部倾泻出来。"

对于奈保尔笔下的米格尔街，无论男女，他们的生活都是卑微乃至绝望的，带有普遍悲剧性。他们对生活与现实充满怨言，也有过挣扎，但却是徒劳，一成不变的生活依旧每天按部就班地进行着，他们终究什么都改变不了。但奈保尔显然不想就此打住，他像让读者了解的是，尽管生活如此晦暗无望，但米格尔街上的每个人却都仍然兴高采烈地活着，并总能通过微不足道的小事找寻到美好，哪怕这美好稍纵即逝、不值一提。

关注边缘人，奈保尔不是第一个，也不会是最后一个，与很多作家不同的是，奈保尔的叙述并不沉重，他选择了用一种轻松调侃的语调来叙述故事，这令我们在辛酸的同时又常会露出笑容，因为奈保尔笔下的人物我们其实并不陌生。没错，米格尔街上的人并不认为自己是边缘人，甚至他们还会觉得米格尔街就是世界的中心，哪怕这个中心各方面都并非令人愉快。

黑色幽默与冯内古特

终其一生，库特·冯内古特对自己作为世界文学"黑色幽默"领军人物的地位不置可否，但他对"幽默"显然情有独钟。1944 年，他母亲自杀了；也是这一年，他妹妹死于癌症，他喜欢的妹夫死于车祸。而他自己则被德军俘虏，他痛苦到极点，因为这个康奈尔大学生化专业高材生曾以为自己会战死沙场并成为英雄，而令他得以活下去的，则是他天性看待世界时的某种幽默成分。

日本冯内古特与塞林格有点像，都是侦察兵。区别在于，塞林格当兵有惊无险，而冯内古特才踏上欧洲大陆不久便成了德军俘虏——他所在的 106 步兵团几乎被德军摧毁。作为俘虏，他被送到素有"德国建筑珍珠"之誉的德累斯顿，与其他战俘一起关押在一家屠宰场地窖中。而因为他是德国后裔，会讲德语，冯内古特在劳动的同时还兼顾管理其他战俘。

1945 年 2 月，英美空军对德累斯顿实施狂轰滥炸，整个城市被摧毁，十多万平民丧身其中。冯内古特和其他战俘因在屠宰场地窖劳作，侥幸逃过浩劫。然而，这段恐怖经历对冯内古特来说刻骨铭心，让他看到民族间的仇杀竟然可以达到歇斯底里的疯狂程度。从那时起，冯内古特便下定了写作的决心，他要用文字把他的经历记录下来。他的文字从一开始便天然带有某种幽默，而这种幽默是黑色的，沉甸甸的，带着仇杀和屠戮重量的。马克·吐温是冯内古特最崇拜的作家，冯内古特对前者的崇拜首先表现为他从发型和装扮都模仿前者，其次他给自己第一个孩子取名叫"马克·吐温"。

1991年，冯内古特在《比死更糟的命运》中写道："最终，马克·吐温不再嘲笑自己的痛苦以及周围的一切。他宣布生命是扯蛋。他死了。"这是反讽。反讽几乎成为冯内古特创作的主旋，他的第一部小说《自动钢琴》就反讽了新类型的集体生活，比如天天开会、煽动和演讲、职场潜规则等等。该小说描写了一名工程师受雇于一家类似于通用电气的公司，最终这位饱受摧残的工程师揭竿而起，带领同事们摧毁了所有机器。这是对物化外部世界的最早文学反抗。

被称为黑色幽默代表作、同时也是奠定冯内古特世界文学史地位的《五号屠场》，讲述的是一名侦察兵发现战争恐怖的故事。在战后很长时间里，冯内古特一直想把那场惨绝人寰而又荒诞之极的大屠杀诉诸文字。最初他想走好莱坞战争片路子，结果发现自己写的东西全无价值。有一次，他找一位朋友聊天，说起二战，朋友妻子的一句话点醒了他。"你们那时候什么都不是，只是一些孩子。"是啊，包括他和他身边的那些战俘，还有交战双方士兵稚嫩的面孔，都是一些从学校来到战场的孩子啊！为什么不能"幽上一默"，把战争中人类的行为当作婴儿的游戏去描写呢？为什么不能以童真眼光来表现战争的屠杀和残酷呢？

《五号屠场》出版于1969年，书中的步兵团长说："我们忘记了战争是一些孩子在打。我看着那些刚刮干净的面孔时被震惊了。上帝啊，这是孩子们的圣战啊。""浓烟高耸入云，火焰铭记着愤怒，那么多因为德国人的贪婪、空虚和残忍造成的死亡带来的心碎。"《五号屠场》甫一出版便与反越战、种族动荡、文化和社会剧变碰撞在一起，冯内古特笔下的生动故事和对神圣与灾难的解构成了新时代最叫卖的文学隐喻，"黑色幽默"由此诞生了。

格雷厄姆·格林说冯内古特是"当代美国最有才能的作家"。的确，冯古内特摒弃了传统的小说结构。他的小说是虚构和自传的混合体，常常一句话成段，且大量运用惊叹词和斜体。评论家认为他发明了新的文学体裁。他几乎包揽了全美所有文学奖项，也曾是诺奖热门人选，之所以没获诺奖，冯内古特说是他当年经销瑞典萨博汽车，因破产抵消了瑞典供货商一部分资金，瑞典人"怀恨在心""故意不给诺奖"，搞不清这算真话还是"黑色幽默"。

关于幽默，在创作《五号屠场》时，冯内古特说："幽默是一种远离残酷生活，从而保护自己的方法。"但随着对这个世界失望透顶，临终前的冯内古特说："我再也开不了玩笑了——因为它不再是一种令人满意的防御机制。有些人很是风趣，有些人并非如此。我过去是这样的，但现在或许不是了。太多的打击和失望，使幽默再也不能发挥作用。"是啊，不管是黑色的，还是别的什么颜色，即使是文学的幽默也并非总是那么令人欢迎，这或许也是"黑色幽默"在欧美文学中走向衰落的原因之一。

诗人帕斯和《弓与琴》

　　1990 年，奥克塔维奥·帕斯获诺贝尔文学奖。帕斯是墨西哥著名诗人、批评家、散文家、诗歌理论家，是墨西哥历史上第一位也是迄今唯一一位获诺奖的作家诗人。正在委内瑞拉首都加拉加斯参加里约热内卢集团峰会的墨西哥、阿根廷、智利、乌拉圭、哥伦比亚、委内瑞拉、厄瓜多尔和巴西等八国总统联合向帕斯发去贺电，称帕斯为"伟大的拉丁美洲人，我们大陆的骄傲。"而与帕斯素来在文学思想上有矛盾的加西亚·马尔克斯也专门给帕斯发去贺电，马尔克斯说："瑞典文学院终于纠正了它本身多年来不承认你广泛而又巨大的文学成就的不公正做法，对此我十分高兴。"

　　在诗歌创作上，有人说美洲大陆在聂鲁达之后只有帕斯，这话或许略有夸张，但帕斯无疑是智利诗人聂鲁达后拉美最具影响力的诗人，他的作品既有深刻的民族性也有广泛的世界性。帕斯 17 岁便参与创办了《栏杆》文学杂志，后又独立创办《墨西哥谷地》文学杂志。帕斯甚至还翻译了李白、王维、苏东坡的作品。1933 年，他出版了首部诗集《野生的月亮》。1937 年，在聂鲁达推荐下，帕斯参加了在西班牙举行的世界反法西斯作家代表大会，是年龄最小的与会作家。帕斯虽然是诗人，但在墨西哥及整个拉丁美洲，人们更喜欢的还是他大量的杂文随笔及文艺评论作品，这也是《弓与琴》等作品为何能够广受欢迎的原因。

　　《弓与琴》被翻译成中文版实际上包含了三个不同面向的内容，一是谈论诗歌创作与诗歌理论的"弓与琴"；二是论及艺术创作与先锋思想的

"淤泥之子";三是论述诗歌现代性与作品翻译的"另一个声音"。通读这部长达 40 余万字的书籍,你会发现,帕斯不仅是一名伟大的诗人,他更是诗歌及艺术理论家,他对诗歌文本和语言的探讨超出了大多数所谓专家学者的水准。比如帕斯讨论的几个元话题,诗是什么?诗的语言是如何生发的?诗如何和历史时间与标准时间相处?他在《弓与琴》中对诗歌的多处认知和阐释已成为欧美很多大学的研究课题。

帕斯还在《弓与琴》中说:"小说艺术汇聚着两种不同元素:诗歌与心理、道德批判。像叙事诗一样,小说体现一个布满人物的世界。他们的行为是作品的实质。同时,与叙事诗不同,小说是分析性的,描述人物的事迹,同时对他们进行批评。汤姆·琼斯、奥黛特·德·克雷西、伊凡·卡拉马佐夫或堂·吉诃德都是被评论吞噬的人物。这种情况并未发生在荷马或维吉尔身上,也没发生在但丁身上。叙事诗赞颂或谴责,小说分析和批判。叙事诗的主人公是实在的人物,是一个整体,小说人物是模糊的,双重或三面的。小说是在评论与叙事这两极之间展开。"这是帕斯极富创建的理论,对小说家们也影响颇深。

帕斯是诗人,但他的文论以纵横开阖、广征博引的笔触成为西方 20 世纪重要文学理论来源之一。帕斯的文论,溯源遥远的玛雅文明,立足但不局限于西语文学,从《荷马史诗》到中世纪文学、骑士文学,从文艺复兴到 19、20 世纪欧美流派纷呈的现代文学。以《弓与琴》为例,帕斯的文字既有学者论家博大精深、鞭辟入里的思想见地,又有文人才子笔下汪洋恣肆、激情四射的文学意味。

在《弓与琴》中,帕斯提到的诗人和作家有上百人之多,对诺瓦利斯、奥托、布勒东、戈蒂耶、佩索阿、博尔赫斯这些作家诗人的作品和创作信手拈来,如数家珍。而帕斯对希腊古典戏剧、日本俳句、中国古代文学及印度古代哲学都有涉猎。读帕斯的《弓与琴》有时会觉得是在读一部百科全书。帕斯对翻译的认知也非常独到,他说:"翻译不过是在寻找重复与发明、传统与创新之间平衡的一种程度。补充一点也许更合适：每一首原诗都是对另一个不知的或缺席的文本的翻译。"

社会化大生产带来分工细化，这似乎无可指摘，但是否适用于文学创作我以为大可商榷。我们已经习惯了写小说的人只编撰故事，搞评论的人只强调理论和文本，写诗的人则只把文字分行就好，哪怕其他文章写得一塌糊涂。而帕斯用他的创作实践告诉世人，一个作家、诗人绝不仅仅是一个故事讲述者抑或诗意传递者，他还应是一个拥有哲人思维及对多种跨领域学科进行思考的思想家，帕斯为我们诠释了作为通才的文人应该具有的状态与模样。

逃跑的"兔子"

　　很多人都以为约翰·厄普代克获得过诺贝尔文学奖，这种观念貌似与记忆有关，实则与我们潜意识有关，比如他那么有名，他写的那么好等等。然而，他没有。在美国作家里，刘易斯获得过，赛珍珠获得过，尤金·奥尼尔获得过，辛格也获得过，这些作家好像都没厄普代克有名，但厄普代克就是没有获得过，他也没有获得过布克奖。2005 年的时候，是布克国际奖竞争最激烈的一届，厄普代克最终败给了阿尔巴尼亚作家卡达莱。

　　厄普代克是靠画漫画起家的，他的漫画精致而灵动，像在蹦跳的兔子。画漫画与他年轻时的经济状况有关，那时候只要能赚到钱的营生，他一般都愿意去尝试。正是那段时期，为尽可能多赚点稿费，厄普代克养成了每天必写 5 页纸的习惯，并定居麻省新英格兰区，因为那里"安静、安全"。厄普代克在创作《兔子，跑吧》时就说过，"开始写小说时就想描写一种战战兢兢躲躲藏藏的生活。我身边这种胆小的人太多了，我自己内心也有一定程度的恐惧和躲闪。这样的人靠不住，不会作承诺，在社会中不会全力以赴，我想描写的就是这样一些人。"

　　厄普代克还说，他的生活里从来就没有暴力。"我没打过仗，连架也没打过。我不认为一个和平的人应该在小说里假装暴力。纳博科夫写的那种血淋淋事情，对他来说更像文学而不是生活。我对我笔下的人物有一种温情，不允许自己对他们施暴。如果有一天大屠杀真的出现在我面前，我肯定自己能够提高表述暴力的能力；但如果没有的话，我们也不要为了时髦的幻想而滥用在出版业中的特权。"

对性的独特解读是厄普代克作品的一大特色，从"兔子系列"开始，厄普代克便试图重新调和人类渴望终身伴侣和性自由之间的关系。一夫一妻制是社会选择，因容易管理。但厄普代克说："我一生中见识了太多婚姻破裂，因为每个人（不光是年轻人，中年人同样）都觉得有权利追求自己的幸福。弗洛伊德将幸福和性联系在一起。但这种性满足是很难达到的，即便你达到了一次，它也会很快溜走，所以持续的不幸福成了我们生活的特征。"而这种不幸福，显然也是促成厄普代克笔下人物不断的重要因素。

厄普代克在设置其笔下小说人物的时候采取了许多象征性的手法，而且往往这种手法也表现在安排情节上。比方说"兔子"吧，它不仅是"兔子"系列小说主人公哈利的绰号，而且还具有多层、多解式含义：其一，是形象上相似。小说中说哈利长着"宽大的白脸，浅蓝色的瞳仁"，当然这只是表面一层；其二，兔子生性善良，胆小怕事，遇到敌人总是没命逃跑，这点与主人公哈利在精神上极为相似，他总是在不断逃离着妻子、情人、工作、家庭和社会；其三，兔子具有超强繁殖能力，给哈利起这个绰号，也暗示他喜欢四处留情；其四，兔子在实验室里一般是用来被解剖的动物，这也意味着哈利在社会中总是被宰割的角色。

厄普代克是一位优秀的小说家，他总是能够把自己的虚构伪装在一幅幅现实的画面下，20世纪50年代的大众广播、60年代的人类登月，还有越战、美苏冷战等等流行元素、政治话题都被他引入书中。"兔子"系列的每一部持续时间都不过三四个月，在这期间兔子一次又一次逃跑，但造成兔子逃跑的原因却孕育在之前漫长岁月中。于是读者看到的是一个矛盾冲突演绎到高潮的表象，而随着作者的回溯许多悬念才一一被揭开。

《兔子富了》和《兔子歇了》令厄普代克分别于1982年和1991年两

度获得普利策小说奖。厄普代克生前也是全美呼声最高的诺贝尔文学奖候选人，比纳博科夫、菲利普·罗斯的呼声都要高，但每一次却都与诺奖擦身而过。对此他有理由愤懑，他笔下描写的新教徒"亨利·贝克"，便是一位美国犹太裔作家，常遇到写作障碍，尤其是在写诺贝尔文学奖受奖演说稿的时候（1999年贝克却意外获得了诺贝尔文学奖），这似乎是对瑞典人的一种嘲讽。

　　著名作家菲利普·罗斯说："约翰·厄普代克是我们时代最伟大的文学家……像19世纪的纳撒尼尔·霍桑一样，他是而且将永远是国宝式的文学人物。"现在来看，菲利普·罗斯没有说错。

索尔·贝娄的"寻找"

　　索尔·贝娄几乎是最早被译介到中国的西方主流作家，也是我最早阅读的欧美作家之一。《赫索格》《雨王汉德森》在 20 世纪 80 年代曾风靡一时。风靡一时的原因却并非是它们"好读"，而恰是因为它们作为现实主义作品却与传统现实主义创作手法之"背离"。贝娄的小说时空交错，惯于将永恒与现实结合，将过去与当下杂糅，加之主人公独白式阐述，营造出一种特有的叙述气息。从某种角度上分析，贝娄的小说与意识流小说有暗合之处。但与纯粹的意识流小说不同的是，贝娄在小说中往往会借主人公之口不加掩饰的阐述他自己的思想，这也令他的名字与知识分子写作密不可分。贝娄一生在大学任教，或许正因如此，他的作品里表现最多的便是"逃离与寻找"——逃离城市，逃离家庭，逃离爱情，也逃离部分责任，去寻找一种内心理想化的生活。

　　在他影响较大的作品《奥吉·玛琪历险记》中，主人公玛琪身边的各色人等都想把玛琪的人生纳入他们的轨道。流氓要把他教唆成贼，有钱人想让他做驯顺的仆人，店老板要把他打造成推销员，他的奶奶教他撒谎却又希望他是有身份的绅士。而玛琪想要的则是能够摆脱一切外在控制，希望去冰天雪地的格陵兰寻找自己的理想。

　　在索尔·贝娄自己最喜欢的《雨王汉德森》中，主人公汉德森在内心深处一声声"我要，我要"的催促中跑到荒蛮的非洲部落，去寻找异域的灵启。而《赫索格》中的赫索格教授则在遭受爱情和友情的双重背叛后，来到偏远的路德村，盲目地书写着日记和书信，沉迷在他对理想浪漫主义传统的寻找中。贝娄作品中的主人公，都有着寻找美好生活和人生意义的良好愿望，即便是处在流浪境地的玛琪，也希望去创办一所孤儿院。通过寻找真正的自我进而到寻求完美社会人生，是贝娄主人公们一致的理想。然而，生活回报给他们的却是一次次的伤害，于是他们再次选择逃离，再次走上寻找之路。在他们的寻找和逃离之间，构成了一种无法逃避的悖论：一方面希望采取逃避的方式摆脱现实的束缚，一方面又在不断寻找，通过寻找来摆脱新的束缚。

读索尔·贝娄的书，处处都能捕捉到思想的火花，一个段落往往有四五个知识点，这对于读者无疑是种考验，如果没有较丰厚的知识储备，很难理解和接纳贝娄。

有意思的是，贝娄笔下的多数男主角都长得高大帅气、拥有良好的家世与丰富的知识，不缺钱，甚至也不缺女人（尽管他们常被女人背叛）……这些我们常人眼中的人生赢家在贝娄笔下活得却并不愉快。小说中总会有一个对主角"尖酸刻薄"的前妻、情人，这些几乎是主人公在小说中所受到的大部分苦难之源。贝娄的作品其实都有一个离不开的主旨——知识分子的迷茫，在不断的寻找和逃离中苦苦挣扎。他们希望借助艺术、诗和灵魂来拯救，然而现实是到处都有美妙动人的事情，却不包含文化在内。而贝娄的主人公却是人类优秀文化的承载者，这就形成了具有深厚文化底蕴的个体和丧失文化品格的现实社会之间的对立和冲突。

《雨王汉德森》的主人公放弃优渥物质条件，去非洲寻找内心的安适，他似乎寻找到了，但回归现实后却又难说不再迷惘；《拉维尔斯坦》的主人公虽然获得了世俗成功，看起来人生圆满，但等待他的却是死神，换言之，贝娄似乎从不想为他主人公的寻找画上圆满的句号。

贝娄一生读书不辍，每天要读《旧约》，也坚持每年重读莎士比亚。他不讳言对莎士比亚和托尔斯泰的喜爱，在与同为犹太裔的罗马尼亚著名作家诺曼·马内阿的著名对谈中，他谈到阅读对作家的极端重要性。说康拉德作品的伟大，说塞利纳作品的迷人，说福楼拜带给他的沮丧，说对里尔克的赞赏，还说他不喜欢卡夫卡的《变形记》，因为作为犹太人，他读出了里面对"大屠杀"的隐喻……

1976 年，贝娄获普利策小说奖，同年获诺贝尔文学奖，颁奖词说索尔·贝娄"把丰富多彩的流浪汉小说与对当代文化的精妙分析结合在一起。"将贝娄的小说定义为流浪汉小说，在我来看或许是种误读，流浪在贝娄笔下只是表象，他小说中人物的寻求，又何尝不是索尔·贝娄本人的寻找！

喧嚣世界里的孤独

很多人看过《我曾侍候过英国国王》这部电影，并由此认识了电影原著的作者——捷克作家博胡米尔·赫拉巴尔。可能说出来难以置信，这部赫拉巴尔在世界上影响最大的作品，却只用了十八天就创作完成。彼时作家完全沉浸于一种仿造回忆的虚构世界之中，在夏日户外的阳光直晒下一气呵成了这部离奇而又现实、夸张而又平凡、平静而又感人的小长篇，且之后再未改动过一个字。

我阅读赫拉巴尔无疑与米兰·昆德拉有关。米兰·昆德拉不止一次说过："他（赫拉巴尔）是我们这个时代最了不起的作家。"欧洲主流文坛将赫拉巴尔与米兰·昆德拉、伊凡·克里玛并称为捷克当代文学"三位大师"。当然，这些只是虚浮的表象。让我真正认识到赫拉巴尔价值的，还是在读了他的小说《过于喧嚣的孤独》之后。

赫拉巴尔拥有较好家境和法学博士学位，但他却放弃了优越的生活条件，自愿到布拉格从事各种底层工作。他先后做过私人公证处助理、仓库保管员、火车调度员、基金保险代理员、推销员、酒店服务员、钢铁厂工人、废纸回收站打包工等。

《过于喧嚣的孤独》是赫拉巴尔在废纸回收站四年工作的"副产品"，是一部连赫拉巴尔自己看了都要"感动得流泪"的"忧伤叙事曲"。赫拉巴尔说："它大概是我最好的一本书"，"我为写这本书而活着，并为写它而推迟了死亡。"尽管许多句子看了令人发笑，但这却是一个货真价实忧伤的故事，集废纸打包工、酒鬼、书迷三位一体的汉嘉，最终将自己也打进了废纸包，他乘着那些书籍想要飞升到天堂。小说完稿的时间是1976年，可当时无法问世，只能放在抽屉里。1987年捷克著名作家瓦楚利克用自行刊发的形式将它出版，让它与读者见面。直到1989年，《过于喧嚣的孤独》才由捷克斯洛伐克作家出版社正式出版。

我在阅读《过于喧嚣的孤独》过程中，常常感到赫拉巴尔仿佛就站在我面前讲述——"三十五年来，我只身在废纸堆中。""三十五年来，我处理废纸。""三十五年来，我用水压机处理废纸。"书中的多数段落都是这样开头的。主人公汉嘉说三十五年来处理废纸和书籍使他无意中获得了知识，他的"身上蹭满了文字，俨然成了一本百科辞典"，他的脑袋"成了一只盛满活水和死水的坛子，稍微倾斜一下，许多蛮不错的想法便会流淌出来"。据赫拉巴尔自己说，这个选题他自1954年到废纸回收站工作后便在他的脑海里酝酿了，长达二十年之久。废纸回收站四年工作生活的感受是如此之深，令赫拉巴尔始终放不下这个题材，而是不断地对它加以补充，进行反复深沉地思考，直到主人公汉嘉与作家本人融为一体。

赫拉巴尔崇拜中国的老子，他在《过于喧嚣的孤独》中多次把老子和耶稣进行对比——"耶稣脸上洋溢着动人的喜悦之色，老子却神情忧郁地倚在机槽边上，显得孤傲、冷漠。""我看见耶稣在不停地登山，而老子却早已高高地站在山顶。""我看见耶稣如何通过祈祷使现实出现奇迹，而老子则循着大道摸索自然法则，达到博学的无所不知。"

在《过于喧嚣的孤独》一书的最后，老打包工汉嘉去参观布勃内的巨型压力机，发现年轻的工人们机械地做着工作，没有人会像他那样在意即将变成废纸的书里藏着什么伟大的思想。他们像饲养场的女工一样，把一本本书撕开，面无表情地看着它们被巨大的机器吞噬。汉嘉意识到他的时代结束了。冷酷的巨型机器替代了尚有一丝丝人情味的废纸回收站，仿佛正是我们这个时代的某种缩影。于是主人公汉嘉把自己也放进了打包机，尽管他手里还拿着一本德国大诗人诺瓦利斯的诗集。

在《过于喧嚣的孤独》里，主人公汉嘉细致入微地向读者描绘着读书的乐趣，讲述着从废纸堆里抢救出珍贵图书所带给他的喜悦。也沉痛地倾诉着自己目睹人类文明的精华、世界文化巨擘的著作遭到销毁时内心感到的无助与痛苦……而我知道，主人公汉嘉的所有这些表达，都来自在这个过于喧嚣的世界里却感到无比孤独的赫拉巴尔之口。

书斋与战场

　　冰心在她的《拾穗小札》中曾谈到自己去苏联访问，当看到当年列宁藏身于山林，写《国家与革命》的那个当作字台的树桩时，感到十分惭愧，因为她写作时一定要在窗明几净、舒适温馨的书斋才会安心，也才能写出作品来。冰心的这种感觉我能理解。作家原本就有很多类型，有的作家一生几乎没走出过自己的书斋，有些则以天下为己任，像拜伦、海明威、奥威尔，而乔治·奥威尔绝对可谓近年来在中国最有影响的外国作家之一，他的《1984》和《动物庄园》据说改变了不少中国读者对外部世界的看法。

　　毕业于英国伊顿公学的乔治·奥威尔，没有像他的同学一样去剑桥或牛津继续深造，而是跑到了当时的英国殖民地缅甸去当警察，后来还在缅甸做过下层仆役，这对于一个有文化的白人来说简直不可思议。但作为有志于文学创作的奥威尔来说，这却是他选择"不走寻常路"的开始，这种选择当然需要勇气。回到英国，有四年的时间奥威尔都居无定所、到处流浪，这时候虽然他已写作，却从来不以作家的面目出现。他虽然短暂做过书店店员和码头工人，但最喜欢做的还是把自己装扮成一个流浪汉，四海为家，有时候就睡在公园里或者火车站的长椅上。这显然是一个内心里长着反骨的人，他不怕以这种面目去面对那些衣着光鲜的伊顿公学的同学，他似乎刻意要把自己与主流社会相悖的一面展现出来，且要展现得淋漓尽致。

　　奥威尔去巴黎，第一天他的钱包就被偷了，那里有他所有的钱，于是他跑到一家小餐馆里当洗碗工，一周工作 6 天，一天工作 13 个小时。当他终于靠写作开始在文坛崭露头角，西班牙内战爆发，他第一时间奔赴西班牙去参战，比当时大洋彼岸的海明威还要决绝。

奥威尔来到西班牙巴塞罗那，当几乎所有去志愿参战的外国知识分子都加入了由西班牙共产党所领导的国际纵队时，奥威尔却阴差阳错地加入了西班牙马克思主义统一工人党（简称"马统"）所领导的武装力量。马统是一个左翼激进小党，奥威尔被派往前线作战。在前线，奥威尔被称为最勇敢的战士，他简直就是个不要命的疯子，他端着机关枪、高声叫骂着冲在队伍的最前面，敌人在他的面前一个个倒下，他也不幸身负重伤——一颗子弹射中了他的喉咙，差点让他送命。不能说奥威尔在西班牙所表现出的非凡勇气是"表演"出来的，这个时候，所谓作家的身份与他没有半毛钱关系，他就是一名真正的战士。就像他后来所说的："我向前冲的时候什么都没想过，就是想勇猛，再勇猛些！"

然而，就在奥威尔被送往巴塞罗那的医院治疗期间，西班牙共产党开始清洗马统，奥威尔由于伤病住院才得以幸免。出院后，他开始东躲西藏，最后在英国驻西班牙大使馆帮助下逃离西班牙。这些经历对奥威尔触动极大，从此他开始专心写作。他的写作站在中立立场，这使他在"左翼"和"右翼"两边都不讨好，同时也使得他的成名变得无限滞后，原本可以很快成名，却经过了几十年沉淀才终于被人们所接受。奥威尔无疑是不属于书斋的作家，他以天下为己任，而现实的硝烟战场则是他更广阔的书斋。

与奥威尔相比，葡萄牙大作家佩索阿无疑属于书斋型作家。在当今国际文坛，佩索阿被与卡夫卡并列。像卡夫卡一样，佩索阿生前一直过着朝九晚五小职员式的庸常生活，但他在文学上被发现比卡夫卡晚了 30 年。佩索阿上班外的几乎所有时间都待在书斋里，偶尔出门也只是去里斯本老城的几家书店。就是这样一个人，貌似乏善可陈，实则他内心却是一个杀声震天的战场。在葡萄牙语中，佩索阿是"面具"的意思。他的确是戴着面具的文人，一生用过 70 多个假名，如果不知道作品出处，谁也想不到这些作品会出自一人之手。他用这些假名创作的作品，作品之间相互不屑、相互矛盾、相互争论，佩索阿让我们了解，一个人的内心竟可以同时幻化出如此众多针锋相对的人，完全构筑了一个独特的世界，哪怕创造这一切的人从未走出过他的书斋。说到书斋，不禁让人想起鲁迅，谁能说书斋里的鲁迅不是一个真正的战士呢？

书斋对有人来说充其量只是一种装饰，但对有人而言，却是自己内心厮杀的战场。

纸质书与电子书

从 2007 年 4 月开始，加拿大作家杨·马特尔坚持每两周给一个人寄去一本书，随书还附上一封信。收书人是加拿大总理斯蒂芬·哈珀。在加拿大乃至整个北美洲，马特尔具有不小的知名度，因为他不仅是英语文学著名奖项——布克奖获得者，而且他的作品《少年 PI 的奇幻漂流》也是西方世界的畅销书。马特尔寄给哈珀的全都是世界经典作家的传世作品。包括托尔斯泰、海明威、卡夫卡、博尔赫斯、伍尔芙等人的作品。他在信中循循善诱地希望哈珀能够多读一些文学经典，领悟"文学的美妙之处"。

马特尔与哈珀不认识，哈珀也从未给马特尔回过信，只是让手下人作为一种礼貌回函给马特尔说"书已收到，感谢"等。但马特尔不介意，他依旧给哈珀寄书寄信，而他的理由很简单，因为他从新闻中没有听说过哈珀喜欢读任何一部文学作品，唯一报道过的一次是说哈珀喜欢读《吉尼斯世界纪录》，这让马特尔很揪心。因为在马特尔来看，一个普通人读不读书属于个人喜好，但一个手握重权的人不读书，尤其是不读文学经典，则会对国民造成许多意想不到的后果。马特尔说："比如斯蒂芬·哈珀——有权凌驾于我，我就有权了解此人的想象力的本性和品质，因为他的梦想可能成为我的噩梦。"马特尔还曾经向哈珀寄出过鲁迅的《狂人日记》，并附信道："要了解一个国家，必须了解这个国家的梦想以及那些怀抱梦想的人。"他同时提醒哈珀，即使再忙，也要每天抽出几分钟读书。

虽然没有得到回信，但马特尔相信他的举动一定会有作用，至少会促使哈珀对传统纸质书籍更加关注。因为，按照心理学解释，当一个成年人面对传统书籍和电子书同时可供选择的时候，他多半会选择传统纸质书籍。

　　有一个阶段，因为要从网上买书，我常能得到网站的小奖励，这奖励不是别的，而是电子书。但我却从没有接受过这份奖励抑或好意。因为尽管我承认电子书内存的无比强大，却又想象不出自己面对没有书香、不需要翻动也不需要借助书签的电子书的时候，是否还有过往那种读书的感觉。

　　读书需要感觉吗？我想是需要的。意大利当代著名作家翁贝托·埃科有一部写给全世界爱书人的书，名叫《植物的记忆与藏书乐》。在书中，埃科把传统书籍定义为"由麻、树皮或木柴制成的纸张，因而属于植物的记忆"；而电子书的原材料是硅，属于矿物的记忆。二者的区别显而易见。植物是有生命力和能够被感知到呼吸的，甚至也是有血有肉的，而矿物则是冰冷的，是感觉不到任何呼吸的。

　　一个读书人对书籍的热爱，往往并不限于内容。就像一个人面对自己相濡以沫的爱人，爱的肯定是对方整体。更何况纸质书还拥有多种功用，它的模样，它的味道，乃至它的残损与墨迹，都可能关联一串记忆；而电子书以及其他电子阅读媒介，往往是将书的内容与身体剥离，不仅使得书籍原本所具有的年代、版本、品相与出版者失去意义，而且让藏书家从此再无立锥之地，所谓书房更可以简化成一个纸箱。再者，读书人有很强的自我意识，不想人云亦云，不要千篇一律；而电子书恰恰面目统一且可以无限制地随意复制，小小空间或许容纳了几十乃至成百上千部作品，一个电子书里如同拥有着无数生命与灵魂，但就像埃科所说的那样："拥有很多生命很多灵魂，就如同没有任何生命和灵魂。"

　　记得我小时候，饺子机的出现被媒体称为一项"重大发明创造"，曾被提升到"解放国人业余时间"高度。但很快便风光不再，甚至饭店食堂纷纷打出"人工水饺"招牌，以区别机器生产的水饺。何以如此呢？其实就因为机器生产出的水饺被抽离了人的感情热度与亲情温度。要知道，时间固然重要，但中国人更愿意亲朋围在一起，包的过程，也是亲情融洽的过程，每一颗水饺被捏紧的褶缝里，有妈妈的味道，更有感情的温度。传统书籍也是如此，它承载的不光是历史和记忆，更承载了我们的感情与热爱。

作家与忏悔

1999 年诺贝尔文学奖获得者、当代德国著名作家君特·格拉斯 2006 年出版了自传《剥洋葱》，如期所料，旋即引发了德国社会的一次"核爆炸"。

在这本自传里，君特·格拉斯披露了他鲜为人知的一段往事：1944 年 11 月，16 岁的格拉斯应征加入了纳粹党卫军，1945 年 4 月，格拉斯所在的坦克连被苏联红军包围，于是他脱掉了军服，偷偷跑掉了……就是这样的一段经历，只有几个月的时间，但人们质疑并且指责格拉斯，为什么要隐瞒这么久！要知道，君特·格拉斯曾被称为德国知识分子的良心，是德国民众最信赖的作家。还记得当时的西德总理勃兰特在华沙的惊天一跪吗？当时格拉斯就在场，之后他还随勃兰特出访以色列，为德国正视二战历史而奔走呼号。有人指责格拉斯是骗子，有人要求他归还诺贝尔文学奖，就连德国总理默克尔都说："我希望我们一开始就完全知道这部自传。"人们的愤怒不在于君特·格拉斯当了几个月的党卫军，而在于他为何隐瞒了自己的这一段经历，而且隐瞒了那么久。当然，也有人指责格拉斯为何要把这段经历说出来，这不仅损害了他自己写作的道德权威，更损害了大量喜爱他的读者利益。

没错，那五个月的经历，如果格拉斯自己不讲，永远不会有人知道。他的形象依旧高大上，甚至算得上道德完人。可是他说了，尽管他是应征入伍的，尽管他应征入伍的时候只有 16 岁，尽管在此后数十年的时间里他都在用自己的笔和影响力持续提醒着每一个德国人要牢记过去、不能让历史重演……可他依旧选择了忏悔。

君特·格拉斯 2015 年去世前，《寡居的一年》作者、美国作家约翰·欧文写信给他："对于我来说，你依然是一个英雄，又是一个道德指南针，你作为一个作家和公民的勇气值得效仿。"

欧洲民族多半是具有自我忏悔意识的民族，这与他们的宗教有关，也与他们的哲学思想和文学艺术的辉煌成就密不可分。尤其对于作家而言，从奥古斯丁到但丁，从卢梭再到阿尔弗莱德·缪塞，几代作家前赴后继，不断在自己的作品里解剖内心、忏悔自我。及至晚近，在欧美，作家的文章与言行甚至具有了某种宗教的精神效用，可与人疗伤，可让人信任，可供人依傍。而作家也不隐晦自己的卑微乃至龌龊，他们写出"另一个自己"对自己而言是自愈，对读者是忏悔。就像普希金的《秘密日记》，因所述内容"过于令人震惊"，而至今无法在许多国家正式出版。

2003 年，来自阿富汗的移民卡勒德·胡赛尼在美国出版了自己的第一部小说《追风筝的人》，一举登上《纽约时报》畅销书排行榜，并蝉联了创造畅销书榜单历史的 130 周，从此跻身美国一线作家行列。今天，胡赛尼已然成为美国主流社会公认的著名作家，他却陷入了越来越深的痛苦，他说："我写的人在阿富汗受苦受难，我却靠讲述他们的故事获得了成功。这让我有一种深深的负疚感，写作仿佛成了一种偷窃，我为了自己的成功偷取了别人的经历和生活片段，换取了他人的赞许和金钱。"对同胞的深深愧疚让胡赛尼拿出钱来成立了以自己名字命名的基金会，至今已帮助了 359 位阿富汗居无定所的穷苦人获得了安居之所。即便如此，他依然无法得到内心的安适，回到故乡，他多次在讲话里提及自己内心的不安和对自己离开阿富汗却以阿富汗为题材而创作的忏悔。

中国近现代作家中，以鲁迅、郁达夫、巴金为代表，包括比他们稍早一点儿的苏曼殊，是敢于解剖自己、勇于忏悔的一群人。鲁迅无疑是中国最具有忏悔精神的人之一；而巴金则是 20 世纪晚期最具有忏悔意识的中国作家。当所有人都在控诉林彪、"四人帮"的罪行，仿佛那场浩劫只是因少数人蛊惑而与己无关的时候，巴金却说在这场罪恶表演中，有自己的一份罪，他在忏悔的同时，选择"讲真话"。尽管他只不过是在特定的情境下讲了几句假话错话而已。

当初余杰等人揪住余秋雨不放，质问余秋雨"你为什么不忏悔？"余秋雨的委屈在于，他是"文革"期间某大批判写作班子的骨干不假，但人们却不去追剿"石一歌"里的其他人，唯独对他一个人穷追猛打，"难道就因为我是名人吗？"

对许多人而言，是不是名人其实并不重要，重要的是其作家的身份与光环，是文学的教化与启智功用，以及文学传统在作家身上所赋予的独有的忏悔精神。

意想不到的好处

1941 年 12 月，因二战中的珍珠港事件，美国举全国之力参战，各行各业都被动员起来，道布尔迪、企鹅、兰登书屋等美国国内著名书商组成了"战时书籍委员会"，他们以最快速度推出了"部队版平装书"。这些书依照美军士兵制服口袋大小"量身定制"，内文采用新闻纸，封面采用再生纸，在降低成本的同时，大量印刷，免费发放给每一位参战的美军官兵。

从 1941 年到二战结束的 1945 年，短短四年间，"部队版平装书"共计出版了 1322 种 1.2 亿册，美军人手数十册。他们在转移途中读，在甲板上读，在营地里读，在防空洞里读，在野战医院的病床上读……许多人就是在战争期间结识了海明威、福克纳、康拉德等作家的，就是在枪林弹雨的间隙喜欢上了《简·爱》《烟草路》《布鲁克林有棵树》等纯文学书籍的。尤其是《了不起的盖茨比》，深受官兵欢迎，15 万本被运往欧洲战场竟然还不够，其作者菲茨杰拉德最终得以跻身美国大作家行列应该与美军官兵对他的追捧分不开。

"战时书籍委员会"培养了一代美国读者的阅读习惯，被后人称为"意想不到的好处"。要知道，在此之前，许多美国士兵尤其是来自社会底层的士兵是根本没有阅读文学书籍之可能性的。二战后，这些"非普通读者"的阅读趣味多半保留下来，影响了他们一生，也影响到美国主流社会对文学经典书籍阅读的喜好与重视。

我手头有一本书，名字就叫《非普通读者》，作者是英国作家艾伦·贝内特。书中的主人公的确是一名严格意义上的"非普通读者"，但她不是美军士兵，而是英国女王伊丽莎白二世。

在作家贝内特笔下，伊丽莎白二世因为偶然因素变成了一个嗜书如命的人。从前女王在接见人时常常会问："你住在哪？那里堵车吗？"现在的问题则变成了："你最近读了什么书？"女王还定期给首相送书，并检查"作业"，让首相谈读后感。甚至，在会见外国首脑时，女王也在谈论书。比如她在与法国总统见面时，女王急于要和法国总统探讨的不是"国际大事"，而是法国荒诞派作家让·热内的作品，而最感到尴尬的则是法国总统，他竟然不知道本国还有一位叫热内的作家。

在这本书里，女王喜欢的作家不仅有让·热内，还有乔治·艾略特、E·R·福斯特、托马斯·哈代、萨尔曼·拉什迪等不下几十位作家。作为一部纯粹虚构的文学作品，伊丽莎白二世女王成了作家意图表达自身的"道具"。在贝内特的笔下，文学与书籍凌驾于一切之上，甚至比政治或国家大事还重要。

伊丽莎白女王并没有因为贝内特把她写进小说而且还是主人公不高兴，反之，她两次打算授予贝内特爵位，但却都被贝内特拒绝了。因为贝内特把女王写进他的小说里并不是要去讨好谁，而是因为1997年，贝内特被查出了癌症，在之后的日子里，阅读成为他战胜病魔的重要支撑与手段。贝内特在阅读中获得了动力和"新生"，所以，他在病情稳定后，用《非普通读者》这部畅销书告诉读者阅读对人的好处，他希望有更多的人像他一样能够从书籍中得到帮助和力量。

无独有偶，加拿大女作家艾丽丝·门罗2009年被查出身患癌症。此后，她深居简出，减少了写作，把大多数时间用来阅读。在治疗的间隙阅读，在休养的同时阅读。2013年，门罗获得了诺贝尔文学奖，因为身体原因，她没能去斯德哥尔摩领奖，但她在此后多次的表述中，都讲到阅读对她写作和身体的裨益，胜过许多食物和药物。

科学研究发现，仅仅 6 分钟的安静阅读就能将人的压力水平减少超过三分之二，好过听音乐和外出散步。在一个信息爆炸的时代，阅读所需要的注意力能使大脑放松，能松弛紧张的肌肉并降低心率。换句话说，高质量的阅读不仅可以增添智慧，还可以给阅读者的身心带来意想不到的好处。

当年的许多美军士兵都是走出校门后第一次拿起书来阅读，很多人起初只是缘于无奈和无聊。战争的确改变了世界格局，而阅读却改变了一群人。

后记

对随笔的写作于我而言乃一种习惯、一份日常，个中缘由倒并不复杂，"有话要说"怕总是会排到第一位的。其次便是因了时间上的捉襟见肘——我经常要在工作、阅读间隙收集散碎时间荷锄于笔墨之田。相较于小说及其他，随笔的可操控性貌似更强，虽然要创作一篇好的随笔需要的知识储备经常比创作一篇小说要高得多。这些年，常有人告诉我，他们是因读了我的某一篇随笔，因而才会去刻意找寻我的小说或者评论等其他作品来瞧的，这令我欣慰的同时其实也隐隐地有着些许惶恐。

事实上我从不认为自己通过有限的文字会阐明出什么大道理、贡献出什么大智慧，虽然自蒙童年纪起，我便妄图辨明生命之来由、存在之理由、宇宙之缘由，但成年后亦多半流于了形式上的追问与认知上的虚妄。我如今的文字，更关切的是一些日常生活中平常人心所不留意抑或看似与时代不搭又貌似不切实际的古老话题，这与其说是为了给读者省察人生提供样本，倒不如说是为了呵护自己内心中某种恒常的东西。

季节有嬗变，人间有枯荣，希望多年后，我依然能在这些文字里触摸到自己的体温，听闻到自己的跫音。路不尽，人未老，文字是打开我心灵成长次序的方式，也是我与外部世界相互传递的人间消息。在这个热闹的世界里，我算不上是一个热闹的人，而我却愿意用文字去构筑一个繁复乃至于热闹的世界，有激情与悲喜，有萧索与炎凉，但更多的还是善意与温暖。